Op zoek naar liefde

Eveline Both

Op zoek naar liefde

2015 Brave New Books

© Eveline Both
Eerste druk: April 2015
www.bravenewbooks.nl
ISBN: 9789402122244

Proloog

Het is een vrijdagochtend in maart als de zonnestralen door mijn gordijnen proberen te komen. Vandaag is het zover! We gaan een weekend naar Maastricht! Samen met mijn broer Patrick en mijn vader en moeder gaan we een weekendje weg omdat mijn ouders twintig jaar getrouwd zijn. Langzaam open ik verder mijn ogen en kijk op de wekker radio. O mijn god! Het is al half negen!! Ik mag wel op gaan schieten... we gaan om tien uur weg en ik moet mijn koffer nog inpakken! Het zijn maar twee nachtjes maar ik wil voor elk weertype iets meenemen. Ik spring uit bed, pak mijn kleding en spring onder de douche. Mijn haar had ik gister al gewassen dus nu ben ik snel klaar. Ik hoor mijn moeder al roepen dat ik ook nog moet ontbijten, maar ik heb helemaal geen honger. 'S morgens heb ik nog zo'n knoop in mijn maag dat ik geen hap door mijn keel krijg en vaak rond elf uur voor het eerst wat eet. Ik weet dat ik zou moeten eten maar het lukt nou eenmaal niet.

'Doe maar een bak koffie mam!' roep ik tijden het afdrogen tegen haar.

'Je moet iets eten Bibi! Je gaat nog van je graatje!'

Wat ze letterlijk en figuurlijk bedoeld. Ik heb niet bepaald vet aan mijn lichaam en ik heb er heel hard mijn best voor gedaan om mijn lichaam er zo uit te laten zien. Fris en fruitig loop ik de woonkamer in waar Patrick, mijn vader en moeder uitgebreid zitten te ontbijten. Pfff nou vooruit... een plak ontbijtkoek en een eitje gaat er wel in maar meer niet! De eetkamertafel past mooi in het midden van de kamer waar je wel met zijn achten aan kan zitten! Mijn moeder vindt het geweldig om met een hoop mensen te dineren, en er moest dus een grote tafel komen. Wel een beetje jammer dat mijn ouders een antieke smaak hebben, de tafel is al ruim honderd jaar oud en is antiek bruin. De stoelen zijn kleun en bekleed met groen fluwelen stof en er zijn van die gouden knoppen in geslagen. Hoe die dingen heten kan ik nooit onthouden... mijn moeder blijft het me vertellen maar het interesseert me zoveel dat ik het elke keer vergeet. Ik heb een meer moderne smaak, en als ik eindelijk op mezelf mag wonen wordt het dan ook strak en glad. Niet zo'n oude mega koekoeksklok in mijn woonkamer en zeker geen tafels en stoelen van honderd jaar oud! Maar ik moet nog even wachten... vorige week ben ik vijftien jaar oud geworden dus eer dat ik op mezelf ga zijn we minstens vijf jaar verder denk ik. Ik heb er nu ook nog geen behoefte aan. Het is gezellig thuis, we hebben bijna nooit ruzie en zelfs met mijn broer heb ik een hele goede band. Hij zorgt goed voor me, soms wel een beetje overdreven... als we uitgaan is hij over beschermend en doet net of hij op z'n dochter moet letten. Als er maar een man naar me kijkt zet hij zijn dodelijkste blik op en zorgt ervoor dat hij verdwijnt. Terwijl ik nu juist eigenlijk wel op mannenjacht wil. Iedereen om me heen heeft vriendjes! Amanda, Sophie en Linda zijn al zestien en Sophie is zeventien. Ik ga dan ook niet weg voordat ik ze allemaal gebeld heb om gedag te zeggen en vast iets af te spreken voor maandagavond.

*

6

Gepakt en gezakt zijn we onderweg naar Maastricht. Ik heb er zoveel zin in! Het is toch nog wel een hele rit... ongeveer twee en een half uur zullen we onderweg zijn en dan is het hopen dat we geen file tegen hebben. Wat in Nederland de grootste ergernis van de mens in. Misschien dat we er rond half één zijn, dan hebben we nog wat aan onze middag. Ik heb mijn kussen meegenomen in de auto zodat ik nog even lekker kon slapen. Ik word van autoritten zo moe. Mijn moeder heeft haar nek kussentje meegenomen zodat ze geen stijve nek krijgt. En daar is dan weer de vraag die ze elke week wel weer stelt...

'Wanneer ga je werk zoeken Bibi? En wat wil je gaan doen?' En weer geef ik hetzelfde antwoord...

'Nou mam... ik wil graag ontwerpen voor Macy's in New York.'

'He Bibi even serieus! We leven hier in Nederland, je bent maar een gewoon meisje en Macy's is het meest beroemde modewarenhuis van Amerika! Er moet een wonder geschieden wil jij daar de kleding mogen ontwerpen!'

Ik slaak een diepe zucht en zeg maar even niets meer... het is zo jammer dat mijn ouders niet achter me staan. Ze zien me liever advocaat of arts worden zoals oma en tante Lies. Mijn oma had op haar achtentwintigste al een fortuin op haar rekening staan omdat ze op haar veertiende al is begonnen met werken en op haar twintigste al haar eigen advocatenbureau had. Ze loopt dan ook een beetje naast haar schoenen. Wat wij doen is vaak niet goed genoeg en mijn vader en moeder zouden niet goed voor ons zorgen. Als het even kan krijgen we alles wat ons hartje begeert en probeert mijn vader zoveel mogelijk te werken dat wij eventueel kunnen gaan studeren als we dat willen. Patrick wil zijn eigen architectenbureau openen, maar moet daar nog wel veel voor leren. En dat is iets waar hij niet goed in is. En vooral geen zin in heeft... dus of dat architectenbureau er komt is nog maar de vraag. We zijn al anderhalf uur onderweg als m'n vader zegt dat hij even een plaspauze moet nemen. En wij zien het dan ook maar als een plaspauze maar aangezien het al half twaalf is krijg ik toch een beetje trek en koop wat broodjes bij het tankstation.

'Als je vanmorgen gewoon gegeten had Bibi, dan had je nu geen honger gehad!' zegt mijn moeder boos.

'Ik heb ook geen honger mam... ik heb lekkere trek! In de derde wereld landen hebben ze honger mam.'

'Nou, als mijn maag knort heb ik honger!' zegt mijn moeder vol afkeer terug.

Mijn vader heeft zijn blaas geleegd en we zijn weer onderweg naar de mooie stad. Het is zowaar rustig op de snelweg en we kunnen lekker door rijden. We rijden op de A2 en het is misschien nog maar een klein half uurtje voor we ons hotel bereiken. Ik kan niet wachten!

'Wat krijgen we nou! Kijk nou eens!' roept mijn vader achter het stuur vandaan.

'Wat papa! Wat is er aan de hand?'

'Die idioot komt recht op ons af! Hij is aan het spookrijden!'

O god... er is gewoon één of andere idioot die het leuk vind om op de snelweg tegen het verkeer in te rijden! Mijn vader gaat helemaal rechts rijden terwijl we de andere auto steeds dichterbij zien komen.

'Jeetje! Hoe hard rijdt hij wel niet!' roept Patrick

'Oh nee ik kan hem niet ontwijken! Hij komt recht op ons af en ik kan niet verder naar rechts!'

8

Mijn vader geeft een ruk aan het stuur om de spookrijder te ontwijken, maar het is al te laat... met hoge snelheid boort de spookrijder zijn auto in de deur waar mijn moeder zit en we vliegen vol tegen de vangrail, die ons terug gooit op de weg waar we over de kop gaan. Ik voel hoe ik hard mijn hoofd stoot tegen het raam en ik gil het uit van de angst en pijn. Het glas breekt en de scherven vliegen in het rond. Toen was er ineens niets meer... de auto stond stil en ik hoorde niemand meer gillen. Alles werd zwart...

*

Ik hoor allemaal stemmen maar ik weet niet van wie ze zijn. Ik kan mijn ogen niet open krijgen. Het is net of dat er plakband op geplakt is. Een lichte waas laat me denken dat ik nog steeds in dromenland ben, maar daar zijn die stemmen weer...
'Een ernstige wond aan haar hoofd. Ze hersteld goed, maar ze is nog niet buiten levensgevaar.'
huh? Waar hebben ze het over?
'Haar broer heeft een snee in zijn nek en twee gebroken benen. Maar hun ouders... hoe gaan we het vertellen? Hoe moeten we het in gods naam vertellen?'
De stemmen doven weer en het gat wordt steeds dieper en zwarter. Ik vecht ertegen maar toch zak ik weer weg in een diepe slaap.
'Bib... Bibi kun je me horen? Wordt alsjeblieft wakker...'
Weer hoor ik een stem... het lijkt tante Lies wel. Met pijn en moeite probeer ik mijn ogen open te doen maar het lukt nog steeds niet. De stem wordt steeds luider en luider en ik probeert het nog een keer. Deze keer werken ze wel mee,

9

maar het zoet zo'n pijn! Een lichtflits schiet in mijn ogen als een blikseminslag en ik doe ze snel weer dicht.

'Toe maar meisje... doe ze maar open.' hoor ik weer en weer probeer ik het. En dan zie ik haar... het is inderdaad tante Lies en ome Kees die boven me staan. Alles doet me zeer en ik raak lichtelijk in paniek omdat ik niet weet wat er is gebeurd.

'Stil maar meisje... alles komt weer goed.'

Schor weet ik te vragen...

'Wat is er gebeurd?'

'Waar ben ik?'

'En wat doen jullie hier?'

'Niet teveel praten.' zegt ome Kees. 'Je ligt in het Academisch Ziekenhuis in Maastricht.'

'In Maastricht!!' roep ik uit en krimp ineen van de pijn in mijn hoofd. Ik wil om me heen kijken maar mijn nek doet teveel pijn om zich te kunnen bewegen.

'Je hebt een ongeluk gehad op de snelweg toen jullie hier naartoe onderweg waren.' zegt ome Kees.

En dan begint het weer te dagen... we zouden een weekend naar Maastricht gaan omdat papa en mama twintig jaar getrouwd zijn.

'Een ongeluk? Maar hoe dan? En waar zijn Patrick, papa en mama?' vraag ik met een naar gevoel in mijn borst.

'Er was een spookrijder op de A2 en die heeft jullie vol geraakt. Je hebt een grote wond op je hoofd en je nekwervels zijn verschoven. Je arm is gebroken en doordat het glas is gebroken heb je in je gezicht kleine wondjes. Door de hersenschudding zijn je oogleden gezwollen en daardoor kun je ze moeilijk op houden. Door de wond en klap op je hoofd is er wat vocht ontstaan in je hersenen en zijn je hersenen

10

wat gezwollen vandaar dat je je niet druk mag maken.' zegt
ome Kees.
'Kees! Waarom zeg je dat allemaal! Zo gaat ze zich juist
druk maken!' roept tante Lies zo'n beetje in mijn oor en ik
krimp ineen van de hoofdpijn die ineens op komt zetten.
'Sorry liefje, maar je mag je echt niet druk maken. Rust nu
maar lekker uit. Ga maar lekker slapen en we komen straks
weer even bij je kijken. De dokter komt je straks ook
onderzoeken en daar heb je energie voor nodig.'

Er gaan uren voorbij zonder dat er iemand komt kijken en ik
begin me zorgen te maken. Ik lig hier maar en de pijn in
mijn nek en hoofd is ondraaglijk. Hebben ze daar geen
pilletje voor? Dan voel ik me vast snel beter. De deur gaat
open en er komt een jonge vrouwelijke arts binnen gelopen.
'Goedenavond Bibi... ik ben Jolanda. Hoe voel je je?'
'Nou... gebroken en ik heb heel veel pijn.' weet ik schor uit
te brengen.
'En het praten doet ook pijn. Mag ik wat drinken? Ik heb
zo'n verschrikkelijke dorst! En heb je daar gelijk een pilletje
bij?' vraag ik maar allemaal tegelijk... dan doet het niet zo'n
pijn.
'Ik ben blij dat je weer wakker bent. Ik zal je even
onderzoeken en dan mag je straks wat proberen te drinken.'
Ze kijkt met een lampje in mijn ogen, meet mijn bloeddruk,
luistert naar mijn hart en longen, ik moet mijn vingers en
tenen bewegen en dan eindelijk zegt ze...
'Nou die paar dagen slaap hebben je wel sneller laten
genezen.'
'Paar dagen! Hoe lang lig ik hier al dan?'
'Je hebt drie en een halve dag in coma gelegen Bibi.'

'Drie en een halve dag!! Maar dan moet ik mijn vriendinnen bellen dat ik niet met ze op stap kan! Waar is mijn telefoon?' vraag ik in paniek.

'Rustig maar Bibi het komt allemaal goed. Je mag je niet druk maken omdat je hersenen wat gezwollen zijn.'

Even denk ik na en ik besef dat ik mijn broer en vader en moeder helemaal nog niet heb gezien.

'Maar als ik hier al drie en een halve dag lig... waar zijn dan mijn vader, moeder en broer?'

'Je broer ligt in de kamer hiernaast met twee gebroken benen en een snee in zijn nek van de gordel, en een scheurtje in zijn wenkbrauw.' zegt Jolanda met een uitdrukkingsloos gezicht.

'Twee gebroken benen!!'

O god, arme Patrick. Dat duurt maanden voor hij weer is hersteld!

'En mijn vader en moeder? Waar zijn ze? Ik wil ze zo graag zien!'

Dan kan ik tegen ma zeggen dat het me spijt dat ik niet geluisterd heb.

'Bibi... je vader en moeder... hebben het ongeluk helaas niet overleefd.'

De wereld valt weg... de kou trekt in mijn lichaam... tranen lopen over mijn wangen zonder dat ik huil...

'NEE!! Dat kan niet! Ze zijn niet dood! Hoe kun je dat nou zeggen? Ze komen er gewoon weer bovenop net zoals Patrick en ik!'

Tante Lies loopt huilend de kamer in omdat ze me heeft horen schreeuwen.

'Liefje, je mag je niet druk maken. Hou je rustig, het komt allemaal goed.' zegt ze snikkend.

12

'Het komt allemaal goed? Hoe kun je dat nou zeggen! Deze vrouw zegt dat papa en mama dood zijn en jij zegt dat het allemaal goed komt!'

Ik kan me niet meer bedaren en mijn wereld stort volledig in elkaar. Ik zet het op een janken en gil heel het ziekenhuis bij elkaar. Dan komt de arts weer binnen en heeft een spuit in haar handen.

'Rustig maar Bibi... hier wordt je rustig van.' zegt Jolanda en ik haar spuiten!

'NEE!! Weg met dan ding! Ik wil naar mijn vader en moeder!'

Even stribbelde mijn lichaam nog tegen... hoorde ik nog gebrabbel uit mijn mond komen en sloeg ik in paniek om me heen... dit kon niet waar zijn. En toen werd alles weer zwart...

~1~

5 jaar later...

Ik maak me klaar om te gaan werken als Stephan ineens roept...

'Bibi ben je vanavond wel op tijd thuis?'

'Dat hoop ik wel, als de bus op tijd is ben ik op tijd thuis. Hoezo?'

'Nou... gewoon dan kunnen we samen een wijntje drinken en eten. Wel zo gezellig vind je niet?' zegt hij met een rare uitdrukking op zijn gezicht.

'Ja oke ik doe mijn best.'

Nadat mijn ouders zijn overleden zijn bij het ongeluk met de spookrijder... heeft Stephan me opgevangen en verzorgd. Ik had een zware wond aan mijn hoofd, een gebroken arm, verschoven nekwervels en diverse sneetjes in mijn gezicht. Na drie jaar fysiotherapie is mijn nek nu redelijk goed genezen. Het moeilijkste was om de dingen voor de begrafenissen te regelen en afscheid te nemen van mijn vader en moeder. Tante Lies heeft daarom ook alles geregeld. Ik kon het echt niet! Daarna ging het gewone leven door en moesten we het met z'n tweeën zien te redden. Tante Lies bood aan om bij haar te komen wonen, maar mijn vroer wilde dat niet hebben en kon zelf wel voor ons zorgen. Mijn broer is helemaal op het verkeerde pad belandt. Hij ontmoette (foute) vrienden die ervoor gezorgd hebben dat hij ging drinken en aan de drugs ging. Hij kon evenmin voor mij zorgen als voor het huis van mijn vader en moeder. Dat

14

hebben we noodgedwongen moeten verkopen, aangezien Patrick inmiddels al vijfendertigduizend euro schuld had. En na de kosten voor de notaris, taxatierapport en noem maar op wat voor kosten, bleef er niet veel meer over waar we van konden leven. We hebben het bedrag wat over bleef door de helft gedaan en ik heb er m'n rijbewijs van gehaald, een autootje voor gekocht, een huis gehuurd en ingericht en ik kwam tot de conclusie dat ik dan nu nog vijfduizend euro heb om de huur van te betalen en van te leven. Ik heb een leuk appartement in Rotterdam met een wat strakker interieur. Er lag een mooie antraciete tegelvloer in met een klein werkje erin en ik heb er mooie beige meubels gekocht met hout look. Onder het raam heb ik een zwarte drie zits bank neergezet en de sprong gewaagt om er twee knal rode fauteuils neer te zetten. Best een leuke combinatie, al zeg ik het zelf. De keuken zat er natuurlijk al in en heeft een klassieke uitstraling, wat ik toch wel mooi vind. Hij is beige met een werkje in de deurtjes en een zwarte bewerkte natuurstenen blad erop. Daar heb ik wat prulletjes staan. De oude koffiebussen van mijn ouders, er ligt een stapeltje post en folders en voor de sier heb ik nog een plant neergezet. De slaapkamer heb ik vrij normaal gehouden, ik heb één wand ferrari rood geschilderd en gecombineerd met een antraciete laminaatvloer, waar mijn mooie beige bed op staat met een topper erop voor onze ruggen en het grootste dekbed wat er is! Dat vind ik heerlijk! Ik moet me helemaal in kunnen rollen in mijn dekbed, en om ervoor te zorgen dat Stephan dan ook nog wat heeft hebben we expres het grootste dekbed gekocht zodat ik gewoon als een rups in mijn bed kan gaan liggen. De overtrekken zijn dan ook duurder maar er is hier een hele leuke winkel waar ze van alles hebben voor een

15

spot prijsje! Een andere kamer heb ik maar gelaten zoals het was. Er lag zwarte vloerbedekking en er zat nog mint groen behang tegen de muren. Het zag er nog goed uit dus daar heb ik zo mijn bureau neergezet, samen met mijn printer, ordner mappen vol met papieren, papieren van mijn ouders en een boekenkast vol met mijn favoriete boeken. Een beetje een rommelkamer dus. In een hoekje heb ik dan ook nog mijn droom neergezet. Een vak vol met kledingontwerpen en de spullen die ik daarvoor nodig heb om dat te kunnen doen. Maar die droom zal wel nooit uitkomen. Ik heb er de ballen niet voor om er echt mee door te gaan en mijn werk aan te bieden bij de mensen die het waar kunnen maken. Toch ga ik, als ik wil ontspannen even in dat kamertje zitten en ga ik ontwerpen. Zo kan ik alle stress kwijt en even mijn hoofd leeg maken. Wonder boven wonder had ik toedertijd nog best snel werk. Ik kon aan de slag in een winkel waar ze huishoudelijke artikelen en leuke hebbe dingetjes verkopen. Ik heb het er best naar mijn zin met leuke collega's maar toch verlang ik naar die droom...

*

Vandaag moet ik met de bus naar mijn werk. Mijn auto heeft het begeven en staat bij de garage. Waarschijnlijk een kinderziekte zeiden de automonteurs, maar na twee dagen zijn ze er nog niet achter wat het nu is. Dat dat betekend anderhalf uur eerder uit bed want ik heb geen idee hoe het hier werkt met die bussen en Stephan wilde me niet brengen. Wat ik best raar vind, want hij heeft er eigenlijk nooit moeite mee om me weg te brengen. Maar goed hij zal wel een off day hebben dus heb ik een uur nodig om uit te vinden welke

bus in nodig heb en hoelang ik erover doe om bij mijn werk
te komen. Eenmaal aangekomen verloopt alles weer vlotjes
en eigenlijk vind ik dit werk wel heel leuk, de collega's zijn
leuk en we kunnen goed met elkaar opschieten. Het is het
einde van de middag als Linda binnen komt en ik zwaai naar
haar...

'Bibi! Wat leuk om je te zien! Is best al lang geleden! We
moeten weer eens wat afspreken met z'n vieren!' roept ze vol
enthousiasme.

'Ja vind ik ook!' zeg ik en ik bied meteen de oplossing.
'Zaterdagavond girls only!'

'Ja! Dat doen we!' gilt Linda enthousiast.

'Ssst we staan hier wel in een winkel hahaha. Regel jij het
met de andere meiden Linda? Gaan we dan rond een uur of
acht naar de skihut?'

'Prima, ik regel het wel.' zegt Linda. 'Trouwens... ik zag net
Stephan lopen een straat hier vandaan.' zegt ze met een
verbaasde blik in haar ogen.

'Ohw? Hoe kan dat nou... hij is aan het werk en hij werkt in
Alphen a/d Rijn.' vraag ik net zo verbaasd als zij keek.

'Ik zag hem toch echt lopen hoor. Nou Bibi wie weet krijg je
vanavond wel een ring om je vinger!'

'Nee joh, zo lang kennen we elkaar nog niet eens en we
wonen pas een jaar samen! Maar ik ben over twee dagen wel
jarig! Dus misschien is hij wel eerder van z'n werk gegaan
om een cadeautje voor me te kopen!' zeg ik en ik word weer
blij.

'Jaaa wie weet! Laat je me weten wat het is?' zegt ze en
hobbelt al half de winkel uit.

'Ja dat is goed!' roep ik haar na. 'En tot zaterdag!'

Terwijl ik naar de bushalte loop bedenkt ik me dat hij me dan net zo goed van me werk op had kunnen halen. Ach... wat maakt het ook uit. Hij denkt tenslotte dat ik niet weet dat hij in de stad was vanmiddag. Ik zie dat de bus iets eerder is en ik moet rennen anders mis ik hem. En ja hoor... hij rijdt vlak voor mijn neus weg! Ik kijk nog eens op mijn horloge om te kijken of ik dan niet te laat was bij de halte maar nee, de bus was twee minuten te vroeg! He verdorie! Als ik op het bord kijk zie ik dat ik nu nog vijftig minuten moet wachten voor ik de goede bus weer naar huis heb. Hoe lang zou ik erover lopen? Ik ga hier echt niet nog vijftig minuten staan wachten. Net als ik Stephan wil bellen om me op te halen stopt er een auto. Het is een simpele rode open corsa en ik weet meteen van wie hij is... Dennis, mijn collega stopt bij de halte en vraagt hoelang ik hier al sta te wachten.
'Nou... nu nog maar een kwartiertje ofzo maar ik zou nog zo'n vijfendertig minuten moeten wachten voordat m'n bus komt!' zeg ik gefrustreerd.
'Stap in meis! Ik breng je wel thuis!'
Dennis is van mijn leeftijd, twintig jaar en is homo. En het is zo'n lieverd! Vandaar dat hij dan dus ook in een winkel werkt waar ze huishoudelijke artikelen verkopen. Eenmaal onderweg komen we al snel in een verkeersopstopping terecht.
'Oh nee he! Ook dat nog!'
'Ja.' zeg Dennis. 'Hier staan we wel even in. Er is zo te zien een groot ongeluk gebeurd en eer dat ze dat opgeruimd hebben, dat duurt wel even.'
'He shit! Ik zal Stephan even proberen te bellen om uit te leggen wat er aan de hand is en dat ik niet op tijd ben voor het eten.'

Hij gaat twee keer over als hij weg gedrukt wordt. He dat is gek. Stephan drukt mijn oproepen nooit weg. Als ik het nog drie keer geprobeerd heb geef ik het op.
'Neemt hij niet op?'
'Nee... ik wacht wel tot hij mij terug belt. Hij zal wel ergens mee bezig zijn.'
Als ik thuis kom hoor ik een woeste Stephan in de woonkamer.

'Blijf zoeken verdomme! Ik wil pas dat je terug belt als je haar gevonden hebt!'
Ik loop de woonkamer in en zie dat hij met zijn handen tegen het raam aan naar buiten staat te staren.
'Hier ben ik hoor. Ik weet niet of je mij zoekt maar wat is er aan de hand?'
'Wat is er aan de hand!! Waar denk jij geweest te zijn! Ik zit hier al anderhalf uur op je te wachten met het eten! Je zou op tijd thuis zijn en vervolgens kom je doodleuk anderhalf uur later aankakken?! Ik dacht dat ze je ontvoerd hadden!'
Ik ben helemaal van mijn stuk gebracht en sta perplex met mijn bek vol tanden. Toch verantwoord ik mezelf maar...
'Ik heb de bus gemist en mijn collega Dennis wilde mij wel thuis brengen, maar we kwamen in de file terecht omdat er een groot ongeluk was gebeurd.' zeg ik heel voorzichtig.
'Dennis he?'
Hij legt zijn duim en wijsvinger op zijn kin en kijkt heel bedenkelijk voor hij vervolgd...
'Dennis He? Zo dus jij dacht een vluggertje te hebben met Dennis terwijl je denkt dat ik van niks weet?'
Ik begin te koken van woede vanbinnen maar besluit me in te houden.

'Huh? Waar heb je het over? Hij heeft me alleen maar thuis gebracht!'

En voor ik het weet voel ik zijn vuist tegen mijn wang en dreunt er een ondraaglijke pijn door in mijn oogkas en val ik op de grond.

'Nog liegen ook Bibi?! Moet je daar dan verdomme ook nog om liegen terwijl ik het je zelf heb zien doen?!' buldert hij met een stem die ik nog nooit gehoord heb. Met tranen in mijn ogen kijk ik hem verbaasd en angstig aan.

'Ik lieg helemaal niet! ' schreeuw ik. 'Volgens mij heb jij een dubbelganger zien lopen van mij of zo want ik was het niet! En waar haal je het lef vandaan om me te slaan!' roep ik verschrikt en verstikt omdat ik niet wet wat ik meemaak. Ik kijk naar mijn bebloede hand die mijn oogkas vast heeft gehouden waar nu een scheur ik mijn wenkbrauw zit.

'Sla niet zo'n toon tegen me aan!' brult hij en hij haalt weer uit maar dan aan de andere kant en weer lig ik op de gond met een stekende pijn in mijn hoofd. Nu kan ik mijn tranen niet meer bedwingen en laat ze de vrije loop.

'Moet je er nog om janken ook?!'

Jeetje het lijkt wel of hij een monster is geworden. De Stephan van wie ik hield lijkt wel verdwenen en word weer uit mijn gedachten getrokken door zijn geschreeuw...

'Ik zag je toch zelf hier net voor de deur staan met die gozer! Je gaf hem een zoen! Als je dan vreemd gaat en je wilt het goed doen en mij houden moet je het vooral recht voor m'n neus doen!'

Door mijn waas van tranen kijk ik hem aan en schreeuw terug...

'Dennis is homo! En wat was jij vanmiddag in de stad aan het doen! Als je op je telefoon had gekeken had je gezien dat

20

ik je al vier keer had gebeld!'

Ik ren hem voorbij voor hij weer uit kan halen naar de badkamer en bekijk mijn gezicht. God allemachtig!! Hij heeft me echt flink toegetakeld en even weet ik niet wat ik moet doen... Moet ik schreeuwen of moet ik huilen, of moet ik direct bij hem weg lopen? Maar wacht even... het is mijn huis! Hij is hier bij mij komen wonen, dan rot hij maar op! Ik ga voorzichtig met een washandje over mijn gezicht als hij op de deur bonkt.

'Bibi doe onmiddellijk die deur open!'

Daar heb ik een kort maar krachtig antwoord op...

'NEE!'

Na vijf minuten geeft hij het gelukkig op en loopt naar de woonkamer. Ik ga voorzichtig op bed liggen omdat ik mijn rug voel na het vallen op de grond. Na een uur nadenken is het dan eindelijk klaar. Ik huil mezelf in slaap...

2

Op mijn werk zijn ze allemaal verbaasd. Ze vragen één voor één wat ik de laatste tijd gedaan heb en waarom ik een blauwe plek op mijn jukbeen heb. Het is nu drie weken geleden dat hij me zo toegetakeld heeft en in die tussentijd heb ik niet gewerkt. Ik heb de volgende dag gebeld en gevraagd of ik onbetaald verlof op kon nemen. Ik kon echt de straat niet op. De plekken kregen alle kleuren van de regenboog en was met make-up niet weg te werken. Ik heb maar een smoes verzonnen dat ik mijn broer moest helpen verhuizen en dat ik van mijn fiets was gevallen. Ook dat vonden ze raar want ik heb helemaal geen fiets en ik kom altijd met de auto. Mijn auto was na zeven dagen eindelijk terug. De code die de autosleutel met de motor verbindt, kwam niet meer overeen. Ze dachten eerst dat mijn accu leeg was, dus die hebben ze eerst vervangen. Toen de auto het nog niet deed zijn ze verder gaan zoeken en kwamen ze er na zes dagen pas achter wat het was! Dat zal wel een flinke rekening worden! Stephan doet sinds die tijd vreemd. Hij wordt steeds dominanter en het was me al opgevallen dat hij die avond naar vrouwen parfum rook. Maar aangezien ik twee dagen later het parfum van Celine Dion kreeg dacht ik dat het daarvan was en vroeg ik er niet naar. Maar ik heb het de laatste tijd vaker geroken. Hij heeft mij verkeerd beoordeeld en heeft daar nooit zijn excuus voor aangeboden. Dus ik heb besloten er bij hem niet naar te vragen, omdat ik bang ben dat ik hem verkeerd beoordeel en dan weer een knal kan verwachten. Hoe kan hij toch van die losse handjes gekregen hebben? Ik stap in mijn auto en rijd naar huis. Twintig minuten later ben ik thuis en begin ik alvast aan het eten omdat Stephan nog nergens te bekennen is. We doen lekker makkelijk en heb daarom ook een pak Kip Siam gekocht. Heerlijk! Het is bijna klaar als hij thuis komt.

'Dag schat, hoe was je dag?'

'Klote!' Is het enigste antwoord wat ik krijg. Ohw fijn we zijn weer chago! In die drie weken is hij ook steeds meer gaan vloeken. We moeten ook nog steeds over die ene avond praten maar ik durf er niet over te beginnen. Ik doe net of ik het niet gehoord heb en vraag of hij ook een wijntje wil.

'Ja hoor is goed.' zegt hij nu iets rustiger.

'Oke rood of wit?'

'Maakt niet uit, doe me nou maar gewoon een wijntje!'

Oke... ik ga de sprong wagen want nu ben ik het zat.

'Wat is er nou aan de hand? Is je dag zo slecht dat je mij ook uit moet kafferen? Als dat zo is kun je ergens anders gaan eten!'

Oeps ik ben wel heel brutaal. Ik hoop maar dat zijn knop nu niet omgaat.

'Sorry liefje het gaat helemaal niet goed op het werk met de nieuwe projecten en ik ben heel de dag bezig geweest om het op te lossen maar tot nog toe geen succes.' zegt hij zowaar heel kalm.

'Oke nou het eten is klaar dus we kunnen aan tafel.'

Als we eenmaal opgeschept hebben en lekker zitten te eten vraag ik...

'Hoe lang heb je al problemen met de projecten?'

Stephan werkt op de bouw en onderhoudt de contracten en contacten met de klanten.

23

'Uuhm een week of drie misschien hoezo?' zegt hij bedenkelijk.

'Nou gewoon dat vroeg ik me af. Je bent de laatste tijd zo humeurig en kort voor de kar. Ik dacht dat het met mij te maken had.'

'Nee hoor schat je doet niets verkeerd. Het spijt me als je denkt dat jij de oorzaak bent. Ik moet het niet op jou afreageren.'

De rest van de avond verloopt gezellig. We kijken een film, pakken een paar toastjes, drinken een wijntje en genieten van elkaar.

'Mooie film he?'

'Hmmm.' krijg ik als antwoord.

'Ah nee he! Je gaat nu toch niet in slaap vallen he? Hij is bijna afgelopen!'

'Nee ik blijf wakker.'

Eén minuut later hoor ik hem dan toch snurken. Als de film is afgelopen besluit ik hem te verleiden terwijl hij slaapt. Niet echt romantisch maar ik heb er dankzij de wijn zin in. Ik klim voorzichtig op zijn schoot en buig voorover om hem in zijn nek te zoenen. Ik sabbel aan zijn oorlel en ga vandaar langzaam naar zijn mond.

'Hmmm ik moet vaker in slaap vallen tijdens de film.' fluistert hij hees.

'Dat was helemaal niet grappig!' en ik bijt hem in zijn onderlip. Mijn tong zoekt de zijne en ze belanden in een passievolle dans. Hij doet langzaam mijn blouse los en zoekt mijn rechter borst. Hij knijpt er zacht in en draait met zijn duim rondjes over mijn tepel. Zijn mond verlaat de mijne en gaat op zoek naar mijn linker tepel. Ohw wat heerlijk... Het

24

is lang geleden dat ik me zo goed gevoeld heb. Dan bij hij me in mijn tepel...

'Au! Wat doe je nou! Dat doet zeer!'

Wat is dat toch met bijten en petsen op mijn billen? Meteen daarna likt hij de pijn in mijn tepel weg door zachtjes te zuigen en likken en het genot giert door mijn lichaam. Hij scheurt de rest van mijn kleding van mijn lichaam en begint bij mijn enkel met zoenen. Van mijn enkel gaat hij langzaam naar beneden tot dat hij in mijn lies aangekomen is en bijna het genotsknopje heeft gevonden maar stopt dan.

'Hey! Wat doe je nou!'

Hij pakt mijn andere enkel en doet daar hetzelfde. Dit keer stopt hij niet en hij bereikt met zijn tong mijn vagina om daar vervolgens langzaam aan te likken en zuigen.

'Je bent zo mooi... zo mooi dat het pijn doet. Mijn pik klapt zowat!' zegt hij hees.

'Doe er dan wat aan.' weet ik nog net uit te brengen. Op dat moment bijt hij me in mijn vagina en ik schreeuw het uit.

'Wat doe je nou! Dat doet echt pijn! Ben je wel goed bij je hoofd!'

Daarna likt hij weer langzaam en giert het genot door mijn lijf en als onverwachts het orgasme me overvalt kan ik mijn benen niet meer omhoog houden en laat ze vallen. Hij stopt direct en kijkt me verbaasd aan.

'Heb ik gezegd dat je klaar mocht komen?' zegt hij met een warme hese stem.

'Huh? Wat krijgen we nou weer? Niet voor het één of ander hoor Steph maar ik snap er de ballen niet meer van!'

Ik ben amper bijgekomen als hij me op handen en knieën zet. Ik kijk verbaasd achterom en hij heeft een slinks glimlachje op zijn gezicht. Dat maakt hem nog knapper. Met zijn bruine lokken, diepblauwe ogen, zijn sterke kaaklijn en zijn glimlach maken hem onweerstaanbaar. Hij is geweldig gespierd en ik ben nog steeds elke dag blij dat hij destijds voor mijn vader werkte als kleding verkoper op de markten. Ik ben tenslotte maar een simpel meisje met blond haar, kastanjebruine ogen, bleke huid en maatje vierendertig dus ik ben super blij dat hij voor mij gevallen is. Ik krijg een tets op mijn billen en meteen daarna ramt hij bij me naar binnen. 'Dit is alleen voor mij.' zegt hij dan ineens. 'Je mag niet klaarkomen en je wacht netjes tot dat ik klaar gekomen ben.' Ik snap hier echt niets meer van en moet er ook echt even over nadenken. Terwijl Stephan naar zijn ontlading zoekt blijf ik maar nadenken wat ik hiermee moet. Ik wil helemaal geen onderdanige rol gaan spelen. Ik wil geen petsen op mijn billen, geen gebijt in mijn tepels en al helemaal niet in mijn vagina! De keuze word me makkelijk gemaakt als hij me ineens aan mijn haren omhoog trekt en me een pets in mijn gezicht geeft.

'AU! Waar denk jij dat je mee bezig bent!' roep ik uit.

'We zijn aan het neuken en jij bent gewoon in dromenland!' roept hij.

'Ohw pardon, maar volgens mij was jij mij aan het neuken en had ik het niet meer voor het zeggen! Maar dit heeft mijn keus makkelijker gemaakt!'

Stephan kijkt me verontwaardigd aan met een blik in zijn ogen die steeds bozer wordt.

'Welke keuze! Ik maak de keuzes wel, dat hoef jij niet te doen.' zegt hij dan ineens in uiterste kalmte.

'Ja natuurlijk... nog gekker dan het weerbericht! Ik ben er klaar mee Stephan! Je gaat vanavond je spullen pakken en je vertrekt! En voordat je dat doet wil ik weten of je vreemdgaat!'

'Hoe durf je dat te vragen!'

'Nou, ik durf dat nu omdat ik je net gezegd heb je spullen te pakken. Je ruikt de laatste weken steeds meer naar vrouwen parfum en Linda heeft je een paar keer in de stad zien lopen.'

'Ohw en ze kan het niet laten om het je gelijk maar even te vertellen?'

Ik slaak een diepe zucht en weet niet zo goed hoe ik het aan zijn verstand moet krijgen.

'Heb je dan niet in de gaten dat je dat steeds doet terwijl je zou moeten werken, en dat de winkel waar ik werk één straat verder is?' zeg ik geërgerd.

'Het was een kwestie van tijd voordat ik je zelf zou zien.'

Voor het eerst zie ik een verslagen Stephan en hij buigt zijn hoofd. Er gaat een minuut of tien voorbij voor hij zegt...

'Het spijt me schat. Ik weet niet wat me bezielde. Kun je het me vergeven?' vraagt hij met een rare blik in zijn ogen. Het is een blik die ik nog niet eerder heb gezien...

'Jij hebt me er een paar weken geleden van beschuldigd dat ik vreemd ding, en daar heb je nooit je excuses voor aangeboden! Je sloeg me bont en blauw, dat heb ik gepikt en nu verwacht je dat ik jou ga vergeven?!'

Ik ben witheet van woede en loop naar de badkamer om zijn spullen vast bij elkaar te rapen. Of liever gezegd, bij elkaar op een hoop te gooien. Ik pik dit niet langer meer! Hij mag mij bont en blauw slaan en vreemd gaan maar als ik ook maar één verdachte stap doe, heeft hij losse handjes!

'Is dit nu echt nodig? We kunnen dit toch uitpraten?' vraagt Stephan die helemaal verbouwereerd lijkt dat ik hem het huis uit schop.

27

'Nee Stephan, je gaat! Ik pik dit niet langer van je! Je gaat maar naar die slet van je! Zal ze vast leuk vinden dat je weer komt, en dit keer ook blijft... ik ben beter af zonder jou!'
Jee wat lucht dat op zeg dat ik hem eens de wind van voren kan geven!
'Ik heb het niet gezegd omdat ik je wilde houden. Je betekend zoveel voor me Bibi, ik heb gezworen aan het graf van je vader en moeder dat ik voor je zou zorgen.'
Nou breekt m'n klomp! Ik voel de woede etteren in mijn bloedbanen totdat ze een hoogtepunt bereiken en ik in vuur en vlam sta. En dat is niet van het verlangen.
'Hoe durf je mijn vader en moeder hierin te betrekken!'
Ik sta als aan de grond genageld van de woede en kan geen woord meer uitbrengen. De onvergoten tranen die al een uur opgestapeld zijn beginnen over mijn wangen te rollen en ik kan mezelf niet meer beheersen.
'Stephan pak alsjeblieft je spullen, vertrek en kom nooit meer terug!' snik ik 'Als je voor me had willen zorgen, had je beter na moeten denken voor je me ging slaan en voordat je vreemd ging.'
Ik loop naar de slaapkamer ga stilletjes op mijn bed zitten met mijn benen opgetrokken en mijn armen erom heen geslagen. Ik krijg het al snel koud en kruip dan toch maar onder de dekens. Ik hoop Stephan stoppen in de deur opening en hij staat daar misschien wel een half uur voor hij zegt...
'ik kom mijn spullen wel een anderen keer ophalen. Ik hou van je Bibi.'
En toen was hij weg. Mijn steun en toeverlaat is weg en ik zet het op een janken. Waarom begrijp ik niet. Hij heeft me genoeg reden gegeven om het uit te maken. En het

vreemdgaan was de druppel. Ik klom uit bed, trek de lakens er vanaf en doe er weer schone omheen. Ik pak een lekkere wollen deken en spreid die over het bed heen, dan ga ik lekker douchen om hem van me af te wassen en kruip dan weer lekker in bed. De tranen zijn nog niet op en rollen nog steeds over mijn wangen...

Uiteindelijk zak ik weg in een diepe slaap...

3

Ik heb me op het werk gestort sinds Stephan weg is. Ik heb er best wel veel verdriet van dat hij me zo behandeld heeft. Gelukkig mocht ik van mijn baas wat meer werken, maar in een winkel kun je niet zoveel overwerken en heb ik rekening te houden met mijn andere collega's. Vanavond gaan we naar de skihut! Het is alweer vijf weken geleden dat ik het uitgemaakt heb en de dames vonden nu dat ik maar eens uit de sleur moest komen. En eigenlijk hebben ze gewoon gelijk natuurlijk. Ik ben onderweg naar huis als ik zie dat ik moet tanken. He bah! Dat kan er ook nog wel bij! Ik heb de afgelopen maand best veel kosten gehad die ik niet kon gebruiken. Met mijn werk verdien ik niet zoveel en mijn appartement is toch best wel duur als je het alleen moet betalen. Ik besluit voor twintig euro te tanken, dan hou ik nog honderdtwintig euro over om tot eind volgende week te doen. Dat moet toch lukken? Ik moet er nog een baantje bij zoeken om het appartement te kunnen betalen en toch nog een enkele keer met de dames mee te gaan. Ik wil mijn avondjes uit met de dames niet opgeven, maar het word steeds zwaarder om met hun mee te gaan/ Als we een avondje uitgaan ben je al gauw honderd euro kwijt aan de entree en drankjes. Het is echt niet meer goedkoop om te stappen en dat merk je pas als je het eigenlijk niet meer kan missen en elke euro om moet gaan draaien. De meiden denken dat het allemaal nog goed gaat met me, en dat ik het makkelijk kan betalen, maar hun weten niet wat een eigen huishouden kost. Hun wonen gewoon nog bij hun ouders en die betalen alles voor ze. Ik moet zorgen dat ik weer wat meer ventjes in de pocket krijg en gewoon mijn dingen kan doen zonder dat de meiden daar lucht van krijgen.

*

Als ik thuis kom ligt er een brief op de mat waar geen postzegel op zit. Het handschrift herken ik meteen. Het is van Stephan. Wat zou hij willen wat hij niet door de telefoon kan zeggen? Ik heb er nog geen behoefte aan om hem te lezen en ik leg hem op de keukentafel. Ik doe lekker makkelijk met eten en zet de patat pan aan. Dat is lekker en het is zo klaar. Ik zet een slecht programma op en plof op de bank met een bord patat met een broodje kroket en een frikandel. Gut ik moet dit niet te vaak doen zeg! Ik zou er nog dik van worden, en dan kan ik weer een nieuwe kledingkast kopen omdat ik niks meer pas. Ik zal eens een lekker bakkie koffie voor mezelf zetten en daarna ga ik even douchen en me klaar maken voor mijn avondje uit.
De brief ligt te lonken op de keukentafel en ik pak hem mee naar de woonkamer als mijn koffie klaar is. Ach wat kan erin staan wat me van mijn stuk gaat brengen? Dat kan nooit veel zijn dus ik kan hem net zo goed nu even snel lezen. Toch schrik ik ervan wat hij schrijft:

Lieve Bibi,

Er zijn vijf pijnlijke weken voorbij en ik mis je verschrikkelijk. Het zal niet goed te praten zijn wat ik gedaan heb, maar toch wil ik proberen om het uit te leggen en te vragen om je vergiffenis.

Deze vrouw had mijn wereld totaal op zijn kop gezet. Ze woont een

31

straat bij jouw werk vandaan dus daarom was ik zoveel in de stad.
Ze liet me voelen wat passie is. Ze liet me voelen dat pijn en genot
samen gaan. Daarom past ik het ook bij jou toe omdat ik dat jou
ook wilde laten voelen. Onze relatie kwam in een sleur terecht en
deze vrouw ontmoette ik op mijn werk. In plaats van te werken aan
onze relatie heb ik me ingelaten met de passie van de vrouw waar
ik op dat moment zo'n behoefte aan had.

Ik hou van je Bibi, en ik heb je nooit pijn willen doen. We zijn voor
elkaar bestemd en ik wil je terug. Misschien dat we een keer af
kunnen spreken om te praten. Ik kan alle dagen, want ik ben mijn
werk kwijt omdat ik zoveel weg was en geen interesse meer in mijn
werk had.

Het spijt me Bibi...

Kus Stephan

God allemachtig! En nu denkt hij zeker hier bij mij terug te
komen omdat hij zijn werk kwijt is en geen geld meer heeft?
Nou dan heb ik nieuws... dat geld ik bij mij ook bijna op.
Die vrouw moet hem zeker ineens niet meer en nu wil hij op
hangende pootjes terugkomen zeker! Nou mooi niet! Ik
verscheur de brief en gooi hem weg. Ik kijk op de klok en
zie dat het al half acht is! O god! Ik moet nu echt op gaan
schieten wil ik er nog een beetje goed uit zien voordat de
meiden om half negen komen.

Amanda, Sophie en Linda zijn aangekomen en we drinken
nog wat voor we gaan.
'Nou dames, de eerste wijn zit erin! Op naar de shotjes!'
Eenmaal in de skihut besef ik pas hoezeer ik het eigenlijk
gemist heb om met de meiden te gaan stappen. Ik geniet met

volle teugen en de shotjes vloeien rijkelijk. Toch moet ik steeds denken aan die brief die Stephan heeft gestuurd. Ik weet dat ik niet toe mag geven maar ik mis hem ook. Ik word abrupt uit mijn dagdroom gesleurd als er iemand tegen me aan botst.

'He muts kijk een uit joh!' roept een jongen en ik kaats meteen terug...

'Mij kijk je toch niet over het hoofd? Weet je moeder dat je hier bent?'

'Wauw Bibi.' zegt Linda. 'Jij bent best happig vanavond! Wat is er aan de hand?'

Ohw jee ze merken da tik ergens mee zit en de drank is hier niet bepaald een hulpmiddel bij.

'Nee joh er is niks aan de hand. Die jongen zei gewoon wat rots en ik zei wat rots terug haha! Nou doe me nou maar het volgende rondje shotjes! Ik heb zin om eens lekker dronken te worden!' roep ik om ze af te leiden.

'Kijk je wel uit Bibi.' zegt Amanda. 'Jij kan niet zo goed tegen de drank, straks moet je nog overgeven.'

Ik trek me niets aan van wat ze zegt en ga vrolijk door. De volgende uren dansen en drinken we er op los, en ik voel nu toch echt die roes wel die je krijgt als je teveel alcohol drinkt. Ik moet stoppen met drinken anders gaat het niet goed. Maar daar komt het volgende rondje alweer aan. He shit, dalijk ben ik dronken en ben ik morgen zo beroerd als een hond. Nou ja, die ene kan ook nog wel.

'Kijk je uit meisje.' hoor ik dan ineens achter me. Ik draai me om en zie daar, jawel... Stephan staan. He verdorie! Kan hij me nou niet met rust laten en nu ook dat ene avondje uit verpesten? Ik draai me weer terug zonder antwoord te geven en drink gewoon door. Nu kan het me allemaal niets meer schelen, dan word ik maar dronken.

'Bibi, kunnen we even praten?'

'Nee Stephan, ik heb je niets te zeggen... die brief was mooi maar ligt nu te kroelen met de vuilnisbak.'

Om half drie ben ik het zat en ben ik ook echt zat en wil ik naar huis. Ik loop naar Linda en de andere meiden roep...

'Ik ga naar huis hoor!'

De meiden kijken stom verbaasd en zeggen bijna in koor...

'Maar Bibi! Het is nog maar half drie!'

'Ja meiden, ik ben zat en ik ben het zat en wil naar bed!'

'Ik breng je wel thuis.' hoor ik achter me.

Ik rol met mijn ogen en kijk hem boos aan.

'Ik kan zelf wel thuis komen hoor! Daar heb ik jou niet voor nodig!'

Toch brengt zijn warme stem me weer in vervoering.

'Ik breng haar wel naar huis.' zegt Linda.

Zij heeft gereden en dus heel de avond al cola gedronken op het ene wijntje bij mij thuis na dan. Ik loop al weg en voel de blik van hem in mijn rug. Hij kijkt vast lachend toe hoe ik waggelend naar mijn jas loop en als ik om kijk, wat ik niet had moeten doen zie ik een bezorgde liefdevolle blik in zijn ogen. Weer raak ik betoverd door die mooie ogen en ik draao me snel om om te zorgen da hij niet ziet dat ik geraakt ben door zijn blik. Ik krijg mijn jas en loop zo snel als ik kan naar buiten naar de auto van Linda.

'Wacht nou toch eens even!' hoor ik Linda roepen.

'Hij komt echt niet achter ons aan!'

Ik stop en wacht totdat ze weer bij me is. Ze kijkt in mijn ogen en ziet de de tranen die ik maar moeilijk in bedwang kan houden.

'Meid toch, wat is er toch allemaal aan de hand tussen jullie?'

Ik loop door en als ik eenmaal in de auto zit doe ik het hele verhaal uit de doeken. Ik vertel haar alles en zie de verontwaardigde blik in haar ogen.

'Jeetje Bibi, dus daarom ben je zo boos op hem!' zegt ze met een zacht stemmetje.

'We zijn al vijf weken uit elkaar hoor.' zeg ik met een dubbele tong.

'Maar waarom heb je niets gezegd! Dan hadden we je kunnen helpen!' roept ze vol ongeloof.

'Het spijt me Linda, ik wilde jullie hier niet meer opzadelen. We zien elkaar al zo weinig en als we elkaar zien wil ik niet gaan zeuren over de problemen die Stephan en ik hebben.'

We stoppen bij mijn appartement en ze draait zich in haar stoel om en zegt...

'Meis ik wilde dat ik het wist, dan had ik je kunnen steunen. Vriendinnen zijn ervoor om ook je hart eens een keer uit te storten. Het is als een huwelijk, je bent er voor elkaar in voor en tegenspoed.'

'Dankjewel meid, dat waardeel ik enorm.' zeg ik en de traantjes komen weer opzetten.

'Nou ga nou maar gauw naar bed, we praten wel een andere keer over het geval dat Stephan heet.'

Ik kus haar op de wang en stap uit. Ik zwaai haar nog even na voor ik naar binnen loop. Mijn sleutels had ik in de auto al uit mijn tasje gevist, maar het is toch verdomd moeilijk om dat gat te vinden. Na vijf minuten lukt het en ik stap naar binnen. Hehe eindelijk rust... ik heb geen zin om mijn jurkje uit te doen en plof zo op bed neer. Binnen een minuut ben ik in dromenland.

4

Als ik de volgende morgen wakker word, voel ik de enorme pijn in mijn hoofd. O mijn god, ik heb echt té diep in het glaasje gekeken! Zelfs denken doet zeer en ik doe snel mijn ogen weer dicht en probeer nog wat te slapen. Dat lukt niet en bedenk me dan dat ik morgen gewoon weer moet werken, dus ik probeer uit bed te komen om vervolgens naar de keuken te lopen en een paar paracetamollen te pakken. Het is vijfhonderd milligram per pil, dus ik pak er gelijk twee zodat het sneller zakt. Ik kijk naar het klokje op de oven en zie dat het al half drie is! Ohw jee! Ik kan maar beter gelijk wakker blijven en zorgen dat ik weer bij de mensen kom! Anders dan ben ik morgen nog zo'n wrak op mijn werk. Ik zet de waterkoker aan om een bakkie thee te zetten. Ik denk niet dat mijn maag nu koffie aan kan. Er zit zo'n knoop in dat ik er misselijk van word. Ik ga voorzichtig op de bank zitten en drink mijn kop thee op. Ik loop weer terug om een paar crackers met kaas te maken. Ik kan dan maar beter ook gewoon gelijk eten, misschien zakt het dan wel harder. Och och ik moet dit echt niet meer doen. Maar het was de schuld van Stephan! Oke niet aan denken Bibi. Daar word je hoofdpijn alleen maar erger van. Ik loop weer terug naar de bank als ik mijn telefoon in de verte hoor piepen. Die ligt natuurlijk nog in de slaapkamer. Ik loop ernaartoe en zie dat ik een smsje heb ontvangen. Die zal wel van Linda zijn. Ze wil natuurlijk praten over hetgeen wat er allemaal gebeurd is en waarom ik daar niets over gezegd heb tegen de meiden. Ik open hem snel om te lezen wat erin staat.

*'Je zag er prachtig uit gister... kunnen we praten vandaag?
Xxx S'*

Hij kan het echt niet laten he. Ik kan maar beter iets terug
sturen voordat hij dadelijk bij me op de stoep staat en typ
snel een sms terug.

'Geen behoefte aan.'

Ik krijg hier alleen maar meer hoofdpijn van en gooi mijn
telefoon terug op bed en ik pak een klein dekentje uit de kast
en neem die mee naar de bank. Ik ga lekker hangen en
drapeer de deken over me heen. Ineens schrik ik wakker van
de tv en kijk even scheel op de klok en zie dat het half zeven
is. Ik heb toch nog even heerlijk liggen slapen. Mijn
hoofdpijn is over en mijn maag begint te knorren. Ik heb nog
een potje bruine bonen en een hamburger in de koelkast
liggen. Ik schil er een paar aardappels bij en zo heb ik toch
een gezonde maaltijd. Morgen moet ik weer werken dus ik
kan maar beter zorgen dat ik wat vitamines binnen krijg.

Ik hoor mijn telefoon weer rinkelen en loop weer naar de
slaapkamer. Ik hoop maar niet dat Stephan nog een paar keer
heeft gesmst want daar heb ik echt geen zin in. Ik zou er
spontaan weer hoofdpijn van krijgen. Als ik de smsjes open
zie ik dat het Linda, Amanda en Sophie zijn. Opgelucht lach
ik naar mijn telefoon en lees ze.

*'Hey meis, heb je een beetje kunnen slapen? Heb gehoord
wat er is gebeurd, als er wat is weet je met te vinden! Xxx
Shophie'*

37

'Lieverd, zullen we vanavond een filmpje kijken op de bank? Kom ik naar jou. Xxx L'

'Meid! Linda vertelde wat er was en ik ben zo geschrokken! Waarom heb je niks gezegd? Greetz A'

Linda heeft er geen gras over laten groeien het de meiden meteen verteld. Nou ja, is misschien maar beter zo, dan hoef ik het niet te doen. Ik stuur naar Linda terug dat ik dat heel gezellig zou vinden en vraag of ze wijn meebrengt want de mijne is op. De andere meiden bedank ik en zeg dat ik ze nog wel spreek.

*

Als om acht uur de bel gaat weet ik dat het Linda is en doe snel de deur open.
'Ohw wat ben ik blij om jou te zien zeg!' roep ik en ik geef haar een kus op de wang en omhels haar even.
'Je had het me echt eerder moeten zeggen meis, dan hadden we je kunnen steunen. Nu heb je al die weken alleen moeten verwerken wat die klootzak heeft gedaan.'
'Hij heeft me vanmiddag gesmst dat ik er prachtig uitzag gister en of hij kon komen praten vanavond.'
'Nee joh! Dat meen je niet! Hij geeft niet snel op he?'
'Ach, ik kom er wel overheen, ik vond het gister alleen zo moeilijk om hem te zien. En als ik dronken ben, geef ik vaak toe dus ik ben blij dat ik dat niet gedaan heb. Toch?'
Linda moet lachen en schud haar hoofd...
'Jij was echt dronken he? Als je niet meer weet of je wel of niet toegegeven hebt.' en ze lacht nog harder.

38

'Nou bedankt he meid voor je steun.' zeg ik half lachend...
'Ja sorry meis maar ik zag je naar hem kijken toen je je jas
ging halen, en je ogen nodigde hem uit om achter je aan te
komen.' zegt ze.
Ik kijk haar ongelovig aan en weet dat ik door zijn ogen
betoverd werd vannacht.
'Nou, daar was ik dus al bang voor. Ik werd betoverd door
zijn ogen, hij keek zo liefdevol en bezorgd, het waren de
ogen waar ik verliefd op werd.'
'Je houdt nog van hem.'
Ik rol met mijn ogen en slaak een diepe zucht.
'Ja natuurlijk hou ik nog van hem! We zijn ruim vijf jaar
samen geweest, en ik zou hem ook terug willen, maar eens
een vreemdganger altijd een vreemdganger en ik kan al
helemaal niet toestaan dat hij me slaat en ik een week niet
naar buiten kan. Maar genoeg nu we gaan lekker de film
kijken, welke heb je bij je?'
Ik praat er snel overheen in de hoop dat ze het erbij laat, en
het lijkt te werken.
'Ja! Dat doen we! Ik heb Meet the Parents meegenomen, die
vond je altijd zo leuk. En aangezien dat het de bedoeling is
dat we je aan het lachen krijgen, dacht ik, ik neem deze
gewoon mee.'
In mijn hoofd prijs ik me zeer gelukkig met zo'n vriendin en
ik lach naar haar.
'Wat is er? Zit er iets op mijn gezicht ofzo?'
'Nee, ik was me gelukkig aan het prijzen met zo'n vriendin
als jij. Kom we gaan lekker lachen!'

*

Ik zit al in mijn luchpauze als de bedrijfsleider binnen komt
en zegt...

'Bibi kun je om vier uur in mijn kantoor zijn? Er is iets wat
ik met je moet bespreken.'

'Maar natuurlijk! Tot dan.'

Ik eet mijn broodjes tegen heug en meug op. Ik ben zo brak
vandaag! Dat komt natuurlijk door zaterdagavond maar ook
door gisteravond. Linda en ik hadden gezellig Meet the
Parents gekeken en een paar wijntjes gedronken. Ik was
echter nog niet hersteld van mijn kater van de avond ervoor
dus daar word ik nu rijkelijk voor beloond! Ik moet
vanavond echt vroeg naar bed wil ik morgen een beetje
fatsoenlijk kunnen werken want dit kan niet zo. Daar zal de
bedrijfsleider me waarschijnlijk ook over willen spreken.
Alhoewel... mijn contract loopt over een paar weken af.
Misschien wil hij me daarover wel spreken. Ze mogen mijn
contract niet meer verlengen met een jaar maar ze moeten
me hierna een vast contract geven, en ik hoop van harte dat
dat zo is! Het is lekker druk in de winkel en de uurtjes
vliegen om. Om vier uur zeg ik tegen Colinda de cassiere...

'Ik ga even naar Daniel. Ben zo weer terug.'

Ze knikt en gaat dan verder met haar werk. Ik klop drie keer
en hoor dan een 'kom binnen' aan de andere kant van de
deur. Ik loop naar binnen en ga zitten op de stoel die
tegenover hem staat.

'U wilde mij spreken?'

'Ja Bibi, ik heb je gevraagd te komen om met je te praten
over je contract die volgende maand afloopt.'

Ik zie zijn gezicht betrekken en hij praat een beetje
afstandelijk. Oke ik weet het al... het contract wordt niet
verlengd anders had hij wel wat vrolijker gedaan.

'Ik zal maar meteen met de deur in huis vallen, maar we gaan je contract niet verlengen. We moeten gaan bezuinigen, en de duurste krachten gaan eruit.'

Ik wist dat het zou gaan gebeuren omdat hij al zo keek, maar toch komt het nog hard aan als hij het hardop uitspreekt. Hoe moet dat met mijn appartement, mijn telefoon en hoe moet ik eten kopen?

'Gaat het Bibi?' zegt Daniel en ik word meteen uit mijn dagdroom gehaald als hij herhaald...

'Gaat het? Het spijt ons verschrikkelijk Bibi, je bent een goede kracht maar we kunnen niet anders.'

'Ja het gaat wel, ik ben een beetje overrompeld en geschrokken dat ik volgende maand zonder werk zit!'

Ik reageer een beetje boos, al weet ik dat Daniel er ook niks aan kan doen en ook alleen maar de opdracht krijgt om mij te ontslaan. Ik bedenk dat ik nog wel een aantal vrije dagen heb...

'Hoeveel vrije dagen heb ik nog? En kunnen die worden uitbetaald?'

Hij kijkt meteen zuur dus het antwoord daarop weet ik ook meteen.

'Je hebt nog tien vrije dagen en nee die kunnen niet worden uitbetaald. Je contract loopt op zevenentwintig mei af dus dat betekend dat je laatste werkdag zeventien mei is.'

'Oke nou dan moet ik maar snel ander werk gaan zoeken!'

We praten nog wat en sluiten dan het gesprek af. Het laatste uurtje doe ik weinig tot niks. Colinda vroeg meteen waarom ik zolang bij Daniel had gezeten en zei dan ook maar kort en krachtig...

'Mijn contract wordt niet verlengd, zeventien mei ben ik voor het laatst.'

Meteen loop ik weg om haar gezicht niet te hoeven zien. Ze laat me dan ook met rust en ik loop het laatste uurtje, wat een eeuwigheid lijkt wat rond en zet wat dingen recht. Als het dan eindelijk zes uur is weet ik niet hoe snel ik mijn tas en jas moet pakken en moet vertrekken. Morgen zie ik wel weer. Nu eerst naar huis, en vanavond lekker op de bank hangen in mijn huispak met een filmpje en een wijntje en gewoon even niks doen en nadenken over wat ik nu moet gaan doen.

5

Het is zestien mei en morgen is mijn laatste werkdag. De afgelopen maand heb ik als een bezetene gezocht naar ander werk in dezelfde branch, maar geen enkele winkel heeft personeel nodig. Ze zijn allemaal aan het bezuinigen. Wat wel logisch is, maar dat betekend dat ik nog steeds zonder werk zit! Ik heb besloten mijn laatste maand zo goed mogelijk af te ronden. Ik en het bedrijf hebben er niets aan als ik de kantjes er vanaf zou lopen. Colinda en de rest leefden erg met me mee, al zou Colinda met haar zelf bezig moeten zijn omdat ook zij te horen heeft gekregen dat haar contract niet meer verlengd zal worden. We trekken dan ook veel samen op. Ze is de afgelopen maand vaak bij me thuis gewest en hebben we samen naar werk gezocht en lekker gekletst over mannen, uitgaan en andere meiden dingen. Ik heb er eigenlijk een leuke vriendin aan over gehouden. Ik besluit vroeg naar bed te gaan om morgen fris en fruitig aan mijn laatste dag te beginnen. Maar de slaap vatten is dan nog het tweede. Het lukt me maar niet om in slaap te komen en de wekker slaat al snel twee uur. O mijn god, dadelijk loop ik morgen met flinke wallen onder mijn ogen in de winkel! Ik denk niet dat ik zoveel make-up heb wat dat kan verbloemen. Voor ik het weet gaat de wekker af en is het half zeven. Ik kreun van ongenoegen en zou willen dat ik nog even kon blijven liggen. Maar goed morgen en overmorgen en hoeveel morgens er nog gaan volgen kan ik uitslapen dus ik stap uit bed en pak mijn kleding. Ik slenter naar de douch en zet hem iets kouder dan normaal om maar wakker te

43

worden. Brrr dat is toch wel erg koud en ben nu toch wel wakker. Ik zet hem wat warmer en douche uitgebreid een half uur. Normaal is het even tien minuten eronder wassen, haar wassen en dan weer eronder uit. Ik ben niet zo'n douche mens. Ik vind water verschrikkelijk! Ik ga ook nooit naar een zwembad omdat ik bang ben te verdrinken of dat iemand me onder water duwt. Toen ik acht jaar was ben ik in een openbaar zwembad onder water gehouden door mijn klasgenootje Brett de Groot... ik zal nooit vergeten en sindsdien ben ik bang voor water. Ik heb met pijn en moeite mijn A diploma eten te halen dus zwemmen kan ik wel maar als ik dan in een zwembad sta heb ik dagdromen dat iemand me onder water zal duwen of dat ik zal verdrinken omdat ik het zwemmen ben verleerd. Ik weet dat het raar is maar de angst blijft, en ik weet niet of dat ik die ooit zal overgroeien. Maar haar en make-up zijn een ramp en ik kan er dan ook niet veel aan doen om het nog goed te krijgen en laat het maar zoals het is. Wallen onder mijn ogen, en lege uitdrukking in mijn ogen en mijn haar pluizig. Ik doe het snel in een staart en ga naar mijn werk.

Het is twee uur en mijn collega's staan allemaal bij de kantinedeur met elkaar te praten. Wat staan ze daar nou te doen? Moet ik nu alles alleen gaan doen op mijn laatste dag? Er staan mensen bij de kassa maar Colinda blijft gewoon kleppen met de anderen. Pfff nou dan moet ik het maar doen om de klant niet ongeduldig te laten worden. De tijd gaat dan hopelijk ook sneller dan kan ik naar huis en als de wiedeweerga op zoek naar ander werk. Als ik terug loop naar mijn plek staan ineens de dames samen met Daniel voor mijn neus met een enorm cadeau, en door gebak en een kan koffie!

'Wat is dit nou?' weet ik stamelend uit te brengen.

'Het is een afscheidscadeau voor je.' zegt Daniel. 'We doen dan ook meteen maar een bakkie koffie met een gebakje. Het is geen feest dat je weggaat, maar we moeten deze dag maar zo draaglijk mogelijk voor je maken. We zien hoe somber je bent Bibi, en wij vinden het ook niet makkelijk.'

'Nou, pak je cadeau maar uit!' roept Colinda. 'We hopen dat je het leuk vind!'

Ik pak het cadeau uit en zie een doos met een mooie wandhanger in de vorm van een boompje waar je waxine lichtjes in kunt doen.

'Ohw jongens wat mooi! Deze zal geweldig staan aan de lege muur in mijn appartement!'

'Kijk nog even aan de achterkant Bibi.' zegt Daniel.

Ik draai de doos om en zie een enveloppe hangen met mijn naam erop. Ik maak hem open en haal er een hele mooie kaart uit waarop staat 'Helaas moeten we afscheid van je nemen.'

Ik wil hem openmaken als er briefjes uitvallen. Het zijn zes briefjes van vijftig! Ik kijk verschrikt op naar de damen en Daniel en begin te stotteren... iets waar ik al lang geleden overheen gegroeid ben maar wat soms nog terug komt als ik zenuwachtig of geschrokken ben.

'W w wat is dit? Dit kan ik niet aannemen? Dit is echt veel te veel!'

'We weten dat het moeilijk is om werk te vinden en we willen je zo helpen zodat je boodschappen kunnen doen, en een avondje kunt gaan stappen.'

De tranen springen in mijn ogen en ik kan ze dan ook niet bedwingen en ze rollen over mijn wangen. Ik had nog zo tegen mezelf gezegd dat ik niet zou gaan huilen, maar dit is gewoon echt teveel. En zo lief van mijn collega's dat ze verder kijken dan de buitenkant.

'Och lieverds toch.' weet ik uit te snikken. 'jullie hebben geen idee wat dit voor mij betekend.'

'Jawel.' zegt Colinda. 'Het is niet makkelijk om volwassen te worden en voor jezelf te zorgen als je geen ouders meer hebt.'

Nu kan ik me niet meer bedwingen en loop de deur door naar de kantine. Ik begin ongecontroleerd te huilen. Ik hoop dat ze me niet horen, maar dat had ik me moeten bedenken voor ik de deur open liet staan. Fijn... ook dat nog! Het is mijn laatste dag en ik ga met gezwollen rode ogen naar huis. Daniel komt binnen en kijkt me medelevend aan.

'Het is goed Bibi, laat je maar gaan.' en hij slaat een arm over mijn schouder.

'Ja maar dit is niet wat ik bedacht had voor mijn laatste dag!' zeg ik en ik hoor een stem waarvan ik denk dat hij niet van mij is.

'We gaan taart eten en jij vermaakt je gewoon met ons. Je hoeft vanmiddag niet meer te werken en om de beurt komt er iemand binnen om met je te lachen en te snoepen.'

'Maar dat kan toch niet! Er moet toch gewoon gewerkt worden?' roep ik uit. Ik vind het echt niet leuk dat ik hier moet gaan zitten en dat er één voor één iemand binnen komt om met me te lachen terwijl ik weet dat het hierna over is. En dat ik alleen naar huis moet, waar ik weer alleen zal zijn en voor wie weet hoelang werkeloos zal zijn.

'Het komt allemaal wel goed met jou. Je bent een goede kracht geweest en als bedrijven gaan bellen voor een referentie dan zullen we zeker een goed woordje voor je

46

doen.' zegt hij met een glimlach.

'Dankje Daniel, dat betekend veel voor me.'

Er wordt op de deur geklopt en Colinda steekt haar hoofd om de deur heen...

'Hé Daniel, het is zo langzamerhand mijn beurt!' lacht ze.

'Oke oke ik ga weer terug. Hou je taai meid en als je wilt praten dan weet je me te vinden!'

'Dankje Daniel, het was fijn om met je samen te werken! Hé waar is Dennis eigenlijk?'

'Hij moest in Capelle werken, maar komt je zeker nog opzoeken.'

'Ohw oke nou dan zie ik hem thuis nog wel een keer. Kom Colinda! We gaan eens even lekker kleppen! Ik lust nu wel zo'n stukje taart hihi.'

We kletsen en lachen en eigenlijk vind ik het best wel leuk. Het is een geweldig afscheid en dat hebben ze maar goed bekokstoofd met z'n zessen.

*

Bij thuiskomst voelde het meteen eenzaam en alleen. Ik had geen werk meer, geen vriend meer en ik zou niet weten wat ik daaraan moet doen. Ik plof op de bank en heb besloten om later vanavond maar te douchen. Eerst maar eens even lekker tv kijken. Hmmm, ook niks te vinden. Ik ga de patat pan aanzetten, m'n huiskloffie aantrekken en doe heel de avond niks meer... ik heb toch alle tijd van de wereld. Met m'n bordje op de bank kijk ik het laatste stukje van rtl boulevard af. Straks komt gtst en vanavond een rete goeie film met Sylvester Stallone op tv... nou dit word mijn avondje zou ik zo zeggen. Wat moet ik nou doen?? ik heb alle kranten al uitgeplozen, het internet onveilig gemaakt, al twintig sollicitatie brieven verstuurd maar er is niemand die erop reageert. Is mijn cv zo slecht? Ik geef toe dat ik bij veel advertenties niet aan de eisen voldeed, maar ja proberen kon geen kwaad toch? Straks kan ik mijn telefoon en dit mooie appartement niet meer betalen. Dan moet ik mijn auto verkopen en moet ik op een houtje gaan zitten bijten. Nu weet ik wel hoe dat moet... maar het zou fijn zijn als er één bedrijf is die me aanneemt. Gtst begint en ik heb even mijn half uurtje rust zonder te piekeren. De film begint en ik settel me op de bank met een glas goede witte wijn die Linda heeft achtergelaten en een bak chips... die patat zorgt ervoor dat je wel meer gaat eten. Moet ik toch maar mee oppassen. Ik kan me niet concentreren op de film en ga toch even douchen. Ik voel me lamlendig en alleen dus plif ik maar weer op de bank met nog een glas wijn en vul mijn bak bij met chips. Ik zal blij zijn als ik werk heb...

*

Morgen is het zover! Dan heb ik een sollicitatie gesprek bij een grote winkel keten in Dordrecht. Ik moet nog even uitvogelen met welke trein ik ernaar toe moet. En hoe ver het dan nog lopen is naar de winkel. Zou wel goed zijn die wandeling... ik heb de afgelopen weken veel te vet gegeten en teveel wijn gedronken met de meiden. Het is nu vier weken geleden dat ik mijn laatste werkdag had en ik raakte daarna een beetje in een dip. Ik was bang dat ik nergens uitgenodigd zou worden voor een gesprek en dat ik voorlopig geen werk zou hebben en dat het wonen in mijn mooie appartement in gevaar zou komen. Gelukkig waren daar mijn oude collega's die af en toe even langskwamen. Vooral Colinda komt vaak langs, zij moet nog twee weken voor haar contract afloopt en ook zij geen werk meer heeft. Zij heeft her en der alweer gesprekken, maar ja zij heeft dan ook een diploma directiesecretaresse en ze wil toch in die branche weer beginnen. Daar kun je tenminste een paar centen mee verdienen! Ik open mijn laptop en ga naar de website van de NS, vul de gegevens in en zie dat er om tien over half acht een trein naar Dordrecht gaat en dan zou ik er om vier minuten voor acht zijn. Ik moet er om half negen zijn dus dat zou mooi zijn. Op google maps zie ik dat het één hele straat lopen is en de planner geeft aan dat het vijftien minuten lopen is vanaf het station. Nou ja, alsof het precies uitgekiend is. Dan kan ik op m'n gemakje van het station naar de winkel lopen.

*

Ik sta om zes uur op om even lekker te gaan douchen en aangezien ik voorlopig geen tijd heb om te eten, ontbijt ik nu maar even op mijn gemakje. Sinds ik bij de winkel kwam te werken ben ik 's morgens gaan ontbijten. Daarvoor moest ik er niet van hebben en kreeg ik niets door mijn keel. Maar nu sta ik op en knort mijn maag en het is best lekker om dan te ontbijten met een kop koffie en een krantje erbij. Even lekker wakker worden. Ik hoor het mijn moeder nog steeds zeggen da tik moet ontbijten en even krijg ik kippenvel. Om half acht loop ik naar het station en wacht op mijn trein op spoor vier die naar Dordrecht gaat. Ik vind het eigenlijk best spannend! Het is gek maar ik ben nog nooit in Dordrecht geweest. Het schijnt een hele mooie stad te zijn en tante Lies en ome Kees wonen dan ook al hun hele leven in Dordrecht

49

Stadspolders. Ik had daar een keer naartoe moeten gaan. Ze hebben destijds zoveel voor me gedaan en ik heb het gewoon afgekapt omdat ik zo kapot was van papa en mama's dood. Toch vind ik het vreemd da tik van hun ook weinig tot niks gehoord heb. De laatste twee jaar heb ik helemaal geen contact meer gehad met hun. Daar moet ik maar eens verandering in gaan brengen. Ze zijn wel mijn familie. En op dit moment heb ik nog maar heel weinig over waar ik gewoon eens lekker mijn hart uit kan storten. Misschien dat ik na mijn gesprek de trein pak naar Stadspolders om eens te gaan kijken, ze wonen tenslotte maar een paar straten bij het station vandaan dus dat moet makkelijk te vinden zijn. De treinmachinist roept om dat we het station van Dordrecht Centrum naderen dus ik ga al in het halletje staan om uit te stappen. Ohw ik had hier wat te eten kunnen pakken zie ik wel. Er zit een broodjes zaak en er staat een kast met allerlei drankjes erin. Dat moet ik onthouden voor de volgende keer dat ik hier ben. Als ik tenminste aangenomen word bij de winkel, dan kom ik hier nog heel vaak en kan ik hier een broodje pakken. Nu heb ik daar simpelweg geen geld voor. Ik moet deze baan dan ook aangewezen krijgen wil ik het nog langer vol kunnen houden in Rotterdam. Ik kom bij een druk kruispunt met stoplichten aan en zie al gauw dat het centrum rechtdoor is dus die straat steek ik over. Van wat ik me herinner was het een lange straat die ik gewoon moest volgen en het dan vanzelf zou zien. Naarmate ik de straat doorloop kom ik steeds meer winkels tegen en zie het logo van het bedrijf al. Ik kijk op mijn horloge om te kijken hoelang ik erover gelopen heb en dat blijkt toch twintig minuten te zijn. Jeetje het is best nog een aardig stukje, maar goed dat ik op tijd de trein heb genomen zodat ik het even kon verkennen. Ik druk op de bel en een mannenstem zegt dat ik ver mag komen en de deur word open gedrukt. Ik krijg even kippenvel van die zwoele stem met een accent aan de andere kant... zou het een Engels accent zijn? Maar ik zet me erover heen. Geen tijd om nu te gaan fantaseren. Ik moet een trap op en dan naar rechts en daar zie ik een man staan van ongeveer mijn leeftijd denk ik, strak in het pak, zijn halflange zwarte haar strak achterover gekamd en die ogen! Wauw wat een mooie ogen. Ik kan ook niet goed zeggen welke kleur groen ze zijn. Het is nog net geen felgroen. Goeie god! Wat een spetter zeg! Ik sta aan de grond genageld, weet geen woord uit te brengen en het schaamrood stijgt dan ook meteen tot aan mijn ogen. Hij vangt me met zijn mooie ogen en ik kan het niet opbrengen om die aparte groene ogen te ontwijken en hou zijn blik vast. Ik voel me vuur rood worden! Ohw jee uitgerekend nu moet ik een rood hoofd krijgen!

'Goedemorgen Bibi, Ik ben Alex McCray en ik ben de manager van deze winkel. Wilt u koffie?' zegt hij met een oogverblindende glimlach. He bah, dit is er weer zo één die weet dat hij knap is en elke meid kan krijgen. Nou nee dank u. Hij heeft wel een Engelse naam.

'Goedemorgen, ja graag een kopje koffie alstublieft.' zeg ik uitermate beleefd en doe net alsof hij me niets doet en wacht totdat me gevraagd wordt of ik wil gaan zitten.

'Gaat u zitten, dan gaan we zo met het gesprek beginnen.' Nou het lijkt wel alsof hij mijn gedachten kan lezen. Ik ga zitten en wacht netjes tot mijn koffie voor mijn neus wordt gezet. Daar komt de eerste vraag waar ik een vreselijke hekel aan heb.

'En waarom zou u hier willen werken?'

51

'Ik ga graag met mensen om. Daarnaast heeft elke winkel goed en vakkundig personeel nodig dat ook ten alle tijden vriendelijk kan blijven tegen hun klanten ook al zijn die klanten soms vreselijk onredelijk of soms onbeschoft.'

Het is het standaard zinnetje wat ik voor die braaf gebruik en het lijkt altijd te werken. Ik doe heel erg mijn best om hem aan te kijken maar hij is zo geweldig knap dat ik elke keer mijn gezicht afwend om ergens naar te kijken wat er niet is. Hoe zou zijn buik eruit zien? Zou dat net zo'n wasbordje zijn als ik me voorstelde? Hoe zou hij zijn vrouw behagen? Zou hij haar tedere kusjes geven... haar verzorgen als ze ziek zou zijn, haar beschermen als dat nodig was? Jeetje Bibi doe eens even normaal! Bij de les blijven! Hij heeft natuurlijk allang een vriendin, en anders hangen de dames waarschijnlijk als hondjes aan z'n voeten. Naarmate het gesprek vordert krijg ik een steeds beter beeld van Alex. Hij lijkt me wel aardig en hij is zeer vriendelijk. Hij laat geen dominante houding zien en ik dacht net te zien dat hij ook een beetje bloosde. Maar goed schijn kan bedriegen. Het gesprek is na een half uur ten einde en ik neem houterig afscheid... niet echt een goede indruk achter gelaten maar ik voel me er erg goed bij. Binnen drie weken zou ik horen of ik de baan had. Oké nou dan gaan we nu maar weer naar het station, om daar de trein te pakken naar Stadspolders. Om zeven minuten voor half tien gaat er één dus ik moet stevig doorstappen om op tijd te zijn.

*

Op stadspolders stap ik uit en kijk ik even om me heen. Ah daar hebben ze zo'n straatbord, kan ik mooi even kijken waar

52

ik heen moet. Oke hier naar rechts dan de tweede links en dan ben ik er. Nou dat moet te doen zijn. Ik zet het op een lopen en ik zie al snel waar tante Lies woont. Het nummer wist ik niet meer maar het huis en de tuin is nog steeds niet veranderd. Ik bel aan en wacht tot ze open doet.

6

'Meisje! Wat leuk om jou te zien!!' roept ze en ze barst
meteen in huilen uit.

'Maar tante waarom huilt u nu dan?'

'Och meisje ik ben zo blij om je te zien, ik heb je zo gemist
en wat lijk je verschrikkelijk veel op je moeder! Wat brengt
je hier in Dordrecht? Maar kom eerst even binnen, dan schen
ik een bakkie in en dan kletsen we even.'

Ik stap naar binnen en trek mijn schoenen en jas uit. Het huis
is nog steeds hetzelfde, klein gangetje door die over gaat
naar de keuken en rechts is de woonkamer. Waar nog steeds
de oude dingen staan die er al stonden toen ik nog een klein
meisje was. Alleen is in de hoek de grote klok van mijn
vader en moeder erbij gekomen, staat er nog een oude
buffetkast tegen de wand en aan de gang kant staat het tv
meubel met nog steeds de oude tv met kont en de beige
banken met ribbel motief staan er ook nog, maar ze zien er
nog als nieuw uit. Ik plof neer en wacht tot tante terug komt
met de koffie.

'En, wat brengt jou hier in de stad meis?' vraagt ze en ze
heeft een dienblad met koffie en mijn lievelings-koekjes
meegenomen.

'Bokkepoten!! Daar ben ik gek op!' roep ik verrukt.

'Dat weet ik meis, daarom heb ik ze ook meegebracht. Ik
had namelijk al zo'n voorgevoel dat je één dezer dagen langs
zou komen.'

'Ohw? Nou dan heb je dat goed gedacht. Ik ben hier omdat
ik vanmorgen een sollicitatie gesprek had bij een winkel. Ik

ben namelijk vier weken geleden mijn werk kwijt geraakt omdat ze moesten bezuinigen.'

'Nou ja, en dan ontslaan ze jou? Wat een idioten!' zegt ze vol verbazing en ik moet om haar lachen. Ze lijkt zoveel op mijn moeder en ik zou willen dat ze er nog was om met ons mee te lachen.

'Ik weet het meid, ik mis haar ook. Ik zou ook willen dat ze hier was om met ons mee te lachen.' zegt ze alsof ik dat net gezegd heb. Huh? Wat is dit nou weer. Kan ze nu ineens gedachten lezen?

'Hoe wist je wat ik dacht? Dat vind ik wel een beetje eng, dat ik iets denk en dat jij er antwoord op geeft.'

'Het is je gezichtsuitdrukking die je verraad en ik weet hoeveel ik op mijn zus lijk.'

Na een uurtje pak ik de trein weer richting Rotterdam en kan tante Lies gaan werken. Het was toch wel heel gezellig om weer even met haar te kletsen over de afgelopen jaren. En ik weet nu ook waarom ik niet naar haar toe ben gegaan. Ze lijkt teveel op mijn moeder en ik heb hun dood nog steeds niet helemaal verwerkt.

*

Ik ben even naar de winkel geweest om even boodschapjes te halen als ik zie dat er een brief in de brievenbus ligt met het logo waar ik twee weken geleden een sollicitatie gesprek heb gehad. Ohw joepie!! Hier staat in of ik wel of niet aangenomen ben! Ik sprint naar de lift en wilde dat dat ding eens wat sneller beneden was. Eenmaal boven gooi ik de tassen de keuken in en ga ik met de brief op de barkruk zitten. Dit is het moment van de waarheid... ga ik binnenkort elke dag naar Dordrecht of niet? Ik scheur hem open en begin te lezen. Teleurstelling maakt zich meester in mijn lijf. Kippenvel loopt over mijn armen en de tranen staan ik mijn ogen. Ik ben niet aangenomen... en dat betekend dat ik hier niet lang meer kan blijven wonen. Ik moet maar even een uitkering aan gaan vragen. Maar of dat veel zin heeft... ik heb drie jaar bij de winkel gewerkt en dat zou betekenen dat ik drie maanden een uitkering krijg. Niet echt een vette hap maar ja als het niet anders kan dan kan het niet anders. Na een half uur besef ik dat ik de boodschappen helemaal niet heb opgeruimd en er zit een zak patat in! Ik vlieg om het keukenblad heen en pak de zak en kom tot de conclusie dat hij al bijna helemaal ontdooid is. Ah fijn, nou dan slingeren we de pan maar aan en eten we patat en de rest moet ik weg gooien. He wat zonde zeg! Na mijn heel gezonde maaltijd plof ik op de bank met een bak koffie en wacht totdat Goede Tijden Slechte Tijden gaat beginnen. Dat is sinds een paar weken mijn favoriete soap geworden. Ik moest er eerst niet zoveel van hebben, maar er gebeurd in mijn leven zoveel drama dat ik er wel naar moest kijken omdat daar ook zoveel drama is. Ik besluit tante Lies te smssen...

'Hoi tante Lies, ik ben niet aangenomen. Xxx Bibi'

Mijn soapie begint en kijk weer hoe moeilijk Rik het heeft in de gevangenis zonder Nuran. Je moet er toch niet aan denken vijftien jaar de gevangenis in te moeten? Mijn telefoon rinkelt en ik zie dat ik een sms heb ontvangen. Waarschijnlijk van tante Lies, maar als ik hem open zie ik dat het van iemand anders is.

'Lieve Bibi, ik mis je zo erg dat het pijn doet. Kunnen we echt niet even praten? X S'

O lieve help! Ik dacht dat ik van die gozer af was! Al moet ik zeggen dat ik hem gemist heb. Ik heb toch ook wel veel goede jaren met hem gehad. Maar eens iemand met losse handjes, altijd iemand met losse handjes. Tenzij hij me natuurlijk kan helpen dit appartement te behouden... dan kan hij hiervoor betalen en dan kan ik hier blijven wonen. Maar ja dan moet hij er hier bij wonen en moeten we met elkaar naar bed en dat heb ik er niet voor over. En ik ben nou ook niet zo iemand die zo laag zinkt om iemand terug te pakken. En daarbij komt dat hij geen werk heeft... Ik besluit niets terug te sturen en kijk weer op mijn telefoon als hij weer rinkelt. Dit keer is het wel van tante Lies.

'Sorry Bibi, moest gtst ff afkijken. Wat erg! En nu? Als je het daar niet trekt kun je altijd hier komen wonen hoor! Xxx'

Op zich is dat nog helemaal niet zo'n slecht idee! Ik zou het best leuk vinden om weer eens een gezin te zijn en elke dag heerlijk met elkaar te eten en te praten over de simpele dingen. Nu kom ik in een leeg huis thuis en is er niemand die tegen me praat. Maar ja dat betekend dat ik dit hier echt op moet zeggen. Ik ben zo gehecht aan deze plek. Ik heb het helemaal zelf gedaan, ik heb er zelf een leven opgebouwd zonder ouders en broer. De rest van de avond verloopt met een dekentje op de bank met een wijntje en een film. The Gladiator is op tv en dat vind ik een geweldige film. Vanaf morgen komt de Rambo serie weer op tv en daar ga ik dan ook weer heerlijk voor zitten. Ik hoef me toch nergens te verantwoorden. Om tien uur krijg ik nog een sms en vraag me af van wie hij is. Ik open hem en zie dat het Linda is.

'Hé chick! Morgen de Rambo serie! Saampies kijken? Kom ik naar jou met wijn! Xxx L'

Ohw wat leuk! Dit kan ik echt goed gebruiken! Het is alweer even geleden dat we samen een film gekeken hebben en heb wel weer zin in een oer oude meiden avond! Gewoon gezellig met een wijntje, een film, een snackie en wat gebabbel op de bank. Even wat afleiding zodat ik niet aan de ellende hoef te denken die me te wachten staat, en de beslissingen die ik moet gaan nemen. Ik staar nog wat naar de tv en bedenk dan dat ik haar wel terug moet smssen natuurlijk.

'Hé meis! Wat gezellig! Ik zal zorgen voor de snackies! Tot morgen! Xxx B'

*

Het is acht uur en de bel gaat. Ik weet zeker dat het Linda is. Ik druk de deur open en wacht tot ze boven is. Ze is heel stipt. We spreken altijd rond acht uur af maar ze is echt nooit een minuut te laat. Ze stapt de lift uit met een zware tas.
'Hé Meis! Wat leuk om je weer te zien!' roep ik en ze komt aan waggelen met die tas.
'Jeetje, wat heb jij bij je! Een paar bakstenen?'
'Ja ach ik dacht, ik zal een paar flessen meenemen, maar het is toch zwaarder dan ik dacht. Hoe is het met je?'
'Ja kan beter, maar daar hebben we het nog weleens over.'

'O nee Bibi, je gaat me nu vertellen wat eraan de hand is!'
Pfff ze moet ook altijd echt het naadje van de kous weten.
'Nou ik zal eerst even een bakkie voor ons zetten en als we
dan op de bank geploft zijn zal ik het helemaal uit de doeken
doen goed?'
Ik slinger de senseo aan en zet twee bakies koffie. Ik heb
hem zelf ook uit m'n broek laten hangen want ik heb
vanmiddag bij de winkel die dure bokkepoten gekocht die ik
zo lekker vind. Ik leg er twee op een bordje en loop met het
dienblad de woonkamer in.
'Ooooh je hebt bokkepoten! Daar ben ik gek op! Hoe wist je
dat?'
'Hahaha nou niet... maar ik ben er zelf ook gek op en nu
dacht ik vanmiddag, ach een keertje die dure meenemen kan
geen kwaad.'
'Nou weer iets wat we gemeen hebben! We passen goed bij
elkaar! Nou vertel eens... wat heb je op je kerfstok?'
Ik zucht eens diep en vertel haar dan het hele verhaal, maar
ook wat er waarschijnlijk gaat gebeuren. Ik vertel haar ook
dat Stephan weer heeft gesmst en dat ik weer contact heb
met tante Lies. Als ik uitgepraat ben, neem ik een grote slok
wijn en slaak een diepe zucht.
'Och mes toch! Maar dat betekend dat je misschien hier weg
gaat?'
'Ja of je moet naar Dordrecht willen komen. Dan kunnen we
het afwisselen, de ene keer bij jou en de andere keer bij mij.'
'Ik vind dit wel heel erg Bibi. En dan die uitkeringsinstantie,
wat is dat voor beleid? Drie jaar werken en maar drie
maanden uitkering?'
'Ja ik weet het. Het slaat nergens op, maar ja beter iets dan
niets. Oke nou genoeg ellende besproken, we gaan nu die

film kijken!'

Ik pak de snackies, zet ze op tafel en schenk de glazen vol. We ploffen op de bank voor Rambo. Wat een heerlijke vent is dat toch! En zo verschrikkelijk sterk! We zijn halverwege de film als er een romantische scene in zit.

'Och wat zou ik toch veel over hebben voor een goede vrijpartij! Ik sta al maanden droog!' roept Linda en ik neem op dat moment een slok wijn maar moet zo hard lachen dat ik er bijna in stik. Als ik weer ben bijgekomen vraagt ze...

'Wat was dat nou weer met Stephan?'

'Ach hij wilde weer praten omdat hij me zo erg mist dat het pijn doet. Ik heb niks terug gestuurd.'

Ik weet dat hij het zal blijven proberen totdat ik met hem wil praten.

'Good for you! En ook vooral niet doen! Die gozer moet wel veel om je geven wil hij zo achter je aan lopen hoor. Ik wilde dat ik zo'n gozer had die achter me aan zat. Dan had ik het wel geweten!'

'Waarom ga jij niet achter Stephan aan dan? Dan ben ik er vanaf en heb jij je goede vrijpartij haha.' zeg ik en hoop daarmee dat ze er misschien wel op in gaat.

'Ja dat zou ik natuurlijk kunnen doen, het is alleen zo dat hij verkikkerd is op een ander dus dan heb ik weinig kans van slagen. Nee, ik wacht wel tot mijn ware prins op het witte paard voorbij komt.' zegt ze dromerig.

'Hahaha prins op het witte paard? Bestaan die wel dan? Dat je helemaal hoteldebotel kunt zijn van een man? Dat als je hem aan kijkt je aan de grond genageld staat omdat hij zo'n dierlijke seksuele kracht uitstraalt en je met zijn blik vast kan houden? Dat je hem niet kunt weerstaan ook al zou je willen?' zeg ik en bedenk me meteen da tik pas zo'n man ben

tegen gekomen. Linda kijkt me aan en begint te giechelen.
'Bibi, nooit geweten dat jij op dominante mannen valt! Maar
dat zou wel geweldig zijn als er zo'n man bestond die alleen
mij mooi vind en me niet kan weerstaan. Die persoon is dan
voor mij gemaakt.'
Ik kijk haar aan en denk even na over wat ze gezegd heeft.
Val ik echt op dominante mannen? Maar wat Stephan deed
vond ik helemaal niet fijn. Hoe kan ik dan op dominante
mannen vallen. Hij hoeft toch niet dominant te zijn om zo
aantrekkelijk en onweerstaanbaar te zijn?
'Ik val helemaal niet op dominante mannen! Ze hoeven toch
niet zo te zijn om onweerstaanbaar te zijn?'
'Och Bibi, alleen dominante mannen hebben die uitstraling.
Dat zijn mannen met centen in de pocket en die altijd krijgen
wat ze willen.'
'Oke nou laten we nu de films maar afkijken, ik heb de helft
al gemist!' zeg ik geërgerd.
We nemen nog een slok wijn en wat versnaperingen, kijken
de film af en nemen weer afscheid. Ik plof in mijn bed en
denk na over wat Linda heeft gezegd. Val ik echt op
dominante mannen? Zou ik echt willen dat een man mij
spankt? Nee... dat deed gewoon pijn, dat kan toch geen
genot zijn?

7

Goh wat heb ik heerlijk geslapen zeg! En ik ben zowaar een
keer fit na een avondje Linda. Ik lach om mezelf en loop
naar de keuken om koffie en een ontbijtje te maken. De krant
had ik gisteravond al klaar gelegd. Gister was het zaterdag
dus dan zijn die kranten altijd extra dik. Ik ga aan de
keukentafel zitten en sla de krant open. Ik moet hem goed
door pluizen naar werk wil ik deze krant nog elke dag
kunnen kopen. Aan het einde van de ochtend heb ik de krant
helemaal uitgeplozen en ben ik vier vacatures rijker. Ik zal
meteen de brieven gaan schrijven en op de post doen. Ik
loop naar het dressoir in de woonkamer om een schrijfblok
te pakken als ik zie dat het al half één is. Ah de halve dag
alweer om! Laat ik dan eerst maar gaan douchen en dan gaan
we met frisse moed aan de brieven beginnen. De kleding
keuze is weer een ramp en besluit daarom om maar gewoon
een huispak aan te trekken. Het is tenslotte zondag! Mijn
haar kan ik gewoon aan de lucht laten drogen. Dat scheelt
weer tijd. Ik loop de keuken weer in voor nog een kop koffie
en ga dan weer aan de tafel zitten om de brieven te schrijven.
Ik moet mijn cv eens gaan typen op de laptop, dan kan ik het
zo uitprinten als het nodig is. De brieven blijf ik schrijven.
Het is al zo onpersoonlijk en als je de brieven dan ook nog
op de laptop gaat doen zijn ze helemaal onpersoonlijk! De
brieven zijn geschreven, de cv's geprint en in de enveloppen
gedaan. Nu nog postzegels erop en ik kan ze even op de post
gaan doen, zodat ik morgen niet weg hoef. Als ik de la van
het dressoir open schuif zie ik dat ik helemaal geen

postzegels meer heb! Hoe kan dat nou! Ik weet zeker dat ik hier nog twee vellen had liggen! Ik ga op zoek naar mijn telefoon en stuur een sms naar Stephan.

'Heb jij de postzegels mee gejat? Gelieve nieuwe in de brievenbus te doen!!'

Ik doe geen kus, en geen naam. Hij weet echt wel dat ik het ben. En wie kan anders de postzegels meegenomen hebben. Nu moet ik morgen alsnog naar het centrum om postzegels te kopen en de brieven op sturen. Nou ja het is niet anders. Het smsje van tante Lies komt weer voorbij op het scherm en zet me weer aan het denken. Misschien dat ik het maar gewoon moet doen. Het duurt niet lang meer of ik heb dan helemaal niets meer en als ik het aanbod van tante Lies niet aanneem kom ik op straat terecht en daar heb ik weinig zin in. Ik besluit haar een sms terug te sturen.

'Hey tante Lies, sorry dat ik zo laat reageer, maar ik heb besloten om je aanbod aan te nemen en bij jullie te komen wonen! Vanaf wanneer zou het kunnen?'

Ik kijk de kamer rond en besef nu dat ik de keuze heb gemaakt om naar Dordrecht te verhuizen. Ik ga voor het eerst sinds mijn vijftiende weer bij iemand inwonen. Ik vind het toch wel eng. Nu moet ik weer rekening houden met iemand anders. Nou ja niet zomaar iemand, maar toch, ik heb jaren op mezelf gewoond en nu ga ik weer in een gezin wonen. Ook wel weer leuk, nu kunnen we weer leuke dingen gaan doen en samen eten, wijntje drinken en filmpje kijken. Ik slinger de laptop weer aan die op zijn beveiliging geschoten is en ga op zoek naar een verhuis bedrijf. Morgen moet ik maar even naar de winkel om dozen te verzamelen zodat ik mijn spullen kan inpakken. Mijn telefoon rinkel en ik denk dat het tante Lies is.

'Lieve Bibi, ik heb inderdaad de postzegels meegenomen. Ik kom vanavond wel even wat zegels brengen... goed als we even praten? Xxx S'

Pfff hij blijft ook bezig. Kan hij dan niet gewoon een leven voor zichzelf op gaan bouwen en mij vergeten? Aan de andere kant, ik kan natuurlijk ook zeggen dat dat goed is en dan kan ik meteen vertellen da tik ga verhuizen! Ja goed plan! Even kijken hoe ik dat in de sms ga zetten.

'Stephan, het is goed dat je ze vanavond komt brengen want ik heb ze nodig. En dan kunnen we net zo goed even praten.'

Ik moet ook maar een avondje voor de meiden organiseren om tegen hun te zeggen dat ik ga verhuizen en dat dat dan ook de laatste avond is dat we samen zijn. Ik sms alle meiden of ze woensdagavond rond acht uur bij mij kunnen zijn voor een meiden avond, gezellig met een hapje en een drankje en ouderwets gillen om een film. Ik wil mijn telefoon alweer weg leggen als hij alweer rinkelt. Jeetje heeft hij er boven op gezeten of zo?

'Wat fijn Bibi! Ik heb je zo gemist! Tot vanavond! Xxx S'

Haha nou we zullen hem meteen uit die droom helpen als hij komt. Het zal wel rond een uur of acht zijn dus ik denk dat ik vast wat ga eten. Ik heb trek in taco's, ik heb vast nog wel wat liggen wat daarop kan. Als ik in de keukenkastjes kijk zie ik nog een klein potje bruine bonen, en in de koelkast heb ik nog een kipfilet liggen. Dus die snij ik even in stukjes, kruid ik ze even met kip kruiden en bak ze dan bruin, het vuur moet laag en dan doen we er een paar champignons, uien en paprika bij op het laatst de bruine bonen er even bij en dan kan het brouwsel in de taco. Even oprollen en zo aan je mond zetten. Ohw wat lekker zeg! En zo makkelijk om te maken. Tijdens het eten denk ik na over wat ik vanavond moet gaan zeggen tegen Stephan. Hij zal het woord wel nemen met het spijt me, vergeef me gezeur maar daar heb ik eigenlijk echt geen zin in. Ik moet hem gewoon zeggen waar het op staat en dan zijn we zo klaar. Het is niet anders... ik ga weg. Ik hoor weer gerinkel en hoop nu dat het tante Lies is met de bevestiging.

'Bibi, we zijn zo blij dat je bij ons komt wonen! Wat mij betreft vanaf morgen, maar ik snap dat je eerst je boeltje daar moet regelen! Kunnen wij je ergens mee helpen? Inpakken of zo?'

Oké, het is definitief! Ik ga verhuizen! Ik sms terug dat ik met een week wel gereed ben en vraag of hun misschien iets willen zoeken waar ik mijn meubels op kan slaan, want die wil ik wel houden. Maar wat moet ik met mijn auto... daar moet ik nog maar even over nadenken. Ik loop naar de senseo om een bakkie te zetten als je bel gaat. Nou, dat kan Stephan toch nog niet zijn? Het is pas half zeven. Ach laat het hem maar zijn dan ben ik er vanaf en kan ik vanavond gewoon lekker op de bank hangen. Ik neem de telefoon op

65

en hoor dat het inderdaad Stephan is. Ik hoor dat hij zenuwachtig is omdat hij een rillerig stemmetje heeft. Twee minuten later is hij boven en ik doe de deur open en loop meteen weer weg.

'Goedenavond Stephan. Kom binnen.' zeg ik en ik loop naar de keuken waar mijn koffie nog staat en vraag of hij ook koffie wil.

'Ja lekker Bibi, ik lust wel een bakkie.' zegt hij en ik hoor dat hij nog zenuwachtiger word.

'Wat ben je vroeg? Ik had je pas rond een uur of acht verwacht.'

'Nou, ik kon eigenlijk niet meer wachten om je te zien. Ik heb je zo gemist Bibi.'

'Dat is dan erg jammer voor je dat je nog niet over me heen bent. Zullen we binnen gaan zitten?'

Ik loop naar de bank en plof neer. Ik zet de tv aan maar merk al snel dat er niks op is. Ik zet hem dan maar op de radio en kijk Stephan voor het eerst aan met een directe blik die niets zegt.

'Ik hoopte dat ik je vanavond over kon halen om het nog een keer te proberen. Ik wil je terug Bibi.'

Ik doe net of ik nadenk, en dat is eigenlijk ook zo. Ik ben alleen aan het nadenken hoe ik ga zeggen dat het nooit meer iets wordt tussen ons en dat ik ga verhuizen naar Dordrecht.

'Luister Stephan, denk je nou echt dat ik je terug neem omdat je geen werk meer hebt? Nou dan heb ik een nieuwtje... dat heb ik ook niet meer! Het zal nooit meer iets worden tussen ons. Wat jij gedaan hebt kan echt niet door de beugel.' zeg ik in één adem.

'Dat weet ik ook wel, ik had je never nooit mogen slaan, maar het dominante seks spelletje in bed vond je wel lekker dacht ik.' zegt hij met een scheve glimlach.

'Ik vond dat niet lekker en ik deed alleen maar mee omdat ik graag klaar wilde komen!' roep ik en ik begin te blozen.

'Aah kom op Bibi, je vond het heerlijk. Ik voelde hoe nat je ervan werd. Hoe nat je van mij werd.' zegt hij met een somber gezicht. Ik slaak een diepe zucht en zeg dan wat ik moet zeggen...

'Ik was buiten zinnen van genot, geen wonder dat ik het dan misschien lekker vond ik jouw ogen. Maar dat doet er niet toe Stephan, wat gebeurd is is gebeurd en ik wil geen ruzie met je. Ik ga verhuizen. Ik ga weg uit Rotterdam'

Zo... dat is eruit. Ik heb het gezegd. Ik kijk naar zijn gezicht en zie dat hij fronst en heel teleurgesteld kijkt.

'Nee Bibi ga nou niet weg. Ik wil het weer goed maken. Ik kan niet zonder je leven. Het spijt me echt wat ik gedaan heb. Die vrouw zie ik sindsdien ook niet meer. Ik besef wat ik gedaan heb en mij valt alles te verwijten.'

Volgens mij meent hij het nog ook. Linda had gelijk dat hij maar één vrouw wil en dat ben ik. Nee. Ik moet me niet over laten halen...

'Ik ga verhuizen naar Dordrecht, ik ga bij tante Lies wonen.'

Zijn blik is nog verbaasder en hij weet geloof ik ook niet wat hij moet zeggen. Na even nadenken zegt hij...

'Maar waarom ga je bij je tante inwonen? Je woont al sinds je vijftiende op jezelf!'

'Ja Stephan, als je je werk kwijtraakt en geen ander werk vindt zul je toch moeten verhuizen als je je huur niet meer kan betalen.'

'Ja dat zei je net ook al, maar dan kom je toch bij mij wonen? Ik heb plek genoeg en ik kan wel een huisgenoot gebruiken, en zeker iemand zoals jij.'

'Nee Stephan dat gaat niet gebeuren. Jij en ik zullen nooit meer iets krijgen. Nou waar zijn die postzegels? Dan kan ik mijn sollicitatiebrieven op de post gaan doen.'

Hij geeft me de postzegels en ik plak ze op de brieven. Zo weer een paar die weg kunnen.

'Ik wil ze ook wel op de post doen hoor.'

'Nee dank je, ik doe ze morgen zelf wel op de post. Dan heb ik meteen een wandelingetje.'

Hij kijkt somber en ik moet de stilte verbreken.

'Uuhm, ik wil niet vervelend doen, maar als je het niet erg vindt ga ik nu even douchen en lekker op tijd naar bed. Morgen heb ik een hoop te doen.'

Dat van die douche verzon ik ter plekke maar ik wilde gewoon dat hij weg ging. Met tegenzin staat hij op en wil me kussen.

'Oh nee Stephan, dat gaat niet gebeuren.' zeg ik en ik voelde een stroomstootje tussen mijn benen. Oh nee ik voel nog steeds hetzelfde voor hem als hij voor mij. Al hij dat nou maar niet gemerkt heeft.

'Ah kom op Bibi, ik weet dat je mij net zo graag wilt als ik jou.' zegt hij met die zwoele stem waar ik altijd zo geil van werd.

'Nee Stephan je gaat nu weg en je komt niet meer terug, ik ben hier binnenkort weg en dan kun je je eigen leven gaan leiden.'

'Maar wie zegt dat ik dat wil? Wie zegt dat ik niet alles wil doen om je terug te krijgen?' zegt hij verdrietig.

'Eens een vreemd ganger, altijd een vreemd ganger... en nu mijn huis uit!'

*

Het is woensdagavond en ik heb net lekker stappot andijvie

met spekkies, honing, kruiden en een heerlijk rookworst van de Hema gemaakt. Om acht uur komen de meiden dus ik ruim even snel de vaat op, en ga dan een paar lekkere hapjes voor ze maken. Ei met runderrookvlees, gevulde eitjes, ham met paturain en stukjes meloen met rauwe ham. Lekker! Ik heb wijn genoeg gekocht dus daar kan het ook niet aan ontbreken. Wat nootjes voor op tafel en dan alleen de film nog en we hebben een leuke meiden avond. Ik steek de kaarsjes vast aan, kijk op tv of er nog een leuke film komt. Het moet wel want ik heb de dvd's al ingepakt, anders moet ik de doos weer op gaan zoeken. De bel gaat en gok dat het acht uur is, aangezien ze altijd stipt op tijd zijn. Ik hoor ze al gillen in de lift en moet er hard om lachen. Ohw wat ga ik dit missen zeg! Ik moet toch maar vaker heen en weer gaan rijden om ze te blijven zien. Ik kan mijn meiden toch niet missen? Stuk voor stuk zoenen ze me op de wang en houden een tas omhoog.

'Kijk!' zegt Amanda 'We hebben lekkers meegenomen! Nootjes, chips en heul veul wijn!' zegt ze met een zogenaamde dubbele tong. Ik moet hard lachen en ze kijken me allemaal verbaasd aan.

'Waar moet jij nou zo om lachen?' vraagt Sophie.

'Nou, dan moeten jullie door eten en drinken want ik heb voor een heel weeshuis!' lach ik en ik loop ze voor naar de woonkamer waar alle hapjes al klaar staan.

'Zo dan!' roepen ze in koor 'We moeten door eten! Even niet op de lijn letten vanavond dames!' roept Linda. Ik moet weer hard lachen en vraag uiteindelijk...

'Koffie dames?'

Ze kijken me allemaal aan alsof ze water zien branden maar knikken dan uiteindelijk.

69

'Ja dat is misschien wel verstandig haha.' zegt Linda.

Ik loop naar de keuken om de kopjes koffie te maken en Amanda volgt me.

'He! Waar is dat leuke plantenstukje en waar zijn je rommeltjes die hier altijd liggen? Ben je in een opruimbui geweest of zo?'

'Ja zoiets. Wil je dit alvast mee naar de woonkamer nemen?' En geef haar twee kopjes koffie. Toch handig zo'n senseo, je hebt altijd snel koffie klaar. Ik loop terug en de dames zitten al lekker gezellig te babbelen als Linda zegt...

'Bibi, waar zijn je beeldjes gebleven? Ik vond die olifant juist zo leuk die je op je tv meubel had staan.'

Ik voel mijn wangen gloeien en besef dat ik maar gelijk eerlijk kan zeggen wat er aan de hand is.

'Nou dames. De reden dat ik gevraagd heb of jullie vanavond met zijn allen wilden komen, was omdat ik jullie iets moet vertellen.'

Ik zie de vragende blikken in hun ogen en Linda kijkt geschrokken. Zij weet om en nabij zo'n beetje wat er speelt dus ik denk dat zij de bui al ziet hangen.

'Ik ga verhuizen naar Dordrecht. Ik ga bij mijn tante wonen.'

Ik zet de kopjes neer en wacht gespannen af wanneer de eerste haar mond open doet. En dat blijkt Linda te zijn.

'Ga je verhuizen? En laat je ons hier gewoon achter?'

Bij de anderen zie ik een bijna bedrogen blik in hun ogen en zie dat ze boos zijn. Och dit was dus echt mijn bedoeling niet. Ze moeten niet boos op me worden.

'Meiden, ik heb geen werk meer zoals jullie weten, en ik had pas een sollicitatiegesprek met een winkel in Dordrecht maar daar ben ik niet aangenomen. Ik kan niet langer dit appartement betalen en dus heb ik de huur opgezegd. Ik kon eigenlijk meteen bij mijn tante terecht. Dit betekend niet dat ik jullie nooit meer op kom zoeken! Ik kom gewoon eens per week hier naartoe voor een meidenavond!'

Ik hoop dat ze het allemaal begrijpen als ik het op deze manier vertel.

'Ohw Bibi we wisten niet dat het zo erg was!' zegt Sophie.

'Maar dat betekend dat we eens per maand naar jou komen in Dordrecht!' zegt Linda.

'Ja!' gilt Amanda.

'We hopen dat je snel weer werk vind en dan gewoon weer een leven voor jezelf kunt opbouwen Bibi.' zegt Linda.

Ik kijk ze aan en voel dat mijn ogen nat worden.

'Och, ik moet niet nu al gaan huilen! En bovendien, ik ga jullie toch eens per week zien! Nou laten we lekker eten en drinken en ik zal eens een goede lach film opzoeken!'

De rest van de avond lachen we veel, halen ouder herinneringen op en eten en drinken alsof ons leven er vanaf hangt.

'Zo! Ik moet van de week maar een keer extra naar de sportschool! Ik zal wel een paar kilo gegroeid zijn!' gilt Linda.

De andere dames knikken en houden hun glaasje omhoog.

'Doe mij er nog maar één!' giechelt Sophie.

Om half twaalf nemen we afscheid en de tranen vloeien rijkelijk.

'Geen zorgen meiden. Het komt allemaal goed en we zien elkaar volgende week vrijdag! Dan kunnen we het nog wat later maken.' en ik lach de tranen weg.

'Dan blijf je maar gewoon slapen Bibi.' zegt Amanda.

'Oke, doen we!'

Ik sluit de deur af en heb echt geen zin meer om de rotzooi

op te ruimen. Dat doe ik morgen wel. Ik ga mijn tanden poetsen en trek mijn pyjama aan en kruip lekker onder de wol. Morgen weer een nieuwe dag om in te pakken en de laatste dingen te regelen. Dankzij de wijn ben ik zo vertrokken.

8

Het is vrijdagmorgen en hier sta ik dan, in een leeg appartement. Ik had mijn huur opgezegd vorige week en de beheerder vond het goed dat ik nu al weg zou gaan en ik hoefde niet meer bij te betalen voor de rest van de maand. Dat is een meevallertje! Ik ben maandag met mijn autootje allemaal dozen gaan halen in de winkel om in te pakken. Tante Lies Boodt nog aan om te helpen, maar dat heb ik afgeslagen. Ik wilde alles zelf inpakken en sorteren. Mijn kledingkast is weer lekker uitgezocht en wat ik niet meer pas heb ik naar de kringloopwinkel gebracht. Dan hebben andere mensen er nog iets aan, want ik ga het toch niet meer aantrekken. Ik kwam nog foto's van vroeger tegen die ik allemaal netjes in een album geplakt heb. Toen waren we nog een gezin... leuke vakantie kiekjes op het strand en soms hele gekke foto's van Patrick en mij. Wat waren we close toen. God, wat mis ik dat zeg! Ik kan nog steeds niet geloven dat mijn vader en moeder er niet meer zijn en dat mijn broer verschrikkelijk op het verkeerde pad terecht is gekomen. Ik hoop dat ik ooit van dit vreselijke gevoel afkom. Mijn tante zegt dat ik naar een psycholoog moet om er vanaf te komen maar daar geloof ik niet in. Daar komen mensen die een stoornis in hun hoofd hebben en vreselijk met zichzelf in de knoop zitten, en dat heb ik niet. Als je dan naar mijn broer kijkt zou ik zeggen ja, die moet naar een psycholoog om weer op het rechte pad terecht te komen. Maar ik niet! Ik word uit mijn dagdroom geplukt als de bel gaat. Ik neem op en hoor dat het verhuisbedrijf voor de deur staat. Ik laat ze

boven komen en alle dozen en kleding in de wagen laden.
Dan is het appartement echt leeg en ik check nog één keer
alle keukenkastjes, de badkamer, de slaapkamers en de
woonkamer of ik echt niet ben vergeten. Ik trek de deur
achter me dicht en breng de sleutel naar de beheerder en
vraag hem of hij de post door wil sturen naar het nieuwe
adres. Pfff dit was het dan. Mijn tijd op mijzelf. Vanaf nu ga
ik weer deel uitmaken van een gezin! Ik loop naar de wagen
en zeg dat ze naar de Suze Groeneweg – Erf in Dordrecht
moeten. Ik stap in mijn auto en rijdt achter ze aan. Wat moet
ik toch met die auto? Straks kan ik alles op de fiets af. Het
schijnt in Dordrecht nog erger te zijn met parkeren en in de
stad moet hij in de parkeergarage wil ik hem kwijt kunnen.
Dan kan ik net zo goed met de fiets gaan. Ik denk dat ik mijn
auto maar verkoop. Hij is nog heel goed en er zit nog een
jaar APK op. Ik zal mijn karretje wel missen hoor! Het is een
mooie Fiat Seicento in de kleur goud / geel met lichtmetalen
velgen. Hij is nog jong, van het jaar tweeduizendzes! Echt
een mooie wagen, die lekker rijdt en je nooit in de steek laat.
Tenminste als de code van de sleutel overeen blijft komen
met de motor dan komt alles goed. De borden Dordrecht
komen al voorbij en ik weet dat we er bijna zijn. Het is niet
ver rijden van Rotterdam naar Dordrecht, maar dan moet je
wel het verkeer mee hebben. Dat is echt een drama rond
deze steden! De verhuiswagen heeft een navigatie systeem
aan boord dus die blijf ik netjes volgen omdat ik echt geen
flauw idee heb waar ik naartoe moet. Ik heb me niet echt
handig voorbereid, en had hulp moeten aannemen maar ik
wilde alles zelf doen. Ik ben tenslotte degene die geen werk
meer heeft en moet verhuizen dus dan moet ik er maar wat
voor over hebben. We komen aan en ik zie tante Lies al voor

het raam staan en ze begint bijna te juichen. Ik moet erom lachen en parkeer mijn auto. Ome Kees komt al naar buiten en begint te roepen.

'Bibi! Wat fijn dat je er bent! Ga maar naar binnen, dan help ik de verhuizers om je belangrijkste spullen naar binnen te brengen.'

Oh jee, ik ben helemaal vergeten om te vragen of ze nog een opslag plaats hebben kunnen vinden voor de rest van mijn spullen. Ik loop naar binnen en tante Lies komt me tegemoet gelopen.

'Meisje! Daar ben je dan! Geweldig dat je hier komt wonen! Dat brengt weer wat leven in de brouwerij.'

'Ik ben ook heel blij tante Lies, al vind ik het ook een beetje eng. Ik weet niet meer zo goed hoe het is om in een gezin te wonen.' zeg ik verdrietig.

'Meisje, dat komt helemaal goed. We gaan leuke dingen doen en we gaan leven zoals een gezin dat zou doen.'

'Wat fijn tante! Maar ik wilde nog even wat vragen. Hebben jullie nog een plek gevonden waar mijn meubels opgeslagen kunnen worden?'

'Ja Bibi, de loods waar de spullen van je ouders staan, daar kunnen jouw spullen ook bij staan. We hoeven er niets extra's voor te betalen dus we hoefden ook niet ver te zoeken.'

'Fijn, dan hoef ik me daar geen zorgen meer over te maken.' Ik slaak een diepe zucht en begin nu te voelen dat ik toch wel erg moe ben geworden van een week rauzen door je appartement en dingen doen je normaal ook niet doet. Foto's in een album plakken is echt zo lang geleden dat ik dat gedaan heb. En mijn kledingkast zal ook blij zijn dat hij weer een beetje is uitgemest.

'Zullen we even koffie drinken? Dan kan je daarna je kamer op orde gaan maken, en dan gaan we vanmiddag naar de stad, zodat je een beetje wegwijs kunt worden.'
'Oké dat doen we! Kan ik meteen kijken of ik winkels zie waar ik kan solliciteren.'

*

We lopen lekker over de Voorstraat als ik een poster aan een raam zie hangen met medewerkers gezocht erop. Oh daar kan ik wel solliciteren!
'Kijk tante! Hier kan ik solliciteren! Ik zal even kijken wat ze precies zoeken en dan kan ik vanavond nog een brief schrijven en opsturen.'
'Tuurlijk Bibi! Maar je hebt heel het weekend dan nog om die brief te schrijven. Vanavond gaan we uit eten.'
'Uit eten?'
'Ja, bij de beer. Daar hebben ze heerlijk eten voor niet al teveel geld.'
'Ja en niet geheel onbelangrijk, je krijgt er véél eten voor je geld.' zegt ome Kees en hij likt zijn lippen al af. Ik moet lachen en we lopen verder over de Voorstraat. Na een kop koffie en een appelpunt en heerlijk te hebben gelachen en bijgekletst te hebben gaan we naar huis om ons op te frissen om bij de beer te gaan eten. Eigenlijk heet het Baloe Beer en het zit achter de Voorstraat op de Wijnstraat. Het ziet eruit als een jungle, er staan bamboe palen en stokken wat een indruk geeft dat je aan de bar staat van een beachclub. Er hangen beren in de lucht en staan palmbomen en er hangen allerlei leuke lampen in de lucht. We bestellen en ik heb besteld wat ik al jaren niet meer gegeten heb. Spareribs! Die vind ik zo lekker! En ik heb ze iets pittig besteld dus ik ben benieuwd wat ik krijg. Een lekker wijntje erbij en de

76

gezellige avond kan beginnen! Ze komen het eten brengen en het ziet er werkelijk waar als om op te vreten uit! Dat gaan we natuurlijk ook doen haha. Ik voel me nu al super nu ik bij tante Lies en ome Kees ben gaan wonen en we zijn nog geen dag verder!

'Is je mixed grill lekker Kees?' vraagt tante Lies.

'Oh het is werkelijk waar weer heerlijk! Het is te lang geleden dat we hier hebben gegeten! Hoe is jouw eten Bibi?'

Ik sop mijn vingers af en zet een grote glimlach op.

'Het is echt heerlijk! Als het niet zoveel zou zijn zou ik zeggen, doe me nog maar een portie!'

We lachen allemaal en de rest van de avond praten en lachen we en we nemen een wijntje en biertje teveel. Wat is het toch heerlijk om weer deel uit te maken van een gezin!

*

Het is heel gezellig bij tante Lies en ome Kees. We hebben de afgelopen maand leuke dingen gedaan en ik werd vaak emotioneel als we met zijn drieën gingen eten. Gewoon aan tafel met de pannen op tafel, wat drinken erbij en gezellig praten over hoe de dag is verlopen voor iedereen. Zoals een normaal gezin. Wat mis ik mijn ouders toch, en eigenlijk wordt dat gemis alleen maar erger nu ik hier woon. En ik mis nog iets anders... ik mis een man. Een man waar ik mijn hart kan uitstorten, waar ik 's avonds lekker mee kan kroelen, waar ik mee kan huilen en lachen en leuke dingen gaan doen. Ik mis mijn wederhelft. Maar blijkbaar heb ik geen idee wat passie is en ben ik maar een saaie vrijster. Misschien moet ik toch maar op zoek gaan naar een man. Op zoek gaan naar de passie. Uitvinden wat ik nu echt wil met

77

mijn leven. En nog belangrijker, hoe ik alles uit het leven kan halen wat erin zit. Maar daar denk ik van het weekend wel over na, ik moet me opmaken voor een sollicitatiegesprek! Ik zoek nette kleding bij elkaar en spring onder de douche. Door al dat nadenken, waar ik toch niet veel aan heb, heb ik nu nog maar een uur om bij de winkel te komen. Ach dan moet ik maar een keer de föhn gebruiken om mijn haar te drogen. Ik neem snel een appel en spring in de auto. Met de auto ben ik er zo en kan ik nog even tot mezelf komen voor ik het gesprek heb. Dan is er nog een volgend probleem. Waar moet ik mijn auto kwijt! Ik rij hem de parkeergarage maar in maar moet dan nog best een heel stuk lopen voor ik er ben. Nou dat was niet rustig tot mezelf komen maar bijna rennen om op tijd te komen. Wat een afknapper zeg! Nu weet ik zeker dat ik niet aangenomen word. Wie wil er nou zo'n meid aannemen die zo'n eerste indruk maakt. Ik weet wel één ding zeker. Als ik straks weer thuis ben ga ik eerst mijn auto wassen, mooie foto's maken en ik zet hem daarna op marktplaats en koop vervolgens een fiets. Dat is veel beter. Ik moet dan misschien wel wat eerder weg maar ik kan tenminste wel mijn fiets kwijt. Ik kom bezweet aan en zie dat ik nog twee minuten over heb. Ik blijf op een afstandje staan en ik veeg met mijn zakdoek het zweet van mijn voorhoofd. Ik zal wel een rode boei hebben van het snelle lopen zeg! Ach weer een voordeel, ik heb nu wel even wat vet verbrand! Ik loop naar binnen en meld me bij een verkoopster. Ik kijk de winkel wat rond om een indruk te krijgen waar ik eventueel kom te werken. Ja, hier kan ik me wel vermaken. Er komt een vrouw op me af gelopen waarvan ik denk dat ze halverwege de dertig is en stelt zichzelf voor als Rita de bedrijfsleidster. We lopen naar

78

achteren en beginnen het gesprek. Het is weer zo'n doorsnee gesprek met veel dezelfde vragen als bij andere sollicitatiegesprekken. Als ik eenmaal buiten ben vind ik dat het gesprek best goed gegaan is. Ze leek me een leuke vrouw en volgens mij vond ze mij ook wel leuk. Nou maar hopen dat ik het juiste bericht krijg. Ik zou binnen een week horen of ik het geworden ben of niet. Ik ga terug naar huis en doe wat ik mezelf eerder al beloofd had. Ik was mijn auto van kop tot staart, van binnen en buiten en als ik dan na twee uur klaar ben, staat er een blinkend karretje voor mijn neus. Och wat zal het moeilijk zijn om van deze auto afstand te doen. Ik heb hier met zoveel plezier in gereden. Ik maak mooie foto's en ga op mijn kamer zitten met de laptop op het bed. Ik zet de foto's op de laptop en ga op marktplaats en andere autosites kijken wat er nog voor een Fiat uit tweeduizendzes wordt gegeven. Ik maak een account aan op marktplaats en kies voor een gratis advertentie om de auto te koop te zetten. Als ik er drieduizend euro voor vraag, vraag ik niet teveel maar ook niet te weinig. Ik zet de mooiste foto's erbij en klik op plaatsen. Zo, mijn auto staat nu officieel te koop! Ben benieuwd hoeveel reacties erop gaan volgen. Ik heb een vaste prijs aangehouden dus de mensen kunnen niet bieden. Je krijgt dan vaak van die onzin biedingen en daar heb ik helemaal niks aan. Ik wil mijn auto gewoon voor die prijs verkopen en verder geen gezeur. Ik zal het wel zien.
Ik laat me achterover vallen op het bed en merk dat ik toch wel moe ben. Zou het nu raar zijn om een dutje te doen? Ach, heel eventjes mijn ogen dicht moet geen kwaad kunnen en ik ben zo vertrokken...

9

We zijn al twe weken verder en ik heb helemaal nog niets gehoord van die winkel waar ik het gesprek heb gehad. Ik besluit te bellen en te vragen waarom ik nog geen bericht had gekregen. Het antwoord was dat ze nog geen besluit hadden genomen en dat het tussen twee meiden ging waar ze over twijfelden. Over maximaal een week zou ik bericht krijgen. Nou daar zal ik vast niet bij zitten en zal het bericht wel krijgen dat ik niet ben aangenomen. Nou dan zal ik eens gaan kijken op internet of ze nog meer vacatures hebben in Dordrecht, Papendrecht en Sliedrecht waar ik zo met de trein naartoe kan en mijn fiets zo in de trein kan zetten.
Makkelijker kan niet. Mijn telefoon gaat en ik zie dat het een onbekend nummer is in mijn schermpje. Ik neem op en hoor dat het de winkel is waar ik het gesprek heb gehad.
'Goedemiddag Bibi, we willen je vragen of je voor een tweede gesprek wilt langskomen.' zegt Rita.
'Ja natuurlijk! Wanneer wilt u dat ik langskom?' vraag ik met een bibber stemmetje. Misschien ben ik dan wel aangenomen!
'Nou, eigenlijk zo snel mogelijk. Dus wat zeg je van straks? Dat je nu gewoon gelijk hierheen komt?' vraagt ze voorzichtig.
'Nou, dat klinkt perfect! Ik kom er zo snel mogelijk aan!'
Ik hang op en word al helemaal blij! Ze willen me op een tweede gesprek! Maar wat houdt dat eigenlijk in? Ik zou niet weten wat ze in een tweede gesprek nog moeten vragen. Ze weten alles al van mij. Nou ja, ik zie het wel. Ik heb nu geen

tijd meer om na te gaan wat ze dan gaan vragen en ik vertrek
zo snel als ik kan richting de stad.

*

Ik zit alweer in het kamertje wat de kantine moet voorstellen
en Rita gaat tegenover mij zitten.
'Weet je waarom we je uitnodigen voor een tweede
gesprek?'
'Uuhm nee, ik heb geen idee. Jullie weten toch alles al van
mij? Ik heb nog nooit een tweede gesprek gehad.'
Ze kijkt op mijn cv en kijkt me dan bedenkelijk aan.
'Maar dit is niet je eerste baan. Hoe is dat dan bij je vorige
werkgever gegaan?'
'Nou ik ging op gesprek en kreeg een paar weken later te
horen dat ik aangenomen was en toen kreeg ik werkkleding
en werd me uitgelegd hoe het allemaal werkte.' zeg ik
schouder ophalend.
'Oh oke. Maar dat zijn eigenlijk niet de gang van zaken.
Want een tweede gesprek gaat vaak over het salaris wat je
zult gaan verdienen en wat er van je verwacht wordt.'
Ik kijk haar aan en laat het op me inwerken. En dan gaat er
een lampje branden.
'Maar betekent dat dan dat ik aangenomen ben?'
'Ja dat ben je inderdaad. Door je telefoontje van vanmorgen
was het niet meer moeilijk om voor jou te kiezen. Ik zie
graag mensen die zelf het initiatief nemen.'
Ik word helemaal blij en begin te lachen.
'Maar dat is geweldig! Super bedankt! Wanneer kan ik
beginnen?' vraag ik enthousiast.
'Nou, we zullen eerst je salaris doornemen en dan bespreken

81

we hoe het hier werkt en laat ik je alles zien. Dan zal ik werkkleding voor je pakken en kun je maandag beginnen. De winkel gaat om negen uur open en het zou verstandig zijn om hier om acht uur te zijn zodat we je kunnen laten zien hoe we ons voorbereiden op de opening.'
'Nou super! Ik heb er heel veel zin in!'
We ronden het gesprek af en ze laat me de winkel zien en stelt me voor aan de andere verkoopsters. Ze laat me ook de afdeling zien waar ik voornamelijk kom te werken, maar verteld me ook dat ik af en toe de kassa zal moeten doen dus er wordt in het kort al uitgelegd hoe hij werkt. Maandag ga ik beginnen met de kassa en met klanten zodat ik kan leren hoe het allemaal werkt. We nemen afscheid en ik pak mijn fiets om zo snel mogelijk naar huis te fietsen. Ik wil zo snel mogelijk het goede nieuws aan tante Lies vertellen!

*

Als ik thuis kom blijkt het dat tante Lies er helemaal niet is. He wat jammer! Ik had haar zo graag het goede nieuws willen vertellen! Nou ja, dan ga ik maar vast mijn werkkleding wassen die ik heb gekregen. Ik moet maandag natuurlijk wel op mijn best verschijnen natuurlijk! Zal wel weer even wennen zijn om fulltime te gaan werken. De wekker zal ik 's morgens niet lief vinden denk ik. Maar het zal fijn zijn om weer gewoon een ritme te hebben. Het wasmachine staat aan en ik merk dat ik best wat spanning had na die weken in onzekerheid dus ik loop naar mijn kamer en pak mijn tekenblok, plof op mijn buik op bed neer en ga tekenen. Dit is toch de beste therapie die er bestaat. Even mijn hoofd leegmaken en me voorbereiden op een

82

nieuwe fase in mijn leven. Ik ben al even bezig als ik merk dat tante Lies naast mijn bed staat.

'Oh mijn god meid, wat is dat mooi! Daar moet je wat mee doen zeg!'

Ik kijk verbaasd naar haar op en begrijp totaal niet wat ze zegt. Ja ik snap het wel, maar niet dat ze het mooi vind. Misschien zegt ze het ook alleen maar om me vrolijk te maken.

'Ik meen het serieus hoor! Het is echt mooi! Hier moet je je werk van maken!'

'Meen je dat nou?'

En dat vraag ik maar om er zeker van te zijn dat ze het ook echt meent. Op het papier staat een mooie dame die ik heb aangekleed met een mooi uitgaans-jurkje voor de zomer. De jurk heeft één schouderband en loopt schuin over de borst onder de andere oksel door. Onder de borst zit een band die rondom het lijfje loopt en de rok loopt ik plooien uiteen. Ik heb hem de kleur paars met wit gegeven omdat ik van die kleur vrolijk word.

'Ach tante, ik was even mijn hoofd aan het leef maken na al die spanning van de afgelopen werken. Ik heb eindelijk gehoord wie de baan heeft gekregen.' probeer ik zo somber mogelijk te zeggen.

'Och meisje toch, je vind wel een baan. En anders maak je van ontwerpen toch je werk? Ik weet zeker dat een hoop bedrijven jou zouden willen hebben!'

Ik probeer mijn lach in te houden en draai daarom ook mijn hoofd van haar weg.

'Tante, voor het ontwerpen heb ik een hele smak geld nodig. Mijn droom is namelijk om te ontwerpen voor Macy's in New York, en ik verhuis daar dan ook heen om dan mijn werk zo goed mogelijk uit te kunnen voeren. En wat die baan betreft... het is een meisje met blond haar, kastanjebruine ogen en maatje zesendertig geworden.'

Ze kijkt me verbaasd aan, denkt even na maar roept dan ineens...

'Maar dat ben jij! Meid! Heb je de baan?'

Ik knik en lach en wacht op haar volgende uitbarsting...

'Oh maar wat goed! Ik ben zo blij voor je! Kom we gaan koffie drinken en je gaat me alles over die baan vertellen!'

We lopen naar de keukentafel en ze zet de koffie met koekjes neer. Ik kijk verbaasd naar de koekjes en besluit er geen te nemen. Ik ben al aangekomen en ik wil er niet nog meer aankomen.

'Kijk toch niet zo raar naar die koekjes. Je hebt nu een baan dus je gaat genoeg sporten en dik ben je niet. Je kan het makkelijk hebben. Nou, wanneer kan je beginnen?'

'Maandag kan ik al beginnen! Ik heb al werkkleding gekregen die ik al in het wasmachine heb gedaan. Ik moet het alleen nog ophangen.'

'Oh dat geeft niet dat doe ik wel. Ik moet ook nog was opvouwen dus kan ik net zo goed de nieuwe was weer ophangen.' zegt ze met een glimlach.

'Daar ben ik blij mee! Dan kan ik zo toch nog even mijn ontwerp afmaken.' zeg ik opgewekt.

'Waarom heb je dan zoveel geld nodig om in New York je werk te kunnen gaan doen?'

'Nou, ik heb om te beginnen een goed naaimachine nodig, en stoffen, garen en accessoires om de kleding te kunnen maken als voorbeeld voor een portfolio zodat ik die aan bedrijven kan laten zien. Daarnaast moet ik een woonruimte zien te vinden en dan ook nog rond moet kunnen komen

84

totdat ik werk vind.'

'Je hebt het al wel een eind uitgezocht he? Ze hebben daar wel mooie mannen Bibi! Is het niet weer tijd dat je aan de man gaat?'

'Ja ik wil wel graag een wederhelft. Gelijk één die de rest van mijn leven bij me blijft. Maar ook een man die echt voor me gaat. En me geeft wat ik nodig heb, zodat ik hem kan geven wat hij nodig heeft zodat we gelukkig kunnen zijn.'

'Je zoekt dus een man met passie. Je wilt aanbeden worden en voor hem de mooiste vrouw op aarde zijn.' zegt tante Lies.

'Nou, zo erg is het nou ook weer niet maar hij moet wel helemaal voor mij gaan.'

'Het is helemaal niet erg Bibi. Ik ben ook een vrouw met passie en ome Kees heeft die passie altijd beantwoord. Het is heerlijk om aanbeden te worden. Het is heerlijk dat een man alles doet om je gelukkig te maken. En da recht heb je ook. Je moet jezelf blijven, en als je dat niet bij een man kan zijn, dan is die man jou niet waard. Onthou dat goed. Ga jij maar op zoek naar die passie en je zult gelukkig zijn. Nou ik ga die was doen, ik moet vanavond namelijk werken. Er is een arts van de afdeling ziek dus ik val voor hem in vanavond. Ohw en zondag gaan we bij je oma op visite. Heb je zin om mee te gaan? Ze zal het misschien wel leuk vinden om je weer eens te zien. Heb jij nog plannen voor vanavond?'

'Ja, ik ga vanavond naar Rotterdam. We hebben bij Linda meidenavond. En waarschijnlijk zal ik daar blijven slapen omdat ik dan een wijntje teveel op heb. Zondag naar oma? Is wel heel lang geleden dat ik haar gezien heb, maar het is misschien goed dat ik weer eens bij haar op visite ga.'

'Goed hoor meid, dan zie ik je morgen weer. Fijne avond!'

roept ze me na. Ik denk nog even na over die passie waar ik naar op zoek moet. Ik vind ook wel dat ik daarnaar op zoek moet. Maar waar vind je passie en hoe kom ik erachter wat ik nou echt wil? Moet ik erachter komen door gewoon te proberen of moet ik wachten tot de waren jacob voorbij komt en het liefde op het eerste gezicht is. Natuurlijk vind je de eerste passie in je werk, maar ja hoe kom ik aan zoveel geld? Eer dat ik zoveel bij elkaar heb is mijn leven om denk ik. En ik wil er toch nog wel wat van maken. Ik loop weer terug naar de slaapkamer om mijn ontwerp af te maken en me daarna op te maken voor een girls night out. Eerst plezier maken en daarna gaan we wel weer nadenken over serieuzere dingen.

~10~

Het is zondagmorgen en we maken ons op om naar oma te gaan. Stopt om tien uur had tante Lies gezegd. En oma duld geen minuut later, maar ook geen minuut eerder. Om tien uur op de koffie en dan ben je er ook om tien uur. Oke, ik was even vergeten hoe oma in elkaar stak. Maar eigenlijk als ik erover nadenk, dan had mijn moeder wel heel veel karakter trekjes van haar moeder. Maar ik hield verschrikkelijk veel van mijn moeder dus het moet niet moeilijk zijn om ook van haar te gaan houden. Het is maar een paar straten verder dus we zijn er zo. We wachten in de auto tot het één minuut voor tien is en dan stappen we uit. Tegen de tijd dat we binnen zijn dan is het wel tien uur. Vanbinnen moet ik er heel erg om lachen, maar goed het is zoals zij het wil dus dan doen we dat maar. Ik loop achter mijn oom en tante aan naar binnen en zie haar zitten. Om mijn god, wat leek mijn moeder veel op haar moeder! Ik deins terug en blijf bij de deuropening staan. Tante Lies draait zich om en kijkt me aan.
'Het is goed meisje, ik weet hoeveel je moeder op oma lijkt. Het is even schrikken maar het komt wel goed.'
Ze omhelst me even en laat me dan weer los. Ze wenkt me om naar binnen te lopen. Oma kijkt me aan en zegt...
'Kom maar meisje, het is goed. Wat heb ik jou lang niet gezien zeg! Geef je oude oma eens een knuffel!'
Ik ben verbaasd en doe wat ze zegt. Ik knuffel haar en ze ruikt ook echt naar oude omaatjes. Wat voelt dit goed zeg.
'Ik ben blij om u te zien oma. Hoe gaat het met u?'

'Och alsjeblief zeg! Wil je ophouden me u te noemen? Zo voel ik me nog ouder dan dat ik al ben haha.'

We moeten allemaal lachen als ik herhaal...

'Hoe gaat het met je oma?'

'Kijk dat is al beter. Het gaat heel goed met me kind, buiten dat ik me een oud wrak voel gaat het verder goed. En hoe is het met jou? Wat doe je voor werk, wie is je vriend of man, of heb ik misschien al een achterkleinkind?' vraagt ze me hoopvol. Ik zet het op een lachen en geeft haar dan antwoord.

'Nee oma, je hebt nog geen achterkleinkind, ik heb geen vriend en ben al helemaal niet getrouwd en ik begin morgen met mijn nieuwe baan als verkoopster in een winkel.' zeg ik vol enthousiasme.

'Nou, dat is wel wat anders als dat ik van je verwacht had. Ik weet nog wel dat je als klein meisje kleding aan het tekenen was en dan je naam eronder zette en heel blij tegen iedereen zei dat dat jouw ontwerp was. Ik dacht dat je dat wel zou worden. En het is erg jammer dat je geen vriend hebt, ik zou graag een achterkleinkind zien. Als hij of zij dan bij mij op visite is, zie je de levensloop... je begint in de luiers en je eindigt in de luiers.'

We moeten hard lachen en het lachen vergaat me snel als ik nadenk over wat ze zei over de tekeningen die ik vroeger maakte.

'Ik weet helemaal niets meer van die tekeningen. Ik ben ze ook niet tegen gekomen toen ik het huis van mijn ouders ging uitruimen.'

'Nee meisje dat klopt, die tekeningen heeft je moeder allemaal weg gegooid. Ze zag je liever advocate of arts worden dan dat je zou gaan ontwerpen. De foute wereld,

zoals zij dat noemde. Maar nu kun je toch wel gaan
ontwerpen?'

'Nou oma daar heb ik veel geld voor nodig, omdat mijn
droom is om voor Macy's in New York te ontwerpen en daar
heb je stoffen, een naaimachine en geld om rond te komen
totdat ik werk heb nodig.' zeg ik even snel omdat ik niet
weer heel het verhaal wil vertellen. Ik heb al lang geleden
geaccepteerd dat ik dat werk toch nooit zal kunnen doen dus
waarom moet ik er dan nog over praten.

'Nou meid hars sparen dan maar want ik vind dat je het waar
moet maken. Als ik je tante mag geloven ben je er erg goed
in!' zegt ze vol trots.

'Nou zeker weten!' roept tante Lies.

We praten en lachen nog even en oma weet na een paar uur
weer hoe ik heet. We hebben het nog even over Patrick en ik
zag dat het haar verdriet deed dat het voor hem allemaal niet
zo lekker loopt.

'Ik had het leven voor jullie anders bedacht dan dat het nu is
lieverd. Ten eerste hadden je ouders nog moeten leven en
had ik eerder dood moeten gaan. Er is niets erger dan dat je
je kind moet begraven en ten tweede heb ik altijd gewild dat
jullie je dromen najaagden. Dat heb ik je moeder ook altijd
geleerd. De droom van je moeder was namelijk dezelfde als
de droom die jij hebt. En daarom deed ze er zo moeilijk over
omdat zij het nooit waar heeft kunnen maken. En dacht ze
dat jij die kans ook nooit zou krijgen.'

Ik weet even niet waar ik moet kijken en ik zie dat ze opstaat
en naar een grote kast in de kamer loopt. Het is een soort
buffetkast met glaasjes en kop en schotels en onderin
allemaal papier werk. Ze opent de onderste lade en vraag aan
tante Lies om het album eruit te halen. Ze pakt het album en

komt dan naar mij, en geeft het aan mij.

'Neem dit mee naar huis en kijk het door. Kijk of je er misschien wat mee kunt. Dit is wat je moeder heeft getekend. Ik heb het altijd bewaard omdat dat haar droom was. Ik heb ook altijd tegen je moeder gezegd dat ze dat van jou moest bewaren omdat het jouw droom is. Volg je hart meisje. Zo, en nu ga ik een poosje slapen, dus als jullie het niet erg vinden dan schop ik jullie nu het huis uit.' zegt ze met een grote alle tanden bloot lach.

We staan op en bedanken haar voor de koffie en de goede gesprekken. Ik zeg haar dat ik blij was dat ik ben meegekomen en dat ik zeker vaker zal komen om met haar te praten. Ik beloof haar dat ik het album door zal kijken en zal nadenken over wat ze gezegd heeft. Ik geef haar een kus en wens haar welterusten. Dan loop ik weg met het album onder mijn arm. Ik moet de hele tijd denken aan wat ze zei. Dat ik mijn hart moet volgen. Wat zal er in het album staan? Zullen het echt de tekeningen zijn die mama heeft getekend? Ik kan niet geloven dat mama ook de droom heeft gehad om te ontwerpen.

*

Thuis ga ik gelijk door naar mijn kamer en leg het album op bed. Ik vind het best eng om erin te kijken dus besluit ik het nog even te laten liggen en mijn kamer eens op te ruimen. De vuile kleding gooi ik in de was en wat schoon is vouw ik netjes op of ik hang het netjes op een haakje en daarna netjes in de kast. Ik blijf maar kijken naar het album en de woorden van oma spoken door mijn hoofd. Hoe kan ik het nou waarmaken? Ik moet een topbaan hebben, maar ja ik werk in een winkel waar je niet zo heel veel verdiend en zeker niet om te emigreren en daar een bestaan op te bouwen. Ik ga op het bed zitten en blijf naar het album staren. Toch sla ik de kaft om en zie daar de eerste tekening die mijn moeder heeft gemaakt. Ze heeft eronder geschreven dat dit haar aller eerste ontwerp is die ze gemaakt heeft. Het is een simpel broekpak met plof mouwen en een broek wat recht toe recht aan loopt. Niet erg bijzonder als je het mij vraagt maar goed het is dan ook al heel wat jaren geleden dat ze dit getekend heeft. Ik blader door en kom hele mooie kledingstukken tegen, waaronder een gouden galajurk die in halter uitvoering is gemaakt met op de bandjes pailletten en pareltjes. Toch wel erg chique voor die tijd. Ik vind het erg mooi! Ik kom erachter dat er misschien wel honderd ontwerpen in het album staan en ik word nu steeds enthousiaster over het ontwerpen. Ik moet toch op de één of andere manier de droom van mijn moeder waar kunnen maken? Als ik de ontwerpen aanpas naar de tijd van nu en ze in productie laat gaan... is toch de droom van mijn moeder alvast uitgekomen. Dan kan ik daarna mijn eigen ontwerpen verder gaan maken en in productie laten gaan en misschien vinden de mensen ze wel mooi. Ik moet er misschien maar een baan naast nemen. Ja of ik ga op zoek naar sponsoren die mij het geld willen lenen. Een bank hoe ik niet aan te kloppen want die gaan toch geen lening verschaffen aan een meisje die nog geen blauwe maandag heeft gewerkt. Ohw mijn werk! Ik moet me maar eens voor gaan bereiden! Ik loop naar de waskamer en pak de kleding van het rek. Ik zet de strijkplank klaar en zet de bout op de juiste hitte voor deze kleding. Ik kan morgen natuurlijk niet als een slons verschijnen op mijn werk. Anders ben ik hem zo weer kwijt.

91

Ik begin aan het blousje en kom erachter dat strijken toch niet mijn ding is. De mouwen zijn een drama om te strijken! Ze hadden wel andere kleding uit mogen zoeken zeg! Iets wat makkelijker is om te wassen en strijkvrij is. Ik loop na het strijken naar de keuken om te kijken wat tante Lies aan het koken is. Oh lekker! Ze maakt een ovenschotel met prei, gehakt, uien, champignons, aardappels en aardappel anders. Dat is zoooo lekker! Daar lik je echt je vingers bij af! Ik loop stilletjes weer weg om naar de ontwerpen te gaan kijken als tante Lies me naroept.

'Bibi, wij moeten zo terug naar je oma. De thuiszorg belde net dat ze erg ziek is geworden en is naar het ziekenhuis gebracht.'

'Oh nee! Zal ik meegaan?'

'Nee hoor meisje dat hoeft niet, het is niet ernstig maar ze kijken of ze geen longontsteking krijgt of iets dergelijks. Ze is natuurlijk al oud en ze willen haar goed in de gaten houden omdat het ineens op kwam zetten nadat ze haar dutje had gedaan.' zegt tante Lies.

'Oke nou ik hoop dat ze snel weer opknapt! Wens haar maar beterschap van mij.'

'Dat zullen we doen Bibi, vond je het album van je moder mooi?'

'Oooh ja, maar een beetje ouderwets haha.'

We lachen allebei en tante schuift de ovenschotel in de oven en draait zich daarna om en kijkt me aan...

'Wat denk je dat je ermee gaat doen?'

'Ik wil de ontwerpen aanpassen en de droom van mijn moeder uit laten komen. Ik weet alleen nog niet hoe ik dat moet doen.' zeg ik bedroefd.

'En ga je dan ook aan je eigen ontwerpen verder?'

'Ja dat was wel mijn bedoeling. Het is mijn droom en ik denk dat ik toch maar moet proberen om er wat van te maken nu ik nog jong ben. En je weet nooit wat er kan gebeuren.'

'Heel goed Bibi, dan willen wij de eerste zijn die jou helpen. Wij storten een éénmalig bedrag van vijfduizend euro op je rekening en dat moet je dan op je spaarrekening zetten. Zo heb je een begin om aan de droom van je moeder en van jezelf te werken.'

Ik kijk haar verbluft aan en schud dan resoluut mijn hoofd.

'Oh nee tante, dat geld kan ik niet aannemen. Dat is veel te veel!'

'Nee hoor, wij mogen per jaar een schenking doen, en die schenking doen wij aan jou. Wat hebben we nou aan dat geld. We hebben geld genoeg om van te leven dus als dit jou een stukje helpt jou droom waar te maken dan doen we dat graag.'

11

Het is maandag... en dat betekend, mijn eerste werkdag! Ik
sta al helemaal klaar om mijn fiets richting het centrum te
pakken als ik mijn brood doos vergeet. He bah... kan ik weer
terug naar binnen. Nou ja, ik moet dan ook nog even wennen
dat ik een brood doos mee moet nemen naar mijn werk.
Tante Lies was vanmorgen al vroeg vertrokken naar het
ziekenhuis waar oma nog steeds in ligt... haar lichaam kan
heel slecht tegen de longontsteking vechten en hebben ze
haar extra medicijnen gegeven. Ik moet vanavond maar even
naar haar toe om even een babbeltje te gaan maken. Ik hoop
maar dat ze eroverheen komt.

Eenmaal aangekomen op mijn werk wacht ik nog even met
naar binnen lopen totdat ik weer een beetje ben bijgekomen
van het fietsen. Ik loop naar binnen en begroet Rita die al op
me stond te wachten.
'Goedemorgen Bibi, ben je er klaar voor?'
'En of ik er klaar voor ben! Laat me maar zien hoe alles
werkt.' zeg ik vol enthousiasme en Rita begint te lachen.
'Ik zou willen dat we meer van die enthousiastelingen als jij
hadden, dan had het werken een stuk leuker geworden. Goed
laten we beginnen met de kassa, de rest leg ik dan wel uit als
we openen maar we hebben niet veel tijd meer.'
Ze legt me uit hoe de kassa werkt en ik mocht een paar
dingen aanslaan en dan soort van afrekenen... oke dat heb ik
wel onder de knie. Als we open gaan mag ik het eerste uur
de kassa doen om te oefenen want dan is het nog niet zo

druk. Toen ik dat gedaan had mocht ik mee gaan kijken waar de voorraden binnen kwamen en hoe die nagekeken moest worden. In elk pad stonden nu wel een paar dozen en het zag er erg rommelig uit.

'Mag ik die dozen uit gaan pakken?' vraag ik aan Rita, die begon te lachen...

'Je vindt het er zeker erg rommelig uitzien zeker? Nou dat vind ik ook dus we gaan inderdaad die dozen uitpakken, maar eerst hebben we wel een bakkie koffie verdiend vindt je ook niet?'

Ik knik glimlachend mijn hoofd en bedenk me dat ik het hier weleens erg naar mijn zin kon gaan hebben. Na ons bakkie en ik mijn tussendoortje op heb, gingen we aan de slag. Ze lag me uit hoe ik de vakken moest vullen en hoe ik moest vouwen. We begonnen op de baby afdeling. Ik moest gelijk denken aan wat oma gisteren zei over haar achterkleinkind. Ik leerde hoe ik de box pakjes het mooist moest vouwen en dat als ik ging vullen of nieuwe artikelen in de bak mocht leggen dat ik dan een beetje moest schuiven of bijvoorbeeld gewoon alle box pakjes op één stapel leggen zodat er een plekje vrij kwam. Ook dat had ik al snel door en nam zelf het initiatief om op een andere afdeling te beginnen met uitpakken. Rita had tenslotte gezegd dat het er vandaag in moest zitten. Terwijl ik de doos open maak hoor ik Rita roepen...

'Bibi! Wil je niet even wat eten?'

'Is het al zo laat dan?' vraag ik verbaasd en ze begint te lachen en nee te schudden.

'Je gaat me toch niet vertellen dat ik zojuist twee uur met de baby afdeling bezig ben geweest he?'

'Ja dat ben je wel... maar dat geeft helemaal niks. Het is je

95

eerste dag en ik vind dat je het al super doet!'

Ik besluit maar niks meer te zeggen en loop haar achterna de kantine in. Ik pak mijn brood en zie dat ik pindakaas op mijn brood heb! Hoe kon tante Lies nou weten wat ik lekker vind? Er zaten er nog twee met ham in en twee met kaas. Jeetje mina wat denkt ze wel niet... dat ik ga verhongeren of zo? Vanavond eerst maar eens zeggen dat er wel twee vanaf kunnen. Na even lekker ontspannen te hebben en lekker gebabbeld met Rita ga ik weer aan de gang op de heren afdeling... deze heb ik sneller uitgepakt en heb meteen alle bakken en rekken weer netjes gemaakt. Op naar de dames afdeling dus en ik loop ernaar toe om nog meer dozen uit te pakken. Rita komt naar me toe lopen en begint te glimlachen.

'Ik kan nu al zeggen dat ik zeer tevreden met je ben Bibi. Er is nog geen enkele werknemer geweest die dit op haar eerste werkdag deed.'

'Nou ja... ik hou nou eenmaal van orde en netheid en ik zag dat de mensen de rekken in de war hadden gemaakt dus ik dacht ik hang ze weer netjes en op maat.'

'Je hebt ze ook nog op maar gehangen?'

'Ja.'

'Je bent de eerste die dat doet. Ik vraag al zolang ik hier werk of de dames de kleding op maat kunnen hangen... maar nee hoor prop ertussen en klaar is Clara.'

Ik kijk haar verbaasd aan en vind het maar vreemd dat het personeel van tegenwoordig zo is.

'Ik vind het niet meer als normaal dat als je er toch bezig bent... dan ook maar gelijk wat meer te doen als je ziet dat het niet netjes is. Dus... op naar de volgende!' toep ik en ze begint weer te lachen.

96

'Nou, ik ga eerst nog even wat drinken voor ik verder ga...
ga je mee?'

'Ohw oke ja is goed. Als het daar weer tijd voor is dan ga ik
wel mee.'

Tijdens de pauze praten we over het werk en hoe het komt
dat ik zo ingesteld ben.

'Misschien ben ik nog wel van de oude stempel.' zeg ik en
begin hard te lachen. Rita kijkt heel serieus en zegt dan...

'Daar moet je niet om lachen, maar dat is echt waar. Jij weet
hoe het moet en hoe het hoort. Ik ga de kassa voor de andere
meiden bewaren en jij en ik gaan de winkel runnen... ze
mogen wel vullen maar ze maken er altijd een rotzooi van
die ze nooit opruimen. Daarnaast nemen ze nooit de moeite
om de vakken te spiegelen of de rekken goed te hangen'

'Nou... dan weet ik wat me te doen staat.' zeg ik met een
glimlach en ik sta op om de boel weer op te ruimen en weer
aan de slag te gaan voordat het sluitingstijd is. Als ik de
winkel weer in loop blijf ik van schrik aan de grond
genageld staan...

Ik voel een koude windvlaag en kijk nog eens goed of ik het
wel goed gezien heb. Rita komt ondertussen uit de kantine
en die botst zo tegen me op.

'Jeetje Bibi, je had weleens door mogen lopen... hey, wat is
er aan de hand? Voel je je niet zo lekker?' vraagt ze en ze
kijkt recht in mijn ogen maar ik zie haar niet. Ik zie alleen
dat gestalte daar maar bij de kassa staan wat inmiddels mijn
kant op kijkt. O shit, hij is het echt! Ik wil omdraaien en
weer terug naar de kantine lopen maar het lijkt wel of ze
mijn voeten met een paar spijkers aan de vloer hebben
geslagen. Het is Brett van Houten... dat klasgenootje die me
onder water heeft gehouden en ervoor gezorgd heeft dat ik

97

bang ben geworden voor water. En ook voor hem blijkbaar...
ik kan geen woord uitbrengen en sta nog steeds aan de grond
genageld en krijg overal kippenvel.

'Bibi, wat is er?'

Rita is al die tijd naast me blijven staan wachten totdat ik
haar antwoord gaf. Mijn benen doen het weer en ik loop
wankelend terug naar de kantine...

Ik plof neer op de stoel en ik had het gevoel alsof ik een
hartaanval zou krijgen of zo. Dat die jongen me zo van mijn
stuk kon brengen had ik nooit gedacht. Ik dacht dat ik daar
overheen was gegroeid. Rita komt binnen en gaat tegenover
me zitten...

'Wat is er nu aan de hand Bibi? Je kijkt alsof je een spook
hebt gezien!'

'Ik heb Brett gezien...' weet ik schor uit te brengen.

'En wie is Brett?'

'Hij heeft me op de lagere school tijden zwemles net zolang
onder water gehouden totdat ik moet gaan spartelen om weer
aan adem te komen.'

Rita kijkt me verschrikt maar ook medelevend aan.

'En waarschijnlijk dacht je dat je eroverheen was gegroeid,
maar dan ben je nog niet.'

'Nee, ik zag hem en blijkbaar ben ik net zo bang van hem als
voor die ene keer dat hij me onder water duwde... ik ben
sindsdien ook bang van water.'

'Maar da tik toch helemaal niet erg! Hier neem wat water,
dat zal ik gaan kijken of hij inmiddels al weg is. Ik ga er niet
vanuit dat hij wist dat je hier werkt.'

'Dat hoop ik niet nee!' zeg ik verschrikt.

Rita kwam weer terug om te vertellen dat hij weg was maar
dat hij bij de cassiere wel een boodschap heeft achtergelaten.

Fijn... ook dat nog!

'Hij wil een keer met je afspreken Bibi. Dat heeft hij tegen de cassiere gezegd. Hij heeft ook zijn telefoonnummer achtergelaten voor je zodat je hem kan bellen. Misschien is dit een manier om van je angst af te komen.'

'Oh nee, hij kan hoog en laag springen maar echt niet dat ik hem ga bellen. Hij heeft zo'n beetje heel mijn leven verziekt en nu wil hij het goedmaken zeker? Ik ga gauw weer aan de slag voordat ik mijn eerste werkdag helemaal verkloot.'

'Maak je maar geen zorgen Bibi, je hebt het echt niet verkloot. Ik wilde dat ik je eerder gevonden had.'

Het is alweer vier uur en ik heb gewoon drie kwartier uitgevoerd. Tijd om weer aan de slag te gaan dus. Ik pak de laatste dozen uit, maak de vakken netjes en hang de kleding op de rekken weer recht en op maat. Zo... alles weer netjes voor morgen. Hoe laat zou het zijn? Na mijn akkefietje van vanmiddag liep ik natuurlijk drie kwartier mis dus het zal nu wel richting sluitingstijd lopen als ik Rita de borden binnen zie halen. Ah, het is dus sluitingstijd. Ik help haar mee en tellen daarna de kassa. Ik pak mijn spullen en zeg iedereen gedag tot morgen.

'Gaat het wel?' vraagt Rita.

'Ja hoor, ik ben zulke dagen niet meer gewend dus ik ben wat moe. Ik zie je morgen weer!'

'Ja doe rustig aan meid en tot morgen!'

Ik ben echt blij dat ik thuis ben zeg! Ik ben verrot van mijn eerste werkdag en dan te bedenken dat dit zo heel de week gaat. Ach nog een paar dagen en dan ben ik er wel aan gewend denk ik... tante Lies staat eten te koken en dan ben ik weer dankbaar dat ik hier ben komen wonen. Nu hoef ik het niet zelf te doen!

'Hoe is het met oma? Wordt ze alweer een beetje beter?'

'Nou ik weet het niet meid. Ze wordt maar niet beter van de medicijnen en haar longontsteking lijkt alleen maar erger te worden.'

'Goh wat vervelend! Ik hoop toch dat de medicijnen aan gaan slaan...'

'Nou ik ga bijna denken dat ze erin blijft straks. Goed, hoe was het op je eerste werkdag?'

'Laten we hopen dat ze er niet in blijft... maar mijn dag was super! Op drie kwartier ervan na dan.'

'Wat? Hoezo... wat is er gebeurd?'

'Nou ik kwam na mijn middagpauze terug in de winkel toen ik de jongen bij de kassa zag staan die me op de lagere school onder water heeft gehouden.'

Tante Lies kijkt verschrikt en draait even haar hoofd weg.

'Is dat die Brett? Wat moest hij bij jou in die winkel dan?' vraagt ze met een blik die ik niet kan plaatsen.

'Ja volgens de bedrijfsleidster heeft hij zijn telefoonnummer achtergelaten bij de cassiere en tegen haar gezegd dat hij met me wil praten.'

'Maar dat ga je toch niet doen zeker?'

'Nee tante dat doe ik niet... hij heeft mijn leven verknald qua water en nu hoeft hij het ook niet meer goed te maken.'

'Nou goed meid dan gaan we nu eten, lekker bank hangen met een wijntje en een filmpje! Morgen is het weer vroeg dag dus het is nu relax tijd!' zegt ze lachend.

'Ja goed! Daar heb ik zin in! Ik ga eerst nog even snel douchen en dan plof ik lekker op die bank daar.'

12

Mijn eerste werkweek zit er alweer op... wat is het snel gegaan zeg en ik heb het super naar mijn zin! Ik moet wel wat aan mijn conditie doen want ik was vrijdag helemaal afgedraaid! Dat ben ik echt niet meer gewend. Van Brett heb ik gelukkig niets meer gehoord... en hoop ook dat hij gewoon wegblijft. Ik heb besloten om een keer met de trein te gaan... ik had nog zulke spierpijn van vorige week dat het me niet verstandig leek om op de fiets te gaan. Zo kon ik nog even een stukje lopen op mijn gemakje en weer zoals gewoonlijk wat nadenken. Ik kijk op om te kijken waar ik naartoe loop en zie daar de man staan die me zo'n twee maande geleden de adem benam... Alex McCray... wat een goddelijke man is het toch! Hij staat buiten bij de winkel waar ik toen gesolliciteerd had een sigaretje te roken. He bah! Ik haat mannen die roken! Het is net alsof je een asbak uitlikt. Hij staat naar me te staren en ineens ben ik me bewust van mijn loopje, en krijg ik zelfs vlinders in mijn buik.

'Goedemorgen Bibi, alles goed?'
Hij weet mijn naam zelfs nog! Dan heb ik toch indruk op hem gemaakt.
'Goedemorgen Alex, ja alles goed. Nog even wandelen voordat ik ga werken. Met jou ook alles goed?'
Het kwam er een beetje bibberig uit en dat heeft hij door... hij lijkt dwars door me heen te kijken en dat beangstigd me een beetje.
'Ja hoor best, doe nog even een sigaretje voordat ik weer aan

101

de bak moet. Ik moet alles klaar maken voor een overplaatsing naar een ander filiaal dus ik heb het er best druk mee anders zou ik je vragen om wat met me te drinken.'

Hij wil wat met me drinken? Wat bezielt die vent toch... hij kan alle vrouwen krijgen die hij wil en toch zegt hij dat hij wat met me wil drinken. Ach ja misschien zegt hij het zomaar omdat hij niet meer weet wat hij moet zeggen.

'Nou dan heb je veel om voor te bereiden dan! Succes! Ik ga snel naar mijn werk voordat ik te laat kom!' Ik draai me nog om en roep tot mijn eigen verbazing...

'Misschien hou ik dat drankje dan nog wel tegoed voordat je vertrekt!'

Oh god wat heb ik nou toch gezegd! Kwam dat uit mijn mond? Met het schaamrood vol op mijn gezicht loop ik zo snel als ik kan door naar mijn werk. God wat is die man lekker zeg! Dan nog maar met mijn fantasie in te vullen wat er onder dat overhemd verborgen zit. Nou Bibi kom op! Even concentreren! We moeten werken vandaag en niet zwijmelen over een man die je toch niet kan krijgen.

Aangekomen op mijn werk pak ik nog snel een bakkie koffie om even tot rust te komen. Rita komt binnen gelopen en kijkt me met een grote lach aan. Ik frons mijn wenkbrauwen en lach terug naar haar.

'Mooie man ontmoet?' zegt Rita ineens.

'Is dat dan zo duidelijk van mijn voorhoofd af te lezen?'

'Ja Bibi, je zit met een bak koffie, een rood hoofd en een big smile op je gezicht te staren. Dat kan maar één ding betekenen... en dat is dat je een man tegen gekomen bent.'

'Haha, nou je hebt gelijk maar het is een man die ik toch

102

nooit zal kunnen krijgen en die het druk heeft met een overplaatsing dus hij zal verdwijnen en ik zal hem nooit meer zien. Dus ik kan alleen nog maar dromen.' zeg ik met een lach.

'Ohw maar dan heb je het zeker over Alex McCray?'

Wat... kent ze hem nou? Zou zij met hem het bed ingedoken zijn?

'Ja ik heb het over hem... waar ken jij hem van dan?'

'Ja hij werkt hier een straat verderop dus ja soms kom ik hem weleens tegen als ik de zaak afgesloten hebt. Maar wees niet bang hoor... ik heb het bed niet met hem gedeeld. Daar is hij een te grote player voor. Hij vindt vrouwen aandacht geweldig en doet er alles voor om het te krijgen. Hij heeft zo ongeveer heel Dordrecht al gehad.'

Ik krijg een knoop in mijn maag en voel me ineens gebruikt.

'Ja, dat heb ik weer... ik ontmoet een god en dan heeft hij heel de stad al gehad. Hij zou zeker niet weten hoe het is om monogaam te zijn?'

'Oh jawel hoor... hij is zelfs getrouwd geweest. Hij heeft geen kinderen, maar zijn toenmalige vrouw heeft hem bedrogen met zijn beste vriend en toen ik het met hem fout gegaan. Hij geloofde in echte liefde en ging er ook voor maar nu is dat geloof ik ver te zoeken.'

'Ach wat sneu... wat bezielde die vrouw zeg! Ze trouwt de mooiste man van de stad en gaat er vervolgens met zijn beste vriend vandoor! Bah!'

'Ja je moet maar verliefd worden Bibi... dan kunnen mensen rare dingen doen. Nou ik ga aan de slag, kom jij ook als je je koffie op hebt?'

'Ja ik kom er zo aan, en de koffie is inmiddels koud.'

*

Het is alweer woensdag en ik ga weer met volle energie aan
het werk. Ik heb die dag nog lang over het gezicht van Alex
nagedacht en heb besloten om hem te vergeten. Hij wordt
ten slotte toch overgeplaatst en het lijkt me niet verstandig
om te dromen over een man die zijn rugzak meeneemt...
alhoewel, die heb ik ook natuurlijk. Maar het blijft
onmogelijk om een man te willen die een player is geworden
omdat hij vreselijk bedrogen is. Ik ben bezig nieuwe vracht
uit te pakken als er op mijn schouder getikt wordt.
'Goedemorgen Bibi, ik vertrek morgen naar het nieuwe
filiaal en heb onthouden dat je gezegd hebt dat je dat drankje
dan nog wel tegoed houdt. Wat dacht je van vanavond uit
eten met een drankje?'
Wauw! Hij vraagt me gewoon uit eten! Eén avondje moet
toch geen kwaad kunnen? Hij vertrekt toch morgen naar
weet ik het waar. Maar eigenlijk zou ik het niet moeten
doen... hij laat mijn hoofd op hol slaan en laat de vlinders
fladderen in mijn buik. Ik had gezegd met mijn stomme kop
één drankje dus ik besluit het goede antwoord te geven.
'Oke is goed.'
He? Wat doe ik nou weer... oke het is duidelijk dat deze man
mijn hoofd in twee minuten al op hol kan brengen. Hij kijkt
zelf ingenomen en wrijft met zijn duim en wijsvinger over
z'n kin.
'Dan kom ik je om zeven uur thuis ophalen.'
En weg was hij... Hoe weet hij nou waar ik woon? Nou dat
kan hij me dan mooi uitleggen als hij er überhaupt staat dan.

Ik ben nog nooit zo zenuwachtig geweest... ik ga gewoon

104

met de knapste man die ik ooit ontmoet heb uit eten! Het is tien voor zeven en ik ga er vanuit dat hij elk moment kan arriveren... of niet. Ik snap nog steeds niet hoe hij aan mijn adres zou kunnen komen. Ik heb me flink uitgedost voor vanavond en hoop maar dat hij het mooi vindt. Ik heb mijn mooiste jurk aangetrokken... een satijnen zwarte jurk met halterbandjes met een diamanten rand onder mijn borsten door en met een bloem op de rok ook van diamanten gemaakt. Allemaal nep diamantjes dan haha anders kon ik hem niet betalen. Ik heb hem dan ook nog maar één keer aangehad en nu vond ik het wel de gelegenheid om hem nog een keer te dragen. Mijn haar heb ik netjes opgestoken en heb er wat lokjes uit laten vallen. Mijn make-up heb ik niet te overdreven gedaan... ik houd er toch al niet van maar een klein beetje oogpotlood en wat rouge konden geen kwaad. Ik hoor getoeter buiten en kijk stiekem door de luxaflex naar buiten om te kijken wie er staat te toeteren en de adem word me meteen weer benomen. Er staat een prachtige zwarte Aston Martin One-77 en dat weet ik omdat mijn broer ervan droom zo'n auto te rijden. Maar die dingen zijn hartstikke duur! Hoe rijk is deze man wel niet! Hij toetert nog een keer en ik denk dat hij mij moet hebben zien staren. Ik trek mijn jasje aan, pak mijn tas en loop op zijn elegantst naar buiten, in de hoop dat ik niet val op die stomme hakken van acht centimeter. Ik draai de deur op slot en loop langzaam naar zijn auto. Hij stapt uit en bekijkt me van top tot teen en zie een vleugje opwinding en lust in zijn ogen schitteren.
'Het was geen verkeerde keus om jou uit eten te vragen.'
Ik schrik van zijn openingszin en kaats terug...
'Haal je maar niks in je hoofd tijger. Kon je niets beters verzinnen?'

105

Hij schrikt op zijn manier en loopt snel om de auto heen om het portier voor me open te doen. Ik ga zitten en hij slaat gauw het portier dicht en komt dan naast me zitten.
'Zo... jij werkt niet alleen in die winkel om zoveel geld bij elkaar te verdienen voor deze Aston Martin One-77.'
Hij kijkt verschrikt op maar zie ook een vleugje amusement in zijn ogen.
'Je bent de eerste vrouw die weet wat voor auto dit is. Maar nee, ik werk niet alleen in deze winkel nee. Ik heb er heel hard voor moeten knokken. Maar ook een beetje gekregen.'
'Nou mijn broer heeft het altijd over deze auto en dus weet ik meteen wat voor één het is. En weet ik dat hij op nummer twee van de duurste auto's ter wereld staat. Waar gaan we naartoe?'
'Naar restaurant Blanc... daar kun je heerlijk eten met prachtig uitzicht. Nou nou, je hebt je huiswerk wel gedaan!'
'Maar dat is hartstikke duur! Ik ben geen prinses of zo hoor... ik ben dit allemaal niet gewend en wil er ook niet aan gewend raken.'
'Jij had het alleen over een drankje en ik vroeg je meteen uit eten dus ik betaal... maak je maar geen zorgen, het komt allemaal goed.'
Nu kreeg ik het idee dat hij me aan het inpalmen was maar goed ik ging erin mee en de rest van het korte ritje zeggen we niets meer. Aangekomen bij restaurant Blanc was ik toch even overdonderd. Het is het chiqueste restaurant wat ik ooit gezien heb. Ik houd niet van dure en luxe dingen, ik hou van simpel maar deze man is steenrijk! Hij wil dus wel alles luxe en duur. Wat mij betreft hadden we gewoon bij de beer gaan eten of zo... dat is ook nog eens super lekker! We krijgen een tafel aangewezen met uitzicht over de Maas en bestellen een

biertje.

'Niet echt een drankje voor in deze tent.' Lach ik een beetje om de spanning wat te laten verdwijnen.

'Waarom niet? Als jij een biertje wilt, krijg jij een biertje hoor.'

'Oke... ik dacht dat wijn hier wel op zijn plaats zou zijn. In zo'n mooie chique tent.'

Het is er prachtig. De zilveren kuipstoeltjes en wit met zilver beklede tafeltjes passen goed bij het kasteel achtige uiterlijk. Het uitzicht op de Maas maakt het plaatje geheel af. Een amuse wordt geserveerd.

'Heb jij al besteld?'

Bang dat ik iets te eten krijg wat ik niet lust...

'Ja ik heb vooraf al besproken met de chef kok wat we zullen gaan eten. Ik hoop niet dat je er moeite mee hebt.'

'Nou, ik beslis graag zelf wat ik wel en niet eet.'

Het zag er heerlijk uit... Een oester met schuim van komkommer, crêpe en forel kruit en ik proefde ook nog iets licht anijzerigs. Een mooie amuse en beloftevol wat betreft het vervolg.

'Dit lust je toch wel?' vraagt Alex geamuseerd.

'Ik ben gek op oesters. Hoe wist je dit?' wist ik hees uit te brengen.

Ik ben gek op vis en vooral op oesters en coquilles... maar hoe kon hij het nu weer weten?

'Dat is voor jou een vraag en voor mij een weet.' zegt hij geheimzinnig.

'Oh dus je hebt een studie van me gemaakt? Dan komen er zo coquilles aan.'

Hij kijkt geamuseerd toe en moest er even om glimlachen.

En ja hoor daar kwam het tussengerecht... coquilles.

Drie kleine coquilles trof ik aan, op zich goed van cuisson, hoewel ik ze liever iets rauwer van binnen heb. Er bij chutney van pompoen, crème van pompoen en een rolletje ibericoham gevuld met gestoofde witlof. Het was weer op te smullen!

'Oke voor de bijl ermee Alex. Ik wil weten waarom je alles van me lijkt te weten.'

Ik vond het nu toch wel een beetje eng worden allemaal.

'Toen ik je zag op het sollicitatiegesprek vond ik je meteen al leuk. Ik ben gaan uitspitten waar je woonde... wat niet zo moeilijk was want dat stond op je cv. Je bent zesentwintig, woont nu bij je oom en tante hier in Dordrecht en je bent bang voor water.' zei hij in één adem teug. Wat krijgen we nou? Het lijkt wel een stalker die alleen de persoon zelf met rust laat.

'Ik kreeg zelfs vlinders in mijn buik Bibi... dat is in de laatste tien jaar niet meer voorgekomen.'

Ik doe net alsof ik niet verbijsterd ben en zeg...

'Nou, dan heb ik het toch goed gezien dat je bloosde. Maar ik kan niet zeggen da tik het leuk vind dat je veel van me weet zonder dat ik ervan weet. Je kan elke vrouw van de stad krijgen dus waarom boei ik jou zo?'

Het hoofdgerecht word geserveerd en het rook net zo heerlijk als al die andere... Zeeduivel met als garnituur gestoofde pijlstaartinktvis, gekarameliseerde uien, cantharellen en een vinaigrette van rode wijnazijn en jus de veau. Om van te watertanden gewoon! Ik ging ervan blozen en Alex ving het op...

'Heerlijk zijn de gerechten he? Maar om terug te komen op jou gestelde vraag... Ik zal maar eerlijk zijn tegen je nu we elkaar niet zo goed kennen. Alhoewel... voor mij is het alsof

108

ik je al jaren ken.'

Hij stopt even en neemt een slok van zijn bier. Ik word ongeduldig en vraag door...

'Waarom denk je dat je mij al jaren kent?'

'Omdat je er bijna net zo uitziet als mijn ex-vrouw.'

Het was alsof ik een stomp in mijn maag kreeg zo hard stokte mijn adem in mijn keel. De knoop die eromheen kwam zorgde ervoor dat ik de zeeduivel meteen niet meer hoefde. Ik word er misselijk van en excuseer me van tafel.

'Nee Bibi wacht nou even. Niet weglopen.'

Maar ik loop door. Op het toilet kijk ik eens goed in de spiegel en zie mezelf... of is het de ex-vrouw van Alex? Ik heb een rode gloed over mijn wangen en in mijn ogen was niet veel te zien. Het enthousiasme wat er zojuist nog was... was nu verdwenen. De vlinders waren er nog wel. Ook ik had die gevoeld. Ik voelde een klik... een band ook al wist ik dat ik me niet serieus in hem moest verdiepen. Ik maak mijn gezicht nat en pep mezelf op. Ik moet toch een keer terug naar die tafel waar die overheerlijke man op mij zit te wachten. Ik ga weer zitten en zie dat de zeeduivel weg is.

'Het spijt me dat ik weg liep. Ik moest even tot mezelf komen.'

'Het geeft niet... ik had het niet zo moeten zeggen, maar ik wilde je de waarheid vertellen. Het gekke en angstaanjagende is dat je ook precies hetgeen lekker vindt wat Patricia lekker vond. Zij was inderdaad mijn vrouw voor vier jaar. We trouwden toen ik twintig was, heel jong dus. Allebei verliefd en ervan overtuigd dat we samen oud zouden worden. Ik hield oprecht van haar en deed dan ook alles voor haar. Totdat ze ervandoor ging met mijn beste vriend Teddy. We waren vrienden voor het leven, deden alles

109

voor elkaar en hij stal mijn vrouw gewoon van mij.'

'Ja ho even... Patricia was er ook zelf bij hoor.' zeg ik boos tussendoor.

'Ja dat weet ik wel, en daarom ben ik ook van haar gescheiden... sindsdien ben ik de weg een beetje kwijt geraakt en geloofde ik niet meer in langdurige liefde. Ik scharrelde wat rond, dronk met het ziekenhuis in en werd de playboy van de stad genoemd.' zei hij met een bedompt gezicht. De bediening kwam koffie voor Alex brengen en espresso voor mij... vond Patricia espresso ook altijd zo lekker? Ook kwamen ze een plaatje met snoeperijtjes brengen waar ik me aan verschanste...

Spekkoek, een cakeje met bosvruchten en gevulde speculaas. God wat heerlijk!

'Ik ben blij dat je het me eerlijk verteld hebt, want ik wist dit namelijk al en daarom hield ik afstand... ik wil namelijk een vaste relatie. Ik wil oud met iemand worden, trouwen, kinderen krijgen.. heel de mikmak. En ik wist dat jij dat nict zou willen.'

Hij kijkt me beduusd aan en leek niet te kunnen geloven dat ik dit al allemaal wist.

'Ik ben ook bedrogen... nadat mijn ouders om het leven zijn gekomen heeft hij me opgevangen. We woonden samen en steeds vaker rook hij naar vrouwen parfum. Mijn vriendin zag hem ook steeds lopen waar ik vlakbij werkte. En dat was op bepaalde tijdstippen dat hij moest werken dus hij kon daar niet zijn. Toen hij tijdens onze gemeenschap het spelletje van zijn minnares gebruikte, werd ik nijdig en heeft hij het toegegeven. Ik heb hem het huis uitgezet en hem nooit meer terug genomen... Ondanks dat ik dat wel graag wilde.'

110

Ik ademde even diep in en daarna stevig uit... het deed toch nog wel pijn om over mijn ouders en Stephan te praten. Waarom vertelde ik hem dat in godsnaam allemaal. Ik had het nog nooit aan een vreemde verteld. Alex keek me medelevend aan en pakt mijn hand om over mijn duim te wrijven. Ik kreeg er een warm gevoel van. Er schoot zelfs iets rechtstreeks naar het plekje tussen mijn benen.
'Het spijt me dat je dat allemaal hebt moeten meemaken.'
'Het spijt mij ook voor jou. Dit heb je niet verdiend. Maar het zou een leuk dinertje worden en geen verdrietige dus laten we nog wat te drinken nemen en het over leukere dingen hebben.'
Hij lacht en knikt en wenkt daarna de ober...

*

We zijn bij mij thuis aangekomen en ik weet eigenlijk niet zo goed wat ik moet zeggen.
'Waar ga je eigenlijk naartoe morgen?'
Hopend dat het niet al te ver weg zou zijn. Ik wilde hem eigenlijk nog wel een keer zien. We hadden een goed gesprek gehad en hij wist die dingen over mij dankzij Rita...
'Ik vertrek naar New York morgen voor onbepaalde tijd.' zei hij enigszins verdrietig.
'Naar New York!' Riep ik uit. 'Maar dan zie ik je helemaal niet meer!'
Hij moest lachen en keek me met liefdevolle ogen aan wat ik best eng vond.
'Fijn om te horen dat je me toch nog had willen zien na mijn stalkende activiteiten, maar het is de wereld niet uit hoor.'
'Maar het is zo'n acht uur vliegen! Dat doe je niet even! Ik

had het gewoon wel leuk gevonden om je nog een keer te zien.'

'Bibi...'

Ik kijk zijn kant op en daar was hij... de felbegeerde kus die ik graag wilde hebben. Hij was zacht en teder... alsof we al jaren bij elkaar waren en hij voor een bepaalde tijd op zakenreis moest. Hij stak zijn toch naar binnen en onze tongen dansten om elkaar heen. Van schrik trok ik me terug en hield mijn hand voor mijn mond. Hij keek geschrokken toe.

'Was het niet goed?' vraagt hij heel verbaasd.

'Het was heerlijk Alex... maar ik wil niet geil worden van een man die ik niet krijgen kan. Bedankt voor het diner, het was echt heerlijk! Een fijne vlucht morgen en misschien zien we elkaar ooit nog eens.'

'Het spijt me Bibi... ik had dit ook niet aan zien komen. Maar ik moet iets voor mijn zaak over hebben. Het was heel graag gedaan en misschien vlieg ik gewoon wel weer terug als alles op orde is daar.'

Hij glimlacht en geeft me een kus op mijn hand.

'Ik vond het echt geweldig vanavond. Bedankt.'

En dan stap ik uit en loop naar de voordeur. En hoewel ik me voorgehouden heb da tik niet zou omkijken... was de verleiding te groot en deed ik het toch. Ik keek naar hem en werd overspoeld door verlangen. Ik zwaai naar hem en loop naar binnen. Ik moet hem vergeten.

13

De volgende morgen op mijn werk was ik nog even van mijn stuk gebracht. Alex sms'te dat hij het een geweldig avond vond en dat hij me alle goeds en geluk toewenste. Dat wenste ik hem ook natuurlijk maar het was niet met mij. Weer had ik niet die persoon gevonden die samen met mij oud zou worden. Ik zat eigenlijk al een half uur op Rita te wachten zodat ik haar eens lekker in de maling kan nemen. Ze kwam binnen lopen en deed haar normalen dingen... zette koffie, ze lag haar brood in de koelkast en zetten de kassalade vast klaar. Toen ze voor me kwam zitten stak ik van wal.

'Zo, dus jij dacht even mijn adres aan Alex te geven? Wat bezielde je in godsnaam!'

Wonder boven wonder kon ik met een stalen gezicht haar kant op kijken en zien hoe hard ze schrok van mijn beschuldiging.

'Ik... eh ja ik dacht hij vraagt het zo lief... ik geef het hem gewoon.'

'Zou je dat ook doen als Brett heel lief om mijn telefoonnummer vraagt?'

Dat was wel iets wat ik graag wilde weten. Ze had natuurlijk wel heel makkelijk mijn adres aan een voor mij volslagen vreemde gegeven.

'Oh nee Bibi, dat zou ik echt nooit doen! Ik weet wat hij je heeft aangedaan.'

'Maar wie weet wat Alex me aangedaan zou hebben... hij is voor mij een volslagen vreemde!'

Ik zat helemaal in mijn rol en vond het geweldig hoe ze erop reageerde... maar ik besloot haar uit haar lijden te halen. Dus begon ik heel hard te lachen. Haar gezicht betrok en toen ik zolang bleef lachen begon ze mee te lachen.

'Ik wilde je in de maling nemen Rita, in de eerste instantie vond ik het echt niet leuk dat je mijn adres had gegeven, maar ik heb het geweldig naar mijn zin gehad en hij heeft me gekust!'

'Jezus Bibi! Ik schrok me kapot! Ik dacht dat je echt pisnijdig op me was! Maar hij heeft je gekust? En hij is vandaag vertrokken?'

Zag ik daar nou een vleugje jaloezie in haar ogen?

'Ja hij is vanmorgen vertrokken naar New York... maar maak je geen zorgen hoor. Ik word echt niet hoteldebotel van een man die ik niet krijgen kan. En ik kreeg gister nog een andere klap te verwerken ook.'

'Oh ja? Wat was dat dan?'

'Nou... ik schijn sprekend te lijken op zijn ex-vrouw! Ik zou wel willen weten wie zij is. Hoe ze eruit ziet. Hij had vooraf oesters besteld... daar ben ik gek op! Daarna kwam een gerecht van coquilles waar ik ook gek op ben en als klap op de vuurpijl kwam als hoofdgerecht een zeeduivel waar ik mijn vingers bij af had willen likken maar toen kreeg ik het nieuws te horen dat ik sprekend op haar lijk en dat zelfs haar gerechten mijn favoriete gerechten zijn.'

'Jeetje Bibi, wat een verhaal. Ik geloof dat ik boos zou zijn geworden. Maar aan de andere kant... je weet wel waar je aan toe bent. Voor hetzelfde geld had hij je niks verteld en hadden jullie iets gekregen en dan had je of een keer een foto gevonden of hij had het je een keer moeten vertellen. Dan beter nu dan nooit toch?'

114

'Nou, het maakt niets meer uit want hij is vertrokken en komt nooit meer terug... dus eigenlijk had ik wel een leuk avondje willen hebben zonder dat hij het had verteld.'

'Ja dat had zeker leuk geweest Bibi... maar had je echt aan dat lijstje toegevoegd willen worden?'

'Nou ja, een leuk avondje zonder verplichtingen had ik wel leuk gevonden. En ik zie hem toch nooit meer terug. Maar goed aan de andere kant... ik kreeg wel vlinders maar misschien als we het gedaan hadden, had het misschien wel meer moeite gekost om afscheid te nemen.'

'Precies! En nu gaan we aan het werk... want we zijn eigenlijk al te laat open! Waar is Lydia eigenlijk?'

'Oh nee! Dat moeten we rennen! Ik heb geen idee. Er is ook niet afgebeld dus ga er vanuit dat ze het is verslapen of zo.'

Lydia is het kassameisje en staat drie dagen in de week achter de kassa, en de rest van de week helpt ze mee in de winkel en is er een ander meisje, Sandra die de kassa van haar overneemt. Eigenlijk ben ik wel blij dat ik de kassa niet heb. Of in elk geval weinig, ik ben veel liever in de winkel zelf bezig en af en toe neem ik de kassa over als ze pauze gaan houden. Ik besluit mijn verstand op nul te zetten en ga aan de gang nu ik twee functies heb.

*

Ik plof op de bank neer en trap mijn schoenen uit. Lydia is vandaag niet meer op komen dagen en we hebben alles samen moeten doen. Die gaan we morgen maar eens een leuk telefoontje bezorgen. Nu ik hier zo lig besef ik dat tante Lies helemaal niet thuis is. Wat gek... normaal is ze om deze tijd thuis omdat ze over twee uur aan haar avond dienst gaat

115

beginnen. Ik hoor de voordeur en haal opgelucht adem. Maar het volgende moment beneemt haar gezicht mij de adem als ze met een behuild gezicht de woonkamer in strompelt en sjokt alsof ze zojuist tachtig is geworden.

'Wat is er aan de hand? Wat is er gebeurd?' vraag ik met een benauwd stemmetje. Ik heb zo een vermoeden dat het niet goed gaat met oma. Daar moet ik één deze dagen echt even langs.

'Lieve schat je oma is vanmiddag overleden.'

Ze ploft neer in de fauteuil en begint weer te huilen. Ik weet niet wat ik zeggen moet en blijf haar geschokt aankijken.

'Wat! Hoe kan dat nou! Het ging net zo goed met haar de laatste dagen!'

'Ja liefje, ze knapte op maar ze is overleden aan een hartaanval.'

'En nu heb ik helemaal geen afscheid van haar kunnen nemen! Net zoals ik dat niet kon doen van mijn ouders en ik had haar willen vertellen dat ik de ontwerpen van mijn moeder in productie wil laten gaan als ik eenmaal de spullen bij elkaar kan kopen.'

'Voel je niet schuldig liefje... ze wilde niet meer dat ze bezoek kreeg. Ze wilde niet zo gezien worden. Ze wil herinnerd worden zoals ze was.'

Ze staat weer op en begint een lade uit de grote eiken kast overhoop te halen. Een grote zucht ontsnapt haar lippen en gaat weer zitten met haar handen voor haar ogen. Ik sta op en ga naar haar toe om haar te troosten.

'Kan ik iets doen om je te helpen?'

'We moeten alles nog regelen Bibi, ik kwam eigenlijk thuis om het nummer van de begrafenis ondernemer te zoeken, er moet nog een kust worden uitgezocht en kaarten moeten worden geschreven. Er ligt bij haar thuis in de kast een lijst met namen waar een kaart naartoe moet. Zou jij die voor me willen gaan halen?'

'Ja natuurlijk! Je weet waar hij staat. Tot straks.'

Met de auto is het maar vijf minuten rijden naar oma's huis en als ik binnen sta heb ik weer even de herinnering aan ons bezoekje van een paar weken geleden. Ik heb haar veel te kort gekend. Ik had vaker bij haar op bezoek moeten komen. Maar ja we kunnen de tijd niet meer terug draaien. Ik loop naar de kast waar een lijst in zou moeten liggen en doorzoek de lades en kastjes als ik stuit op een fotoalbum. Ik kan de verleiding niet weerstaan en open het boek. Daar staan allemaal foto's in van mijn moeder en tante Lies toen ze nog klein waren en opa en oma toen ze jong waren. Gezellig op het strand, vakantie foto's en gewone alledaagse foto's die zomaar genomen zijn staat erin. Aan het einde van het boek staan ook nog foto's van Patrick toen hij net geboren en oma hem de fles gaf. Er zijn misschien ook nog wel foto's van mij van toen ik net geboren was. Maar daar heb ik nu geen tijd voor... ik zoek verder en vind de lijst waar alle namen op staan waar een rouwkaart naartoe gestuurd moet worden. Bij die lijst zit ook een lijst met wat oma gewild zou hebben op haar begrafenis. Deze moet ik ook maar meenemen dan want dan kunnen ze de laatste wens van oma vervullen. Een kist is dan makkelijk uitgezocht want ze heeft hier duidelijk beschreven dat ze een witte simpele kist wil, vrolijke bloemen en genoeg te eten en drinken voor iedereen die komt. Ik doe alles weer terug en haast me naar de auto... ik besef da tik eigenlijk veel te lang ben weg geweest. Als ik thuis aankom is ook ome Kees gearriveerd en nog een paar mensen die ik niet ken.

117

'Je bleef lang weg Bibi... Dit hier zijn de huisarts en de begrafenisondernemer. De komende uren bespreken we de uitvaart van je oma met hem. De huisarts kwam een verklaring van overlijden brengen. Wil je erbij blijven?'

'Ja graag. Ik wil weten hoe dit in zijn werk gaat en ik heb bij oma nog iets gevonden wat we nodig hebben. Ik heb een lijst met haar laatste wensen gevonden bij de lijst voor de rouwkaarten.'

'Oh? Ik wist niet dat die er was... maar dat zal de dingen een stuk eenvoudiger maken. Willen jullie allemaal koffie?'

'Nee dank u wel.' zegt de huisarts. 'Ik ga weer verder naar mijn volgende patiënt. Ik wens u heel veel sterkte met dit grote verlies.'

Tante Lies knikt en loopt naar de keuken. Ik zeg dat ik heel even mijn werkkleding uit ga trekken en loop naar mijn kamer. Ik bel Rita om te zeggen dat ik morgen niet kom werken... ik kan beter mijn tante even helpen met de dingen te verwerken en te regelen. Maar Rita vond het nodig dat ik de rest van de week gewoon thuis bleef dus dan doe ik dat maar... er is niks mis met een weekje vrij en kan ik dit voor mezelf rustig verwerken. Als ik terug loop zitten mijn oom en tante samen met de begrafenisondernemer aan tafel naar papieren te kijken.

'Wat moet er nu gebeuren?' vraag ik.

'Nou, eigenlijk heb je een eerste to do list... de begrafenisondernemer en de huisarts zijn gebeld. Dan gaan we na of oma een wensenlijst heeft en die had ze dus die gaan we zo verder uitwerken, we moeten kijken of oma een uitvaart verzekering had waar ik wel vanuit ga, we moeten aangifte van overlijden doen bij de gemeente maar dat kan morgen pas, de adressen bij elkaar zoeken voor de

118

rouwkaarten en dingen opzoeken voor oma's verzorging en opbaring zoals een mooie foto en welke sieraden en kleding ze gaat dragen.'

'Zo, dat is nogal niet wat zeg. Ik wist niet dat er zoveel bij kwam kijken... ik heb de rest van de week vrij gekregen dus ik wil graag doen wat ik kan om jullie te helpen.'

'Weet je het zeker? In dat geval kun je morgen de adressen op de enveloppen zetten en de kaarten in de enveloppen doen en beplakken met postzegels zodat ze dan meteen op de post kunnen.'

'Oke dat doe ik graag, maar weet je zeker dat die lijst nog klopt? Er staan wel heel veel namen op hoor.'

'Je oma had vele contacten. Ze was vroeger advocaat met har eigen advocatenbureau. We moeten dan ook nog kijken of ze een testament had en of daar erfgenamen in staan maar dat wordt pas gedaan als de uitvaart is geweest.'

De hele avond gaat als in een waas voorbij. Flitsen van herinneringen die ik heb aan het ongeluk vijf jaar geleden komen weer voorbij en ik krijg het dan ook even moeilijk. Om negen uur besluit ik naar mijn kamer te gaan en pak ik het grote album waar de ontwerpen in staan. Ik pak een leeg vel en ga proberen om een nieuw ontwerp van een oude te maken... de kleding die mijn moeder graag zag in een nieuw jasje steken. Zo kan ik even mijn hoofd leegmaken en me voorbereiding op morgen... als ik al die kaarten in enveloppen moet doen en de adressen erop moet schrijven. Ik word wakker van een vlinder op mijn neus en ga er vanuit dat ik nog droom... maar hoor ook duidelijk mijn tante praten in de keuken. Ik open mijn ogen en die vlinder zit er nog steeds! Ik heb het dus niet gedroomd! Met een kleine beweging zorg ik ervoor dat het diertje van mijn neus af gaat en vervolgens op de ontwerpen belandt die op de vloer liggen. Ik geloof dat dit een teken van oma moet zijn... ze hield namelijk van vlinders. Dit is oma gewoon in haar volgende leven! Dat kan niet ander! Ik ren de slaapkamer uit en sta pal voor tante Lies die me een beetje bezorgd aankijkt. 'Oma zit in mijn kamer! Kom maar kijken! Ze is vlinder geworden!'

Ik stuif weer terug naar mijn kamer om er zeker van te zijn dat de vlinder nog niet gevlogen is. Tante Lies komt achter me aan en staat in de deuropening. Haar ogen worden groot en ze kijkt naar de mooie blauwe vlinder.

'Oma hield van die kleur blauw en was dol op vlinders Bibi... ik denk dat je gelijk hebt. Had je je raam open laten staat vannacht?'

'Ja en toen ik vanmorgen wakker werd zat deze vlinder op mijn neus. En toen ik voorzichtig wilde dat hij eraf ging... ging hij op de ontwerpen zitten waar ik gisteravond nog even mee bezig geweest ben. Hij kon ook zo weer naar buiten vliegen.'

'Ik vind het allemaal een beetje vreemd ja... wie weet is dit oma wel in het leven wat ze nu heeft. Wil je koffie Bibi? De kaarten zijn net gearriveerd dus je kunt zo beginnen met schrijven.'

Ik snap wel dat ze het een beetje van zich af praat... ze is net haar moeder verloren en ik begin over een vlinder waarvan ik denk dat het oma is.

'Ja ik lust graag koffie. Dan kan ik wakker worden en met een frisse moed eraan beginnen.'

Ik neem een Amerikaanse douche, oftewel even gauw een washandje over mijn gezicht en wat deodorant op spuiten en mijn haar een beetje in fatsoen en ik loop naar binnen om mijn koffie te gaan halen. Ome Kees zit tv te kijken en tante Lies zit in papieren te snuffelen. Ik ga aan tafel zitten... schuif de kaarten voorzichtig opzij zodat ik het er niet per ongeluk overheen kan gooien en drink mijn koffie op. Ik wil de kaart niet lezen... al liggen ze hier open en bloot en moet ik ze nog vouwen maar ik probeer toch om eroverheen te kijken. Ik begin maar met het vouwen van de kaarten zodat ik ze straks allemaal meteen in de envelop kan doen.

*

Het is vrijdag... de dag dat we oma gaan begraven. De week is in een waas aan me voorbij gegaan. Het werd me een beetje teveel allemaal om te zien hoe ze daar zo vredig in die kist lag. Precies zoals ze wilde... een witte kist waarvan het bovenste stuk nog open was zodat we haar konden zien. Op het stuk wat dicht was lag een mooi groot boeket bloemen met vrolijke kleurtjes en straks zou daar haar foto bij staan waar ze vrolijk lacht en een bloemetjesjurk aan had. Er staan grote standaards met kaarsen en op twee kleine schermpjes zal straks een foto te zien zijn van het landschap wat ze zo mooi vond. De dienst begint en er komen allemaal mensen binnen gelopen die ik niet ken maar er is één persoon die ik wel ken maar die ik in geen jaren heb gezien... Patrick. Ik vond het al vreemd dat er een stoel naast me vrij was. Hij komt naar me toe gelopen en geeft me een kus op mijn wang en gaat naast me zitten.
'Gecondoleerd met oma zus.'
Ik kijk verbaasd en vergeet bijna dat we op een begrafenis zijn en zou hem zo een uitbrander geven. Hij stinkt naar drank en zweet en heeft zich niet geschoren... waarschijnlijk

121

komt hij alleen om te horen of hij nog geld van oma krijgt.
Dat oma zelf nu onder de grond gaat doet hem niks dat weet
ik zeker. Ik blijf naar de kist kijken en sluit me af voor wat er
komen gaat. Er gaat een lange dienst voorbij en haar
complete leven is in geuren en kleuren verteld. Iedereen
wordt bedankt voor de hulp en steun die ze gehad heeft en
haar favoriete nummer wordt afgespeeld. Iedereen wordt
verzocht om naar de aula te gaan voor een kopje koffie of
voor ieder wat wils... er is zelfs drank! Ook is er gebak en
broodjes geregeld... dat is precies zoals ze het wilde. Daarna
is er nog gelegenheid tot condoleren en gelukkig hoe ik niet
in de rij te staan. Ik ken bijna niemand en tante Lies vond het
niet nodig dat ik al die onbekenden een hand zou schudden
en verhalen tegen me af zouden steken. Dat kwam mooi uit
want dan kon ik mooi eens een hartig woordje spreken met
mijn geliefde broer die in een apart hoekje is gaan zitten.
'Zo broer... wat dacht je... er is misschien wel geld te
verdelen dus ik zal mijn gezicht eens gaan laten zien.'
Ik kon het niet laten om sarcastisch te klinken.
'Nou ook goedemiddag Bibi. Wat denk je wel niet van je
broer?'
'Ik heb jaren niets van je gehoord... je zit steeds ergens
anders, je hebt geen verblijfsadres, je stinkt naar drank en
zweet en je hebt je niet geschoren. Wat moet ik denken
volgens jou?'
'Fuck! Is het zo erg? Ik had me gister nog gedoucht, maar
gisteravond had ik een feestje... waarom denk je dat ik uit
ben op oma's geld?'
'Nou misschien wel omdat je een geldwolf bent en ten
tweede heb ik je in geen jaren gezien... dus ga ik er vanuit
dat je ook niet bij oma geweest bent.'

122

'Oh en jij wel zeker!'

'Ja want ik woon namelijk bij tante Lies en ome Kees en heb inderdaad goede gesprekken met oma gehad. Wist je dat mama een album vol had met ontwerpen die ze zelf getekend heeft?'

'Nee... dat wist ik niet. Ik weet wel dat ze niet wilde dat jij zou gaan ontwerpen voor Macy's.'

'Precies en dat was omdat zij het zelf niet waar heeft kunnen maken en dat zal ik ook niet kunnen. Maar mag ik dan wel vragen hoe het met je is? Wat voor werk je doet en waar je woont? Woon je hier in de buurt?'

'Ik woon in Alphen a/d Rijn en werk in Rotterdam bij een afvalinzamelingsbedrijf en verder gaat het goed met me.'

'Je werkt in Rotterdam en woont in Alphen... hoe kan het dan dat ik je al jaren niet gezien heb? Ik dacht dat je eind weg woonde.'

'Dat komt omdat ik dacht dat je me toch niet wilde zien... ik dacht namelijk dat ik het helemaal verziekt had bij je en Stephan moest me ook al niet dus ik dacht ik blijf maar weg en laat je gelukkig zijn. Waar is hij eigenlijk?'

'Dat is al een poosje uit... en ik wilde je wel zien. Je was toen aan de drugs en dronk teveel alcohol en je was gewoon even van het padje maar dat betekend niet dat ik mijn broer niet meer wil zien!'

Ik word gewoon een beetje nijdig en wilde dat ik even weg kon lopen. Tante Lies wenkt me en ik excuseer me bij Patrick. Ze red me van hem... alsof ze wist da tik even bij hem vandaan wilde.

'Bibi, wij gaan naar huis. Iedereen is zo goed als weg en wij moeten de notaris nog bellen om een afspraak te maken om het testament te bespreken.'

'Nou ik ga mee. Ik zeg even gedag tegen mijn broer en dan kom ik eraan.'

Ik zeg gedag tegen mijn broer en zeg hem dat ik hem in Dordrecht verwacht binnenkort en loop weg. Ik heb het helemaal gehad voor vandaag. Ik neem thuis een douche en dan plof ik met een bord patat op de bank en ga oude films kijken. Even alles van me af schudden.

14

Ik krijg niet veel tijd om alles van me af te schudden als maandagochtend mijn mobiel afgaat en ik een nummer zie staan die ik niet ken. Ik neem op en luister wat de vriendelijke man aan de andere kant van de lijn me te vertellen heeft. Donderdag middag om drie uur wordt het testament van oma voorgelezen en er wordt gevraagd of ik daarbij wil zijn. Waarom moet ik daarbij zijn? Ik erg toch niks van oma. Ik heb haar ik geen jaren gezien en kom dan ineens opduiken dus waarom zou ze mijn in haar testament zetten. Ik bevestig de afspraak en maak me verder klaar om naar mijn werk te gaan. Dan moet ik zo gelijk maar even vrij vragen voor donderdag middag. Ik werp een blik op de klok en zie dat ik aan de late kant ben. Oh nee! Ik moet opschieten! Anders kom ik nog te laat ook... dat stomme telefoontje ook. Door hun zou ik bijna te laat komen op mijn werk. Ik pak mijn sleutels en vlieg de deur uit. Ik fiets zo hard als ik kan naar mijn werk maar bedenk me dat ik dan waarschijnlijk al zwetend aan zal komen en me daar weer helemaal opnieuw op kan frissen. Ik kan beter vijf minuten minder hebben om koffie te drinken dan dat ik al zwetend voor de klanten sta. Ik loop naar binnen en Rita is er helemaal nog niet. Hoe kan dat nou weer... ze is altijd stipt op tijd. Ik pak de kassa lade en maak voor mezelf nog snel een bak koffie en dan moet ik zelf de winkel maar openen. Maar ook Lydia is er nog niet... zou ik het dan helemaal alleen moeten doen? Maar dat mag toch helemaal niet... Ik bel de rayon manager om advies en die adviseert om een andere invalkracht te bellen totdat één van beide is gearriveerd maar toch de winkel kan openen. Hij zei met nadruk dat ik nooit en te nummer alleen een zaak mag openen. Eén minuut voor tijd komt Angelique binnen gelopen.

'Sorry dat ik zo laat ben hoor Bibi, maar ik lag nog op bed toen je belde.'

'Dat geeft niet hoor Angelique... ik ben al heel blij dat je wilt komen! Rita is er niet en Lydia ook niet en ze hebben geen van beide afgebeld. Ik snap er niks van... ik denk eerder dat er iets vreselijks is gebeurt. Kom dan gaan we snel de winkel openen en dan kan kletsen we straks wel verder.'

Ik loop naar voren en draai de deur van het slot... zet het draaimolentje buiten en een paar rekken met prijstrekkers. Angelique installeert de kassa en zet hem aan en zo zijn we klaar voor de eerste klanten die al naar binnen lopen.

'Mag ik nog wel een bak koffie Bibi? Ik ben zo brak en kan echt niet werken zonder koffie.' vraagt ze op een fluister toontje zodat de klanten het niet kunnen horen.

'Ja natuurlijk... ik doe er zo ook nog ééntje als ik weer ga proberen om Rita en Lydia te bereiken, ik heb hier echt een slecht gevoel over.'

'Ja dat snap ik... hoe kunnen ze nou zomaar wegblijven en verwachten dat jij de boel wel even oplost. Aan de andere kant... er zal toch niks gebeurt zijn? Het zou alleen té toevallig zijn als er iets met allebei tegelijk gebeurt is.'

'Ja dat zou inderdaad heel raar zijn ja. Nou ga maar even koffie drinken, dan hou ik hier de boel wel in de gaten en doe ik je kassa even.'

'Bedankt! Tot zo!'

Ik loop langs de rekken en schik ze weer zodat het weer een

trekpleister wordt voor de klanten. Hoe hard ik ook probeer om mijn werk goed te doen blijft toch Rita in mijn gedachten rondspoken. Wat als er inderdaad iets met haar gebeurt is? Ze heeft misschien wel een ongeluk gehad. Maar ja dan hebben we Lydia nog... wat is er met haar gebeurt? Ik probeer het toch van me af te zetten en wacht totdat Angelique terug komt... dan kan ik weer proberen te bellen. En dan kan ik ook nog een keer de rayon manager bellen of hun nog iets gehoord hebben. Er zijn alweer vijf bakken gesorteerd en netjes gemaakt en ik heb drie klanten geholpen als Angelique weer terug komt.

'Zo... dan ga ik nu even. Kan ik even een paar telefoontjes plegen.'

'Ja ik ben benieuwd... er is in de tussentijd nog niet gebeld. Succes!'

Ik zwaai met mijn hand en loop naar achteren naar de kantine. Ik voel het heel de tijd kriebelen in mijn nek dus ik kijk achterom omdat ik het idee heb dat ik bekeken wordt. Maar er zijn geen klanten in de winkel en Angelique is aan het opruimen. Ik laat het maar voor wat het is en pak koffie en de telefoon. Hij gaat vier keer over bij Rita en dan schiet hij op de voicemail... ik leg in het kort uit wat er aan de hand is en dat ik me afvraag waar ze is. Ik hang weer op en bel het tweede nummer, het nummer van Lydia... die springt meteen op de voicemail en spreek ook die in met de vraag of ze me terug wil bellen en me uit kan leggen waarom ze niet op haar werk komt. Het derde nummer is van de rayon manager en die neemt na twee keer overgaan op...

'Met Ron de Bruin.' zegt een zware stem aan de andere kant.

'Goedemorgen, met Bibi Smit van filiaal Dordrecht. Ik had eerder vanmorgen ook gebeld voor een advies omdat de bedrijfsleidster en de inval kracht niet op zijn komen dagen.'

'Ah, ja hoe is dat afgelopen?'

'Nou ik heb gedaan wat u zei... ik heb een ander gebeld en die kon gelukkig komen om met mij samen de winkel te openen. Ik heb vlak voor ik u belde nog een keer geprobeerd om hun beide te bellen maar krijg geen gehoor. Heeft u misschien al iets kunnen vinden?'

'Ja ik heb met familie van Rita en Lydia gesproken... het klinkt misschien raar maar ze zijn allebei afgelopen nacht niet thuis gekomen en hebben geen van beide naar huis gebeld. Ik denk dat jij de komende dagen voor Rita moet waarnemen en misschien je inval kracht moet vragen of ze de komende dagen kan werken totdat we een oplossing hebben gevonden.'

Ik ben er even stil van als ik me realiseer dat hij me zojuist vroeg om voor een paar dagen bedrijfsleidster te zijn en ik krijg het er een beetje van op mijn heupen. Ik werk hier nog maar net!

'Maar weet u wel zeker dan dat ik dat voor een paar dagen op me kan nemen? Ik ben daar toch niet geschikt voor? En wat als Angelique niet kan werken? Dan heb ik niemand die me verder kan helpen.'

'Ik weet zeker dat het aan kan mevrouw Smit, en als de inval kracht niet kan werken dan vind ik er één voor je... want rayon managers doen ook nog iets hoor.'

Ik hoor de glimlach in zijn stem en ik voel dat ik wat ontspan. Maar dan moet ik donderdag middag nog steeds weg en vraag meteen of daarvoor iets geregeld kan worden.

'Mag ik dan meteen vragen of er voor donderdag middag een bedrijfsleidster geregeld kan worden? Mijn oma is vorige week overleden en donderdag wordt om drie uur haar

testament voorgelezen waar ik bij moet zijn.'
'Prima hoor dat kan geregeld worden. Ik zorg dat er om
twaalf uur iemand is zodat je nog kan vertellen hoe het met
de kassa moet na sluitingstijd.'
'Super! Nou dan ga ik nu snel aan het werk, er moet nog een
boel gedaan worden. Ik hoop dat we snel iets van Rita en
Lydia horen.'
'Dat is de juiste instelling Bibi... ik spreek je snel. Tot ziens.'
'Prima tot ziens!'
Wacht even... mensen zeggen toch alleen maar tot ziens als
je ze weer gaan zien? Hij heeft me niet gezegd dat hij
hierheen zou komen. Het is allemaal maar een vreemd
verhaal. Het is wel stom toevallig dat ze allebei niet hebben
thuis geslapen en niets van zich hebben laten horen. Als ze
vanmiddag nog niets gehoord hebben worden ze als vermist
opgegeven. Ik drink snel mijn koffie op en ga samen met
Angelique en vol tegenaan.

*

Ik stap de zaak weer binnen en Rita en Lydia zijn al sinds
maandag vermist. Wat zou er toch met ze gebeurt zijn? Er
hoeft ook niet gebeurt te zijn... het kan ook zijn dat ze zelf
gewoon weg zijn gegaan. Maar dan nog is het raar dat er
geen briefje of iets wordt achtergelaten. Het is voor mij ook
een spannende dag vandaag. Vanmiddag wordt het testament
van oma voorgelezen. Eigenlijk wel raar dat we met zijn
allen daar naartoe moeten... tegenwoordig wordt er in
Nederland alleen een kopie van het testament toegezonden
aan de erfgenamen. Het zal wel gedaan worden zodat er
geen ruzie ontstaat als het testament eenmaal is

uitgesproken. Ik kleed me om in de kantine en maak me klaar om naar het notariskantoor te lopen wat hier niet ver vandaan is. Het is half drie en ik concludeer dat mijn vervanger en helemaal nog niet is... en ze zou er om twaalf uur zijn!! Ik loop de winkel in en Angelique is de voorste bakken aan het sorteren.

'Ik moet zo weg... maar mijn vervanger is er helemaal nog niet. Ze zou hier om twaalf uur zijn. Ik ben helemaal vergeten dat ze vroeg zou komen.'

'Anders ga je toch gewoon vast.' antwoord Angelique. 'Ik red het hier wel even hoor.'

'Ja maar ik voel me er toch niet lekker bij als ik jou alleen moet achterlaten wat eigenlijk ook niet mag. Stel dat je overvallen wordt! Dan ben je hier alleen!'

'Ach maak je niet zo druk... we zullen heus niet ineens overvallen worden hoor.'

Precies op dat moment komt de vervangster vinnen gelopen en ik spring bijna een gat in de lucht.

'Goedemiddag, ik ben Bodine en ik kom invallen voor de bedrijfsleidster.'

'Goedemiddag! Je bent precies op tijd! Ik zal je snel alles uitleggen want ik moet eigenlijk nu weg.'

Ik leg alles uit aan Bodine en zeg haar dat ik waarschijnlijk daarna nog wel terug kom om even te kijken hoe het gaat en mee te helpen afsluiten. Ik krijg er toch een eigenaardig gevoel bij dat iemand anders de kassa moet tellen en weg moet brengen. Ik zeg Angelique gedag en zet een snelle pas in om naar het notariskantoor te lopen. Ben ik straks nog te laat ook en waarvoor? Voor niks waarschijnlijk. Maar dat maakt me niets uit. Ik heb het ook niet verdiend... de meeste jaren van mijn leven heb ik oma niet gekend dus waarom

130

zou ik iets van oma verdienen? Ik loop het kantoor binnen en zie tante Lies en ome Kees staan... ook mijn broer staat erbij en nog wat meer mensen die ik niet ken. Zou Patrick toch wat erven dan? Dan heeft hij weer mazzel hoor... ik zou het dan eerder verdiend hebben dan hij.

'Dag liefje.' zegt tante Lies. 'Goed dat je op tijd bent, ze gaan zo beginnen met voorlezen.'

'Ja mijn vervanger was laat en ik moest alles nog uitleggen maar gelukkig is het in de buurt. Hallo ome Kees, hoi Patrick... jij ook hier?'

'Ja Bibi ik werd ook uitgenodigd om bij het voorlezen aanwezig te zijn.'

Ik knik en kijk om me heen... er zijn toch best veel mensen aanwezig.

'Wie zijn al die mensen? Zijn dat allemaal erfgenamen van oma?'

'Nee liefje,' antwoord tante Lies. 'Dat oudere vrouwtje in de rolstoel is oma's zus Geertje met haar man, er staan wat neefjes en nichtjes van oma die allemaal willen weten waar het grote geld naartoe gaat denk ik want er zijn niet veel erfgenamen... oma zag namelijk niet zoveel familie. Ze kwamen nooit bij haar op bezoek.'

'Waaronder ik,' zeg ik droevig. 'Ik wilde dat ik nog wat meer tijd had met oma om het over de ontwerpen van mam te hebben. En heb er spijt van dat ik haar sowieso niet meer heb opgezocht.'

'Trek het je niet aan Bibi... ze vond het niet erg. Het enigste wat ze wilde is dat je je droom na zou jagen omdat je moeder dat nooit gedaan heeft.'

Ik slaak een diepe zucht en er gaat een deur open waar een oudere man in de deuropening verschijnt en iedereen

131

verzoekt om de zaal in te lopen. We krijgen allemaal een plekje aangewezen en tante Lies, ome Kees, Patrick, Geertje en haar man en ik zitten op de voorste rij. Misschien wel omdat wij haar naaste familie zijn. De rest is verdeeld over het kleine zaaltje. De notaris heet ons welkom en verteld een klein verhaaltje over hoe het in zijn werk gaat en begint dan met voorlezen. Het is een stukje wat oma zelf heeft geschreven.

Lieve familie en vrienden,

Als dit testament wordt voorgelezen betekend dat dat ik er niet meer ben en zal ik blij zijn dat ik mijn man en dochter weer kan zien. Mijn vermogen heb ik verdeeld over degenen die dat verdienen of waar ik van vind dat ze ermee moeten doen wat ik ze opgedragen heb. Ik ga jullie allemaal ontzettend missen... maar ik denk dat ik vlak voor mijn dood naar de dood heb verlangd... Ik was al niet goed meer en kreeg meer kwaaltjes. Ik zal dan ook vast ziek geweest zijn voor dat ze mij het licht hebben laten zien. Treur niet om mij... herinner mij zoals ik was en doe wat leuks met hetgeen wat ik je schenk.

Het ga jullie goed.

Ik heb een brok in mijn keel en de tranen staan achter mijn ogen klaar om naar buiten te springen. Ze is blij dat ze naar opa en mama mag... wat zou ik soms ook graag naar mama willen om mijn hart te luchten, of gewoon om te kroelen. En bovenal om te vragen waarom ze nooit wat met die ontwerpen heeft gedaan en ze het mij zo'n beetje verbood

132

om er wat mee te doen. Toch apart dat we altijd dezelfde gedachten hadden... op dit onderwerp na dan. Ik word abrupt uit mijn dagdroom gehaald als ik mijn naam hoor... Huh? Wat?

'Bibi Smit erft een bedrag van twee miljoen euro. En haar oma heeft daar een tekst bijgevoegd.'

Lieve Bibi,

Ik weet dat je voordat je hier naartoe kwam met het idee in die stoel ging zitten dat je niks zou erven omdat je me niet goed genoeg kende. Ik weet ook dat je nu denkt dat je dit niet verdiend hebt. Lieve meid, maak wat van je leven, wees gelukkig en dat kan alleen als je je droom najaagt. Dus dit geld ga jij gebruiken om naar New York te verhuizen, een onderkomen te zoeken en je ontwerpen in productie laten gaan. Het klinkt nu nog onwerkelijk... maar als je de cijfertjes op je rekening ziet staan zul je algauw blij zijn dat je nu eindelijk kan gaan doen waar je hart ligt. Ik hou van je Bibi en je moeder en ik zijn trots op je!

XXX Oma

Het wordt even zwart voor mijn ogen en ik heb het idee dat ik nu alleen in dit kamertje zit. Iedereen is weg gevallen en hier zit ik... in het donker en ik heb net te horen gekregen dat ik twee miljoen heb geërfd van mijn oma zodat ik eindelijk kan gaan ontwerpen in New York!

'Liefje,' roept tante Lies. 'Bibi wordt wakker! Wat moeten we nu doen?'

Ik hoor vaag tante Lies toepen naar me en vraag me af wat er aan de hand is. Zou ik flauw gevallen zijn? Het verbaasd me niks... ik heb niet goed gegeten vandaag en dan met dit nieuws erboven op zou een elk ander ook niet goed worden. Ik zie weer vaag de contouren van de mensen en word overeind geholpen.

'Wwwat is er gebeurd? Zeg me nu niet dat ik twee miljoen heb geërfd want dat geloof ik toch niet. Ik was gewoon in slaap gevallen.'

'Bibi, je hebt het wel gekregen van oma... ze wil dat je je droom najaagt en naar New York verhuisd.'

Ik weet even niet wat ik moet zeggen en mijn wangen zijn nat van de tranen die nu dan eindelijk naar buiten mochten. Ik verdien dit geld niet... mijn oom en tante verdienen dit meer dan ik.

'Jullie verdienen dit geld... niet ik.' Weet ik met een bibberig stemmetje uit te brengen.

'Wees maar niet bang Bibi... wij waren al niet arm en ook wij hebben twee miljoen geërfd, je broer één miljoen, Geertje en haar man ook twee miljoen en de rest gaat naar goede doelen.'

'Is het al afgelopen dan?'

'Ja toen ze het aan het voorlezen waren zag ik al dat je diep in gedachten verzonken was dus dat heb je niet meegekregen. Alleen Patrick werd na jou genoemd. Wil je een glaasje water?'

Ik knik en ze loopt weg om het te gaan halen. Patrick komt op me afgelopen en kijkt niet zo heel blij.

'Zo zus... jij hebt het weer goed voor elkaar he? Ik maar een miljoen en jij krijgt er gewoon twee! Net zoals de rest.'

'Joh Patrick, gedraag je toch niet als een kind! Je mag blij zijn dat je überhaupt wat krijgt terwijl je niet eens weer wist

hoe ze eruit zag. Maak wat van je leven nu het weer kan...
betaal je schulden af, koop een leuk huisje en zoek een
vrouw van wie je kan houden. Maar ga niet mij afzeiken
want ik ging er vanuit dat ik niks zou krijgen.'
Hij trekt zijn wenkbrauwen op en kijken een beetje
verwaand.
'Jij gaat nu zeker naar New York?'
'Ja wat dacht jij dan? Oma wil dat ik dit ervan doe en er is
niks anders op de wereld wat ik liever zou doen dan dit dus
ja ik ga naar New York en bouw daar een leven op en laat de
ontwerpen van mama en mezelf ik productie gaan.'
Hij lijkt toch niet helemaal tevreden maar loopt dan wel naar
een ander groepje waarvan ik niet wist dat hij ze kende. Ik
drink mijn watertje op en besluit dat ik maar weer naar de
winkel moet om te gaan helpen. Ik zeg iedereen gedag en
loop op mijn gemakje terug naar de winkel zodat ik nog
even kan laten bezinken dat ik zoveel van oma heb
gekregen. Ik kan vanavond meteen uit gaan zoeken het het
emigreren werkt. Wat klinkt dat toch raar en ik moet hard
lachen. Mensen op straat kijken me raar aan, maar het kan
me niet schelen. Ik ga eindelijk echt ontwerpen! Ik stap de
winkel binnen en zie alleen Angelique, die druk aan het werk
is aan de kassa. Het is erg druk in de winkel maar waar is
Bodine dan? Angelique ziet me en in haar ogen zie ik
opluchting. Oh jee, wat zou er gebeurd zijn?
'Waar is Bodine?'
Ik hou mijn hart vast voor wat ze gaat zeggen...
'Die zit al een half uur in de kantine en zegt dat het haar
werk niet is om mensen bij de kassa te helpen.'
'Wat krijgen we nou? Is ze nou helemaal gek geworden?!'
Ik stom naar achteren de kantine in en zie haar inderdaad

135

zitten aan het tafeltje met een magazine en een kopje koffie. Dit is toch niet te geloven! Denkt ze dat het haar werk is om op haar luie reet te gaan zitten!

'Wat is dit?' vraag ik zo vriendelijk mogelijk.

'Hoezo? Ik heb gewoon pauze... ik ga zo weer aan de gang. Ik heb nog tien minuten.'

'En sinds wanneer wordt er dan 's middags een pauze van drie kwartier gehouden? Het is super druk in de winkel, Angelique heeft al meerdere malen gebeld maar dan vertel jij doodleuk dat je niet aangenomen bent voor dat werk? Voel jij je wel helemaal lekker?'

Ik klap zowat van nijd en blijf haar streng in de ogen kijken. Ik pik het niet dat er zo met personeel om wordt gegaan en dan ook nog liegen als ik haar ernaar vraag.

'Als ik een bedrijfsleidster moet vervangen hoef ik niet veel te doen nee... de winkel is netjes en schoon, het is alleen druk bij de kassa.'

'Ten eerste ligt er overal troep door de winkel... de rekken zijn niet netjes en als het druk is bij de kassa ga je gewoon even helpen! Dan kan Angelique ook nog wat anders doen... maar laat maar! Jij zit liever op je luie reet dan dat je wat doet!'

Bodine kijkt verschrikt en zet haar kopje neer. Oh nee ze gaat toch niet huilen he. Nou het kan me niet schelen ook, ik pak mijn telefoon en zoek het nummer van de rayon manager op... hij gaat weer twee keer over en dan neemt hij op. Nog voor hij wat kan zeggen begin ik al met praten.

'Goedemiddag met Bibi Smit uit Dordrecht! Ik ben inmiddels weer terug in de winkel maar heb klachten over de vervanger die u heeft gestuurd. Ten eerste was ze te laat en was ik bijna te laat op mijn afspraak en ten tweede kom ik

136

terug en zit madam al een dik half uur in de kantine terwijl
het erg druk is in de winkel en liegt ze tegen mij dat ze nog
tien minuten heeft! En dan durft ze ook nog tegen mijn
oproep kracht te zeggen dat ze niet aangenomen is om bij de
kassa te helpen waar het nu erg druk is! Wat u met haar doet
is niet mijn probleem... ik zou haar ontslaan, maar ze gaat
me nu helpen om mijn winkel in orden te krijgen voor
sluitingstijd!!!'
'Rustig Bibi, even adem halen. Dit is inderdaad niet wat ik
in gedachten had. Ik zal stappen ondernemen.'
'Super bedankt! Dan ga ik nu weer aan het werk.'
Ze kijkt me boos aan en ik sla stijl achterover van wat ze me
zegt...
'Moest je dit nu perse melden? En waarom zou ik helpen...
de winkel is toch netjes? Ik ga liever naar huis.'
'Ik weet niet in welke winkel je normaal staat... maar die
moet er vast niet uitzien... ik wil morgen in een schone
winkel beginnen dus je gaat me helpen om de troep op te
ruimen. En wees niet bang, ik denk dat je vanaf morgen heel
veel tijd hebt om op de bank te gaan liggen! We kunnen
Angelique dit niet alleen laten doen... die krijgt al heel wat
op haar schouders omdat haar twee collega's worden
vermist!'
Ik zie haar bezorgd kijken maar ik draai me om en loop
weg... ik ga snel helpen de winkel op orde te krijgen. Eerst
help ik Angelique even met de kassa, hang ik retouren weer
op en doe ik de aankopen van de klanten netjes in een tasje
zodat ze alleen maar hoeft af te rekenen... het lijkt niks zo,
maar toch ben je dan sneller klaar. We rauzen samen door de
winkel en het ziet er al snel weer netjes uit. Alleen de rekken
nog en dan is het klaar. Ik kijk op de klok en zie dat het over

twintig minuten sluitingstijd is.

'Stop er maar mee hoor Angelique, je hebt genoeg gedaan... van mij mag je naar huis als je wilt.'

'Nee het is nog geen half zes dus ik ga nog niet naar huis, maar ik lust wel wat drinken eigenlijk. Van al dat praten en zo met de klanten heb ik wel een droge keel gekregen.'

'Is goed hoor meis, ga maar lekker wat drinken.'

Ik ruim de rest op en leg de spullen vast klaar en Angelique staat alweer voor mijn neus.

'Nou dat was snel!'

'Ja nou met dat mens wil je toch niet in één ruimte zijn? Ik snap niet wat ze hier nog doet hoor. Hoe was het bij de notaris?'

'Nee inderdaad... ik heb het ook gemeld bij de rayon manager. Of nou ja, ik ben soort kwaad geworden door de telefoon en heb haar eens even gezegd waar het op stond en gezegd dat ze moest meehelpen maar dat doet ze niet. Bij de notaris ben ik flauw gevallen.'

Ze kijkt me verschrikt aan en begint dan te fronsen.

'Flauw gevallen? War het er zo warm binnen?'

'Nee... ik heb twee miljoen geërfd!!' Ik begin hard te lachen omdat haar mond wagenwijd open staat!

'Twee miljoen!!! Je maakt een geintje...'

'Nee echt niet! En daarom viel ik flauw. Ik moet van mijn oma met het geld mijn droom najagen en dat is precies wat ik ga doen.'

'Oh oke en wat is je droom dan? En dat zal vast betekenen dat je hier weg gaat.'

'Ja het betekend dat ik hier weg ga... maar niet voordat ik zeker weet dat de winkel hier goed achter blijft met goed personeel. Mijn droom is altijd geweest om te ontwerpen

138

voor Macy's in New York... Maar ik weet het niet. Het kan nu net zo goed mijn eigen ontwerpstudio worden en zelf laten maken. Ik heb ervan gedroomd dat mijn kleding gewoon in die grote warenhuizen zouden liggen en dat iedereen het wilde hebben. Nu ga ik eerst de ontwerpen van mijn moeder moderniseren en produceren... zodat haar droom ook is uitgekomen.'

'Wauw! Wat een mooie droom is dat zeg! Ik kan me inderdaad voorstellen dat je daar veel geld voor nodig hebt.'

'Ja precies, dus vanavond ga ik meteen uitzoeken hoe dat allemaal in zijn werk gaat... maar nu gaan we eerst de winkel sluiten, de kassa tellen en Bodine snel naar huis sturen.'

We halen de bakken, draaimolen en vlaggen binnen en tellen de kassa. Bodine zat sip te kijken in de kantine... ze had al een telefoontje gekregen dat ze morgen niet meer hoefde te komen. Goed voor haar! Misschien krijgt ze dan door dat ze moet werken voor haar geld. Angelique en ik drinken nog wat en dan gaan we allebei naar huis. Ik kan niet wachten om uit te zoeken hoe ik moet verhuizen naar New York!

15

Tante Lies is oosterse wraps aan het maken als ik thuis kom.
Het ruikt heerlijk in huis en het water loopt me al in de
mond! Ik schop mijn schoenen uit en plof op de bank neer.
Bah! Ik ben kapot!
'Van een hete douche knap je weer op liefje.' zegt ze
bedroeft.
'Het eten ruikt zo lekker dat ik eerst maar wacht totdat het
klaar is en kan eten. Waarom klink je zo droevig?'
'Dat komt omdat ik nu weet dat je gaat verhuizen. En niet
naar een andere stad hier in Nederland maar het is gewoon
acht uur vliegen!'
'Ja ik weet het... ik wilde vanavond uit gaat zoeken wat ik
allemaal moet regelen en hoe ik het moet regelen voordat ik
echt kan emigreren.'
'Dat snap ik meis, en je moet het ook zeker doen... maar het
was zo gezellig om iemand in huis te hebben dat ik het nu al
mis.'
'Ach ook jullie hebben nu geld zat... je komt me maar snel
opzoeken! Kun je gelijk de stad verkennen.'
'Ja dat lijkt me wel heel leuk... en geld hadden wel al. Ik
weet niet waar we het aan op moeten maken. Nou over een
kwartier is het klaar... je kan nog wel even gauw douchen als
je dat wilt.'
'Ja dat ga ik toch maar even doen dan.'
Ik loop naar de badkamer en draai de douche open. Mijn
kamer is aan de andere kant van de gang dus ik loop snel
naar mijn kamer om mijn shortje te pakken met een simpel

shirtje met spaghetti bandjes. Het is half juni en het is al best
warm voor de Nederlandse begrippen... er valt weinig regen
en het lijkt elk jaar wel steeds warmer te worden... maar als
we dan een paar dagen warm en droog weer hebben gehad
dan weten we het ook wel weer met stevige onweersbuien en
harde windstoten... maar ja het is goed voor de plantjes
zullen we maar zeggen. Het douchen was heerlijk en ik ben
er inderdaad van opgeknapt. Ik loop terug naar de
woonkamer en de wraps staan al op tafel. Ik ga aan tafel
zitten en snuif de heerlijke geuren op. Ze heeft eerst kipfilet
stukjes gebakken en toen oosterse groenten met taugé,
paksoi, sugar snaps, rode ui en Chinese kool erbij gedaan en
dan van die lekkere kruiden erdoor, de wraps even warm
maken en dan de smurrie erin en smullen maar! Ooh het is
zo lekker! Maar waar blijven tante Lies en ome Kees nou?
Straks worden zo nog koud en ik denk niet dat ik veel langer
kan wachten... mijn maag vind het niet grappig meer.
'Tante Lies! Ome Kees!! Waar zijn jullie?'
'Ja hier zijn we al!' roept ome Kees. 'Ik had een ongelukje
met de wasmachine. Ze zeggen dat een kind de was kan
doen... nou daar is niks van waar want ik kan het niet!'
'Ach schat toch! Dat geeft toch helemaal niet? Ik ben er toch
voor om de was te doen?'
'Nou ik vind het allemaal prima haha maar ik ga eten!'
We eten allemaal lekker en eigenlijk is het weer te weinig.
Het is zo lekker dat je er snel teveel van eet. We drinken
koffie en hebben het nog even over de notaris en wat er
gebeurde. We praten nog even over Patrick en sluiten
daarmee het feestmaal. Ik ga naar mijn kamer en zet de
laptop aan. Aangezien het een oud beestje is duurt het
allemaal wel erg lang... maar misschien kan ik daar nu ook

141

verandering in brengen door gewoon een nieuwe te kopen. Ik start google en ga eerst maar eens zoeken op "Emigreren naar New York" en stuit meteen op verhuisoffertes, algemene forum sites en informatie sites... ik klik een website aan die aangeeft dat ik eerst een Green Card nodig heb als ik wil werken en wonen in New York. De "GreenCard" is de Amerikaanse versie van een verblijfsvergunning annex werkvergunning. Maar dat is nog niet zo gemakkelijk... een GreenCard kun je op drie manieren krijgen... aanvragen na een legaal verblijf van tenminste vijf jaar, deelname aan de Diversity Lottery of GreenCard Lottery, of ik moet trouwen met een Amerikaans staatsburger en daar minimaal drie jaar mee getrouwd zijn... nou ik geloof dat het dan heel moeilijk wordt om naar New York te emigreren en daar mijn leven op te bouwen. Ik sluit mijn laptop af en besluit om nog maar wat te gaan drinken. Tante Lies en ome Kees zitten in de woonkamer en kijken allebei tegelijk op.

'Nou, ik dacht dat jij al naar bed was?' vraagt tante Lies verbaasd.

'Nee, ik was aan het uitzoeken hoe ik moet emigreren naar New York maar ik geloof niet dat dat gaat lukken.'

'Wat is dat nou weer voor flauwekul... je kunt toch gewoon daar naartoe verhuizen?'

'Nee liefje,' zegt ome Kees. 'Dat kan niet zomaar tegenwoordig. Als Bibi daar op de bonnefooi naartoe gaat is ze daar illegaal en het is niet makkelijk om aan een verblijfsvergunning te komen.'

'Nee precies ik moet daar minimaal vijf jaar legaal verblijven via een verblijf uit Nederland... dus dat ik daar voor een baas werk die in Nederland ook vestigingen heeft

142

en mijn in een vestiging in New York wil hebben, ik moet meedoen aan één of andere loterij óf ik moet trouwen met een Amerikaans staatsburger en daar minimaal drie jaar mee getrouwd zijn. Dus ik geloof niet dat het me gaat lukken.'
'Oh op die manier, nou dan zit de boel daar wel erg op slot zeg. Ja dan moet je hier nog maar even aan de gang en misschien kan je dan aan die loterij meedoen? Hoe werkt dat?'
'Dat weer ik nog niet... ik had geen zin meer om verder te kijken dus dat zoek ik nog wel uit. Nou ik ga maar naar bed want morgen moet ik gewoon werken.'
'Ja welterusten liefje en niet te veel piekeren he?'
'Nee zal ik niet doen... welterusten.'

Ik zit al heerlijk aan de koffie als ik word gebeld door de rayon manager.
'Goedemorgen Bibi met Ron... ik belde je omdat ik nieuws heb over de vermissing van Rita en Lydia.'
'Oh echt waar! Ze me dat ze gevonden zijn!'
'Nee dat niet... maar we weten wel dat ze op de eerste dag, de dag dat ze niet thuis geslapen hebben samen op een vliegtuig naar New York zijn gestapt.'
Een onbehaaglijk gevoel bekruipt me en krijg kippenvel als ik de naam van die stad hoor... uitgerekend die stad!
'Naar New York! Wat moeten ze daar nou! Daar zijn ze dan trouwens illegaal... je komt die stad niet zomaar legaal binnen.'
'Dat weet ik dan verder niet, maar ze zijn die avond samen vertrokken want beide ouders vonden vlucht gegevens en de kledingkasten waren een eind uitgedund. Er wordt nu uit alle macht naar ze gezocht en Amerika is al ingelicht dat hun

143

daar zijn dus ze zullen wel snel gevonden worden. Tot die tijd zul jij alles over moeten nemen samen met je oproep kracht... en misschien dat Rita sowieso niet meer terug komt want wij vind het niet acceptabel dat je zomaar vertrekt.'
'Ja dat is prima... wij nemen het hier wel over dat is geen punt. Bedankt voor het bellen en als er meer nieuws is hoor ik het dan?'
'Ja dan laat ik het weten. Werkse en tot ziens!'
Nou zegt hij het weer... ik snap daar nooit wat van als ze dat zeggen en niet van plan zijn om hier naartoe te komen. Ik pak de kassa en drink snel mijn koffie op... de bel gaat dus dat betekend dat Angelique voor de deur staat.
'Hey goedemorgen! We zullen het voorlopig samen moeten doen. De rayon manager belde net dat ze samen op het vliegtuig naar New York zijn gestapt. Uitgerekend die stad! Daar zijn ze dan illegaal want er zit een slot op Amerika... je komt er niet zomaar legaal binnen... dat heb ik gisteravond al uitgezocht, dus voorlopig zul je het met mij moeten doen!'
'Joepie! Ik heb nog nooit zo'n fijne collega gehad dus ik ben blij dat je nog even blijft. En het klinkt stom maar ik kan het geld wel gebruiken, dus die uren zijn welkom.'
'Nou goed, dan doen we nog een snel bakkie en dan gaan we de winkel openen.'
Ik loop met de kassa naar voren en Angelique installeert hem weer... we zetten samen de spullen buiten en hangen de vlaggen op. De vracht is gebracht dus we beginnen meteen met volle moed aan de karren. Ondertussen blijf ik maar denken aan Rita en Lydia... wat zijn die twee van plan en waarom hebben ze niets meer van zich laten horen? Ze zijn toch niet ontvoerd door één of andere gek. Maar toch blijft het apart dat ze samen zijn vertrokken. Ik mijn pauze besluit

144

ik de personeels-map te pakken en te kijken naar een tweede
telefoon nummer. Hun eigen telefoons staan uit en ben het
zat om een bericht in te spreken. Bij het sollicitatie gesprek
ben je verplicht om een tweede telefoonnummer af te geven
waar je eventueel op te bereiken kan zijn. Bij Rita staat er
een nulachtenzeventig nummer bij dus dat kan haar
huisnummer zijn. Ik besluit te bellen en krijg haar moeder
aan de lijn.

'Goedemiddag u spreekt met Bibi Smit. Ik werk samen met
uw dochter en maak me ernstig zorgen om haar en onze
andere collega.'

'Oh goedemiddag, wat leuk dat u belt! Ja we zijn allemaal
erg verdrietig en bezorgd en we snappen niet dat ze zomaar
is vertrokken. Ik denk ook niet dat ze zomaar is vertrokken.
Konden we maar iets doen om haar te vinden.'

'Nou... ik heb misschien een brutale vraag, maar zou ik in de
slaapkamer van uw dochter mogen kijken? Ik kan misschien
iets vinden waaruit blijkt wat haar gedreven heeft om op dat
vliegtuig te stappen.'

Het is even stil aan de andere kant en ik verwacht dat ze nee
zal zeggen maar ze weet me toch te verrassen.

'Ja hoor dat mag wel... maar weet je zeker dat je iets zult
vinden?'

'Nou dat weet ik natuurlijk niet. Maar als ik het niet probeer
dan weet ik het niet en ik wil ze zo graag vinden dat ik daar
misschien maar moet beginnen.'

'Nou goed. Ik hoop dat je wat vindt. Wanneer kom je langs?'

'Als u het goed vindt wil ik graag vanavond na mijn werk
gelijk langskomen. Dus dat zal dan rond kwart voor zes, zes
uur zijn.'

'Ja prima! Hoe eerder hoe beter. Ik zie je vanavond wel

145

verschijnen Bibi. En bedankt vast! Je hebt geen idee hoeveel het voor me betekend dat je hun wilt vinden.'

'Hartelijk dan mevrouw. Tot vanavond!'

Ik ga weer aan het werk en zal in mijn tweede pauze de ouders van Lydia proberen te bellen. De vracht is al zo goed als weg gewerkt als er iemand op mijn schouders tikt. Ik draai me om en mijn adem stokt in mijn keel.

'Ik... eh... hoi.'

Weet ik uit te brengen en merk dat mijn gezicht begin te gloeien. Mijn god wat is hij goed opgedroogd zeg! Maar dat is zo verdwenen als ik de zelfingenomen lach van Brett zie. Ja oke hij is lekker en hij zorgt nog steeds voor vlinders in mijn buik maar ik ben niet vergeten wat hij me heeft geflikt.

'Zo Bibi, lekker aan het werk?'

'Uuhm ja. Wat moet je?'

'Ach kom Bibi, je weet best wat ik wil... dat heb ik een paar weken geleden al aan je collega uitgelegd maar je belt me helemaal niet. Hoe komt dat?'

'Waarom zou ik jou willen bellen Brett? Ik wil namelijk niks met hou te maken hebben.'

'Ik wil het goed maken Bibi. Ik heb spijt van wat ik gedaan heb. Ik heb spijt van zoveel dingen in mijn leven.'

'En daar kom je nu pas mee? Je wist me te volgen naar deze stad dus ik weet zeker dat je me al veel eerder had gevonden in Rotterdam. Ik wil het niet Brett. Dankzij jou ben ik mijn hele leven al bang voor water.'

'Ik wist inderdaad dat je in Rotterdam woonde... maar ik zag dat je gelukkig was met die gozer. En nu zie ik je steeds alleen dus ik dacht dat ik nu mijn slag wel kon slaan.'

'Ach flikker toch op Brett, dat wil je helemaal niet. Je kunt elke vrouw van deze stad krijgen dus waarom zou je je in

146

Gods naam om mij bekommeren?'
'Omdat jij gewoon jij bent en de rest probeert zich op te
doffen en uit te sloven. Daar hou ik niet van. Ze moet puur
en zichzelf zijn.'
'Sinds wanneer ben jij zo barbiepop af? Ik wil dat je weg
gaat Brett. Ik moet werken en ik heb hier echt geen tijd
voor.'
Ineens hoor ik een heel bekende stem achter Brett waarvan
ik weet dat het Brett niet is. Deze stem is veel zwoeler en er
zit een rauw kantje aan... nee toch? Dat kan helemaal niet!
Hij zit in New York! Maar daar is die stem weer.
'Je hebt haar gehoord kerel... wegwezen. Of moet ik je
eigenhandig buiten zetten?' zegt jawel... Alex met een stalen
gezicht en ogen die vuur spuwen. Het lijkt bijna wel of hij
zijn territorium af komt bakenen.
'En wie mag jij dan wel zijn? Haar persoonlijke bodyguard?'
'Als zij wil dat ik dat ben dan ben ik dat inderdaad ja. En nu
wegwezen, ik heb niet voor niets acht uur gevlogen om haar
te kunnen zien.'
Het schaamrood stijgt me naar mijn wangen en weet niet
waar ik naartoe moet kijken. Maar het is helemaal niet
moeilijk... want hij vangt mij met zijn blik en hij weigert
hem los te laten. Ik kan ook niet meer weg kijken. Hoe graag
ik dat ook wil op dit moment.
'Brett ga weg en kom nooit meer terug. Ga een huissie,
boompie, beessie opzetten en wordt gelukkig. Wat je mij
hebt aangedaan zul je nooit ongedaan kunnen maken.'
Zonder Brett aan te kijken heb ik dat gezegd en ik zie in
mijn ooghoeken dat Brett met opgetrokken wenkbrauwen
naar me kijkt.
'Nou, je hebt het wel te pakken geloof ik... maar ik geef niet

op Bibi. Ik ben niet van plan om jou zomaar op te geven.'
Fijn... weer iemand die denkt dat er honing aan mijn kont zit.
'Ik zou maar wel opgeven Brett? Is dat je naam? Als ik
erachter kom dat je haar stalkt op welke manier dan ook zal
ik je vinden en zou je willen dat die dag niet bestond.'
'Ah fijn, gaan jullie je hanengevecht even buiten uitvechten?
Ik moet werken namelijk.'
Ik loop naar de kantine en besluit gelijk maar pauze te
houden. Ik zoek het nummer van Lydia haar ouders op en
pak de telefoon. Het gesprek verloopt goed en ook bij hun
mag ik in haar kamer kijken of ik iets kan vinden. Ik bel
meteen naar tante Lies om te zeggen dat ik niet mee eet
vanavond en vertel haar wat ik ga doen.
'Kijk je wel uit lieverd... je mengt je misschien in iets waar
je je liever niet in mengt.'
'Maak je geen zorgen tante Lies... nu ik niet naar New York
kan, kan ik me net zo goed bezig houden met het vinden van
mijn collega's.'
Ik hang op en wil opstaan om koffie te pakken als ik bijna
een hartverzakking krijg. Daar staat hij dan... Alex... in de
deur opening met een stalen gezicht naar me te kijken.
'Wat ben je allemaal van plan?' vraagt hij me zonder me
eerst fatsoenlijk gedag te zeggen.
'Ook goedemiddag Alex.' antwoord ik stellig. 'Ik ben van
plan om te gaan kijken in de slaapkamers van mijn collega's
om te kijken of ik iets kan vinden met betrekking tot hun
vermissing. Ik maak me zorgen en als mij iets zou
overkomen zou ik ook willen dat er iemand naar me zou
zoeken.'
Ik draai me om om koffie te pakken en vraag of hij ook wil.
'Ja lekker en goedemiddag Bibi... ik ben uit New York

komen vliegen om je te zien en zo blij ben je met me.'
'Ik had het onaangename genoegen dat mijn oude
klasgenootje voor mijn neus stond en jij mengde je gewoon
in het gesprek zonder me eerst gedag te zeggen. Dus sorry
als ik niet al te enthousiast was.'
Waarom komt hij me eigenlijk opzoeken? En zo
onaangekondigd? Ten eerste ben ik aan het werk en ten
tweede heb ik vandaag helemaal geen tijd voor hem.
'Je moet je niet met dingen bemoeien die je niet aangaan
Bibi, maar ik zou je wel kunnen helpen. En wat was dat
trouwens over dat je niet naar New York kon? Was je van
plan me op te komen zoeken?'
Ik zie de glinstering in zijn ogen en de hoop dat ik dat
inderdaad zou gaan doen. Ik moet hem dan toch
teleurstellen...
'Hoe zou je mij kunnen helpen met het vinden van Rita en
Lydia? En waarom zou je dat doen? En nee, ik zou niet naar
New York gaan om jou op te zoeken... dat zou zoeken zijn
naar een speld in een hooiberg. Ik zou emigreren naar New
York om daar mijn droom tot leven te brengen.'
Ik moet hard slikken om de brok en de tranen die prikken te
verdrijven. Maar hij lijkt ze al opgemerkt te hebben. Hij
knijpt zijn ogen samen en wrijft met zijn duim en wijsvinger
over zijn kin.
'Ik ga een privédetective inhuren om Rita en Lydia te vinden
maar dan moet je me beloven om je erbuiten te houden. Je
kan vanavond nog in de slaapkamers gaan kijken maar dan
geef je elke informatie aan de detective door en bemoei je je
er niet meer mee. Ik wil niet dat je in gevaar komt. Maar je
droom tot leven wekken in New York? Wat wil je gaan doen
dan?'

149

Hij wil niet dat ik in gevaar kom? Die woorden klinken wel heel goed in mijn oren maar ik moet niet vergeten dat hij mij vergelijkt met zijn ex-vrouw. Straks gaat hij me nog Patricia noemen... toch besluit ik om hem eerlijk antwoord te geven. 'Al sinds ik een klein meisje was, heb ik de droom om mijn eigen kledinglijn te ontwerpen en te produceren en dat het verkocht wordt in onder andere Macy's. Mijn moeder geloofde er nooit in en zei altijd dat ik maar een gewoon Hollands meisje was met een droom die nooit uit zou komen. Alles wat ik ook heb verdiend heb ik gespaard voor zover het kon... een paar weken geleden heb ik een donatie van mijn oom en tante gekregen als beginnetje van de grote hoop geld die ik nodig heb. Maar het gaat niet... ik moet er vanaf zien ben ik bang.'

'Wat een mooie droom, maar besef je wel dat je een smak met geld nodig hebt om dat te verwezenlijken? De huizen zijn niet bepaald goedkoop in New York.'

'Dat weet ik... en ik kan ook niet aan een Green Card komen die ik ook nodig heb om te kunnen wonen en werken daar.'

'Oh dus je was al dingen aan het plannen om er naartoe te gaan?'

'Ja zeker... ik wilde zo snel mogelijk vertrekken om daar mijn bestaan op te bouwen nu ik nog jong ben.'

'Om aan een Green Card te komen moet je inderdaad heel veel geluk hebben. Maar mag ik vragen hoeveel je budget nu is dan? Je moet het minimaal een jaar zien vol te houden en dan moet je ook nog werk zoeken totdat je zelf je eigen bedrijf kunt beginnen.'

Hij wil weten wat mijn budget is? Ik denk dat hij schrikt wat ik op mijn bankrekening heb staan. Ik kan het zelf nog amper geloven wat ik van ome gekregen heb.

'Ik weet het niet precies maar het is meer dan twee miljoen wat er op mijn rekening staat.'

Zijn wenkbrauwen schieten omhoog en zie een glinstering van ongeloof in zijn ogen. Best leuk om een rijke man verbaasd te zien. Hij lijkt altijd koel en straalt heel veel macht uit en ik denk dat hij gewend is om altijd zijn zin te krijgen. Hij zegt een tijd lang niets en ik weet niet goed wat hij denkt. Ben ik het nu ineens niet meer waar om te beschermen? Zo'n hulpeloos arm meisje zou normaal gesproken onder de indruk moeten zijn van zo'n man... en dat was ik ook! Ik was alleen niet onder de indruk van zijn geld. Ik hou niet van mannen die met gels smijten alsof het niets is.

'Mag ik vragen hoe je aan die smak geld komt? Ik geloof nooit dat je dat zelf verdiend hebt.'

Een golf van woede overspoeld me en sta op om mijn rotzooi op te ruimen en Angelique over te nemen voor haar pauze. Je gelooft toch zeker niet dat ik daar antwoord op ga geven? Hij vangt mijn blik en probeert hem vast te houden... wat aardig lukt.

'Ben je nu gelijk boos op me omdat ik dat vraag?'

'Je doet net alsof ik één of ander kutje ben dat niks kan en al helemaal geen gels zou kunnen verdienen. Voor het zelfde geld ben ik een heel succesvolle auteur!'

Waar kwam dat nou weer vandaan? Dat sloeg natuurlijk helemaal nergens op om dat te zeggen.

'Als ik dacht dat jij één of ander kutje zou zijn dat zou je me niet interesseren en zou ik zeker niet voor je heen en weer vliegen vanuit New York.'

'Oh dus ik interesseer jou? Maar dat is dan alleen omdat ik op je ex-vrouw lijk. En om je antwoord te geven op je vorige vraag... ik heb dat geld van mijn oma geërfd. En nu moet ik weer aan het werk. Ik kan het niet maken tegenover Angelique om hier gewoon maar te gaan zitten en iet meer terug te komen.'

'Zullen we morgen iets gaan drinken? Dan kunnen we je eventuele vondsten van vanavond bespreken en doorgeven aan de detective en kunnen we op een normale manier praten.'

'Ja prima, laat je me nog weten waar en hoe laat?'

'Ik kom je om zeven uur halen... dan eten we wel ergens iets.'

Ik knik en blijf hem aankijken. Hij wil langs me lopen als hij stopt en me een kus op mijn wang geeft.

'Tot morgen.' zegt hij met een zwoele stem en ik sta nog net niet te kwijlen.

'Ja tot morgen.'

Ik loop achter hem aan de winkel in met mijn kassalade en wenk Angelique om naar de kassa te lopen.

'Sorry hoor... dat liep een beetje uit de hand geloof ik.'

'Ach wat geeft dat nou! Ik zou dolblij zijn als er twee mannen achter me aan zouden zitten!'

Ik schud mijn hoofd en laat haar maar in die waan.

Angelique is eten dus krijg ik even de kans om de boel op te ruimen. Zal het druk geweest zijn? En dan roept ze me niet even. Ach ja zij verkoopt en ik ruim de rommel op... is best een goede deal lijkt mij. Mijn gedachten gaan naar vanavond, en ik word nu al zenuwachtig voor het feit dat ik vanavond in andermans spullen moet gaan neuzen. En dan moet ik morgen alles aan die detective geven... nou ja, als ik al wat vind. Het zou perfect zijn als ik bewijs tegenkom van waar ze naartoe zijn of in elk geval het bewijs dat ze niet zijn

152

ontvoerd of zo. Ik hoop dat er een laptop of iets dergelijks achtergebleven is zodat ik daarin kan kijken. Ach wat bazel ik nou... die heeft ze natuurlijk gewoon meegenomen. Ik besluit de gedachten te laten varen en ga weer aan het werk. Hoe sneller ik werk des te sneller gaat de tijd en dus zal ik sneller kunnen ontdekken waar ze zijn.

*

Het is even na zes uur en ik heb net even snel een paar broodjes op die ik bij de supermarkt ben gaan halen. Ik kan echt niet gaan zoeken met een lege maag. Ik sta voor het huis waar Rita woont en ik ben zo verschrikkelijk zenuwachtig! Ik druk op de bel en de moeder van Rita doet de deur open.

'Goedenavond mevrouw, ik heb u vanmiddag geveld om in Rita's kamer te zoeken naar aanwijzingen.'

'Oh ja natuurlijk! Dan moet jij Bibi zijn! Kom snel verder!'

'Ja dat klopt. Het spijt me mevrouw dat ik zo brutaal ben geweest om u op te bellen om haar kamer te doorzoeken.'

'Dat geeft niets hoor meis, de politie doet helemaal niks en ik ben blij dat er tenminste iemand naar mijn dochter op zoek is. Ga maar gauw kijken en ik hoor het wel als je wat nodig hebt. Kan ik koffie voor je inschenken?'

'Oke prima. Ja ik lust graag koffie mevrouw. Waar kan ik haar kamer vinden?'

'Kom Bibi, noem me maar gewoon Co, dat is veel makkelijker. De trap op en aan het einde van de gang.'

Ik loop de trap op en bekijk het ouderwetse bloemetjes behang wat er hangt en doet me denken aan het behang wat wij vroeger hadden. Het is een kort gangetje met maar één

153

deur... de andere twee deuren zitten aan de andere kant. Het is nog een beetje ouderwets ingedeeld. Normaal zie je een overloop en twee of drie deuren vlak bij elkaar en hier kom je uit op een open plek met een reling en aan elke kant is een gangetje waar een paar deuren zitten... Alleen waar Rita slaapt is maar één deur dus dat moet wel een grote kamer zijn. Ik loop langzaam naar de deur en ben even bang voor wat ik aan de andere kant ga aantreffen. Ik ben dan altijd bang dat die betreffende mensen gewoon op hun bed of achter hun bureau zitten. Ik open de deur en verbaas me erover hoe haar kamer eruit ziet. Het is compleet het tegenovergestelde van het hele huis. Het huis is klassiek en ouderwets en haar kamer is modern met een grijze laminaat vloer, een fel rode muur waar haar grote boxspring tegenaan staat, een modern bureau en heel veel prullaria. Waarschijnlijk van haar jeugd overgehouden. Ik zou niet eens weten hoe oud ze is. Maar dat ze nog bij haar ouders woont verbaasd me toch enigszins wel. Ik begin maar bij haar bureau... wie weet vind ik daar wel een laptop of iets dergelijks. Ik open het eerste laatje en mijn nekharen gaan nu al overeind staan. Haar laptop ligt erin maar ook iets anders... en dat andere zou ze bij zich moeten hebben, namelijk haar telefoon. Ik pak hem eruit en zie dat hij nog aanstaat maar weinig batterij over heeft. Dus ga ik op zoek naar een oplader en vind die ook snel in hetzelfde laatje. Ik hoor de deur open gaan en schrik op.

'Niet schrikken hoor meis, ik ben het maar met je koffie. En ik dacht dat je misschien wel wat zou lusten dus heb ik een paar sandwiches gemaakt.'

'Oh lekker Co. Dat waardeer ik zeer.'

'Heb je al wat gevonden?'

154

'Nou, nog niks concreets, maar wat me wel angst aanjaagt is dat haar mobiel in het laatje lag naast haar laptop.'
Ik bekijk haar gezicht en zie daar een golf van angst overheen glijden maar ze hersteld zich snel weer.
'Ze gaat nooit ergens heen zonder haar mobiel. Wat denk je dat er gebeurt zou kunnen zijn?'
'Nou, ik probeer in elk geval uit te sluiten of ze niet ontvoerd is.'
'Oke nou ik laat je maar even. Ik krijg hier de zenuwen van.'
Ze loopt weg en sluit de deur achter haar. Ik open het mapje berichten op haar telefoon en zie een apart bericht staan van een man die ze niet heeft opgeslagen.

'Vertel het aan niemand! Zorg dat je op tijd bent en vergeet je paspoort niet! Laat je mobiel maar thuis, die heb je niet meer nodig.'

Geen afzender en geen verdere informatie. Maar ze is dus vrijwillig meegegaan. Ik kijk in haar kleding kasten en daar ligt inderdaad niet veel meer in. Maar dan valt mijn oog op een raar plankje boven in de kast. Die is niet bedoeld voor kleding... dat bestaat niet. Zelfs niet voor ondergoed of sokken. Ik zoek een krukje of opstapje en zet die voor de kast neer. Het is net hoof genoeg zodat ik kan voelen met mijn hand. Ik voel een klein rechthoekig voorwerp wat lijkt op een boekje of iets dergelijks. Ik pak het en kijk er vol spanning naar. Het is een rood boekje met opschrift 'Dagboek'. De adrenaline giert door mijn lijf en ga op het bed zitten. Maar hier mag ik toch niet in lezen? Dat zou niet eerlijk zijn. Het zijn haar privé gedachten. Maar goed ik ben hier tenslotte om erachter te komen waarom en door wie ze

155

weg is. En dat nog wel samen met Lydia, waar ik straks nog naartoe moet. Ik besluit het dagboek neer te leggen en zoek verder in haar bureau en nachtkastjes. In haar nachtkastje vind ik nog zo'n rood dagboekje en leg die ernaast. Verder vind ik geen informatie over de vlucht of verblijfplaats of iets waaruit blijkt dat ze dit van plan was. Ik drink mijn koude koffie op en eet één van de sandwiches op die Co voor me heeft gemaakt. Ze zijn werkelijk waar heerlijk! Maar ik heb nu geen tijd om erover na te denken. Ik moet zorgen dat ik vind wat ik zoek.

16

Ik lig thuis op mijn bed op mijn buik te staren naar de dagboeken. Ook bij Lydia vond ik twee identieke dagboeken die verstopt waren in haar kamer. Verder niets... helemaal niets. Ik kon niet in de laptop komen... daar was een wachtwoord voor nodig en de moeders konden die mij niet geven. Ze waren dus voor iedereen afgeschermd en konden doen wat ze wilden. Lydia's moeder was helemaal overstuur en wist niet meer wat ze moest doen om haar kleine meid van achttien jaar oud te vinden die ook haar mobiel thuis had gelaten waar precies zo'n zelfde bericht in stond. Morgen heb ik met Alex en de detective afgesproken en eigenlijk wil ik wel weten wat er in die dagboeken staat. Ik sla de eerste van Rita open en begin te lezen.

Zojuist een geweldige man ontmoet in de bar waar ik ben wezen stappen. Ik had zowaar het elf om op hem af te stappen en me voor te stellen en te vragen of hij een drankje van me wilde drinken. Ik weet niet wat me bezielde... dat hoort een man toch te doen? En zo te zien stelde hij het niet erg op prijs, maar hij nam hem toch aan. God wat is die man lekker. Ik denk van Turkse afkomst... pik zwart haar, oceaan blauwe ogen en onder dat mooie pak schuilt een heerlijke gespierde man van misschien wel net zo oud als ik een jaar of vijfendertig schat ik. Eind goed al goed! Ik heb een heerlijke avond gehad, die is geëindigd met vrijblijvende seks met de god. Ik kreeg zelfs dit mooie boekje van hem toen ik naar huis ging. Hij had er niets meer aan zei hij. Ik

vond het vreemd maar met mijn dronken kop en een heerlijk
bevredigd gevoel keek ik nergens meer naar.

Dit lijkt gewoon op een dagboek van een vrouw die een
leuke avond heeft gehad met vrijblijvende seks tot gevolg en
vind het raar dat hij haar dit dagboekje heeft gegeven. Maar
al snel kom ik erachter dat ze het helemaal niet meer zo leuk
vond en de stukjes in het dagboek worden steeds pikanter in
intiemer dat ik zelfs een vreemd gevoel van krijg in mijn
onderbuik. Dit zijn de intiemste gedachten van Rita. Of nee
niet de gedachten... dit heeft ze echt meegemaakt met die
man. Zou hij haar naar het vliegveld hebben gelokt en haar
een koe met gouden hoorns beloofd hebben in New York?
Zou dit ook met Lydia gebeurt zijn? Ik sla snel het dagboek
van Lydia open op ongeveer het midden en lees daar
inderdaad dezelfde intieme verhalen. War krijgen we nu toch
weer? Ik lees hem helemaal uit en kom tot de conclusie dat
er helemaal geen naam of wat dan ook is waaruit blijkt wie
die man is. Ze noemen de man allebei 'hem'. Ik begin in het
tweede boekje en krijg kippenvel van wat ik daar lees.

Gevaarlijk... dat is het enigste woord wat hem goed kan
omschrijven. En toch hunker ik naar meer, meer van wat hij
me geven kan. Ik had nog nooit van mijn leven bevelen
gekregen van een man en ik had zeker nooit verwacht dat ik
van iets zou sidderen. Maar van hem deed ik dat wel. Ik kan
amper bevatten waarom ik zoiets toesta en toch verlang ik er
hevig naar. Die zaterdag nacht vergeet ik nooit meer... hij
was één brok zinnenprikkelende spieren, zijn pik
vooruitgestoken en daar stond hij... naar mij te kijken. Ik
kon mijn blik niet afwenden. Ik werd opgezogen door de

158

magneten die hij voor zich uit hield. Hij beval me te blijven
liggen en van dat zinnetje alleen al werd ik erg vochtig
tussen mijn benen. Hij gooide een rode fluwelen blinddoek
op het bed en ik voelde meteen een koude rilling over mijn
ruggengraat lopen. Het zou me op moeten winden maar ik
krijg een eigenaardig gevoel in mijn buik. Ik ben er bang
voor om niets te kunnen zien en dat weet hij. Ik twijfel of ik
hem om moet doen en daar is hij niet blij mee. Dat liet hij
ook luid en duidelijk horen. Ik kreeg ineens de drang om
hem tevreden te stellen en deed de blinddoek voor. Ik wist
dat ik ook binnen onafzienbare tijd zou komen en wachtte
totdat ik wat zou voelen. Hij kwam naar me toe en streelde
met iets... misschien wel een veer in mijn nek en trok daarna
een spoor naar beneden, over mijn borsten en tepels naar
mijn gevoelige en vochtige klit en toen hij er bijna was...
stopte hij en liep weg. Ik hoorde iets ritselen en dacht ook
iets te horen klikken. Hij kwam weer terug en lag een hand
op mijn been en streelde mijn dijen. Hij kwam op me liggen
en ik had moeten weten dat hij niet meer alleen was. Mijn
handen werden vast gebonden en dat kon hij nooit als hij
zijn gezicht in mijn nek begraven had. Op dat moment kwam
er een eigenaardig gevoel bij me naar binnen. Het voelde
niet meer hetzelfde. De geur die deze man bij zich droeg
rook ander dan 'hem' en ik raakte een beetje in paniek. En
toen kwam het moment wat me tot aan mijn dood bij zal
blijven. Het moment dat het staat van een lemmet mijn
lippen raakte. Hij beloofde altijd dat er genot voortkwam uit
pijn... en ik was serieus ban dat hij me pijn zou doen met dat
mes...

Er wordt op de deur geklopt en ik schrik zo hard dat ik het

dagboek over mijn schouder gooi. Wat greep dat verhaal me aan zeg! En ik merk ook dat ik er zelf een beetje opgewonden van raakt. Er wordt nog een keer geklopt en ik geef antwoord.

'Binnen!'

'Liefje... moet jij niet gaan slapen of zo? Wat ben je allemaal aan het doen?'

'Hoe laat is het dan?'

'Nou het is al half twaalf en om deze tijd ben je normaal gesproken niet meer wakker.'

'Nee dat klopt tante Lies, ik lag gewoon nog wat te lezen. Maar ik ga wel nu slapen anders ben ik morgen helemaal zo brak op mijn werk.'

'Ja precies ja. Oké nou welterusten!'

'Ja welterusten tante.'

Met nog een beetje rode wangen lees ik het boekje van Rita uit... ze vond dit echt niet leuk meer. Het werd gevaarlijk... die man is gevaarlijk en ik moet zorgen dat ik haar en Lydia vind. Bij Lydia in haar dagboeken staat niet veel anders en ook daar kan ik geen naam in vinden. Ik besluit te gaan slapen en morgen alles aan de detective te vertellen. Ze moeten gewoon zo snel mogelijk gevonden worden.

*

Als ik de volgende morgen onderweg ben naar mijn werk voel ik heel de tijd een rare kriebel in mijn nek. Het is bijna alsof mijn nekharen overeind gaan staan. Net zoals ik bij Alex ook had. Als ik om kijk zie ik niemand. Ik fiets hard door zodat ik sneller op mijn werk ben en dit nare gevoel misschien wel kwijtraak. Ik loop de winkel in en doe de

160

dingen die ik elke morgen doe. Ik zie het dagboek uitsteken en kan het niet laten om het laatste stukje uit het dagboek van Lydia te lezen.

Hij beloofd me de koe met gouden hoorns! Ik geloof dat ik van hem houd. Al heb ik ook vaak angst en haar gevoelens voor hem. Maar deze keer was het anders. Hij was teder... hij was zachtjes en bond me niet eens vast. Het leek wel of hij de liefde met me bedreef en daar sloeg mijn hart een paar keer van over. Hij benam me de adem keer op keer maar mijn adem stokte toen hij me vroeg mee te gaan naar New York City. Ik zou het daar helemaal gaan maken en hij wilde daar een leven opbouwen met mij! Ik zou mijn eigen winkel op kunnen zetten en begeerd worden door hem... welke vrouw wil dat nu niet? Er was alleen één nadeel waar ik een beetje bang voor werd. Ik mocht niets tegen iemand zeggen. Zelfs niet tegen mijn ouders. Ik moet zelfs mijn mobiel hier laten... daar krijg ik alles nieuw. Ik heb net stiekem mijn koffers ingepakt en zit nu te wachten totdat ik naar het vliegveld ga. Ik ga de sprong gewoon wagen... ik zie wel wat het lot mij brengt. Als ik hier blijf en weer terugkeer in mijn oude leventje zal het saaier dan ooit zijn. Ik zou weer dat saaie winkelbaantje hebben, elke dat hetzelfde en nooit eens een uitdaging en al helemaal geen man die me begeerd... gevaarlijk of niet. Ik ga naar New York met hem en ga het helemaal maken...
Tot ziens dagboek

Mijn adem stokt in mijn keel en heb het idee dat Lydia de grootste fout in haar leven heeft gemaakt door met hem in zee te gaan... maar hoe zit dat met Rita? Zou zij geweten

161

hebben dat ook Lydia hetzelfde is overkomen? Hebben ze elkaar gezien in het vliegtuig? Er vliegen nog zoveel vragen door mijn hoofd als de bel gaat... dat zal vast Angelique zijn. Ik ben het dagboek weer op en loop naar de deur om die voor haar open te doen. Als we terug willen lopen gaan weer mijn haren overeind staan en ik draai me weer om. Daar... aan de andere kant van het plein staat een man. Maar het is niet Alex... dat zie ik zo aan de lichaamsbouw. Alex is heerlijk gespierd en deze man is lang en mager.

'Ken jij die man?' vraag ik aan Angelique.

'Nee ik vroeg me al af of jij hem kon want hij stond er gister ook al.'

'Nou dat is raar. We worden gewoon bekeken!'

'Ach maak je niet druk Bibi... die zal wel staan te wachten tot we open gaan.'

'Laten we het hopen. Wil je koffie?'

We lopen samen naar de kantine en ik zie dat ik het dagboek niet goed opgeborgen heb en wil het snel wegstoppen... maar Angelique heeft het al gezien.

'Wat is dat?'

'Dat zijn de dagboeken van Rita en Lydia...'

Ik schenk haar koffie in en vul die van mij nog een keer bij. Als ik me omdraai zie ik dat ze al aan het lezen is en haar hand voor haar mond doet.

'Oooh lieve schat die moet je niet lezen!'

Ik loop snel met de koffie naar het tafeltje en wil het dagboek uit haar hand grissen maar ze houdt me tegen.

'Nee Bibi, waarom zou ik deze niet mogen lezen? Lydia was gewoon kinky spelletjes aan het spelen met één of andere gek! En hier in de winkel leek ze wel het brave schoolmeisje.'

162

'Ja ik weet het... ik heb geschokt de dagboeken zitten lezen maar geen van beide noemen namen of dingen waaruit we kunnen opmaken waar ze zitten. Als je het laatste hoofdstuk leest weet je wat ze gedaan heeft op de laatste avond in Nederland.'

Ze leest het vol afschuw en als ze klaar is smijt ze het dagboek op tafel. Ze blijft naar haar mok staren en zegt niets.

'Wat is er meis? Zeg eens wat je op je hart hebt?'

'Nou... die meid heeft zich ingelaten met één of andere god zoals ze hem noemt, is bang voor hem, verlangt naar hem, haar hem maar ze denkt nog steeds dat ze van hem houdt. Bibi, ze heeft de grootste fout van haar leven gemaakt!'

'Ja dat denk ik ook Angelique... luister, Alex heeft een privédetective in de arm genomen om erachter te komen waar ze zijn. Ik heb vanavond een afspraak met die man en moet dan deze dagboeken en alles wat ik weet aan hem geven. We vinden ze wel.'

'Oh? Is die vent zo rijk dan? Is het je nieuwe vriendje?' vraagt ze met een geniepig glimlachje.

'Nee, het is niet mijn vriendje... hij zou voorgoed naar New York gaan om daar zijn winkels verder op te zetten maar stond ineens weer voor mijn neus gisteren. Moet wel zeggen dat ik de kriebels kreeg van hem maar het wordt niks. We verschillen teveel. En ja... hij is best wel rijk.'

'Wauw, ik wou dat een vent voor mij de wereld over zou reizen. Weet je zeker dat hij geen oogje op je heeft? Jij wilde toch ook naar New York?'

'Nee joh ben je gek! Hij is rijk en begeerd... hij kan elke vrouw krijgen die hij wil. Hij zal mij echt niet hoeven. Ja ik wil daar nog steeds heen... maar zal daar toch legaal moeten verblijven om aan het werk en een woning te kunnen komen.'

'Nou die rijke stinkerd kan toch wel wat voor je regelen? Die heeft vast zijn connecties wel daar. Maar ik hoop dat ze Rita en Lydia vinden... ik vind het allemaal maar eng.'

'Ja ik ook hoor... kom we gaan gauw de winkel openen voor we te laat zijn... en dan zul je net zien dat er een controleur op de stoep staat.'

Ze knikt en we lopen samen naar de deur... we doen de dingen die we altijd doen en als de vlaggen hangen voel ik weer die prikkeling in mijn nek... wat is dat toch en hoe kom ik er vanaf? Ik draai me om en zie dat er een man bij de voorste bakken staat. Hij lijkt gewoon te winkelen... maar dat is wel die man die een half uur geleden al op het plein stond te kijken. Ik hou hem gewoon in de gaten en ga gewoon mijn ding doen anders valt het zo op. Ik rijd de karren met vracht naar de juiste gangen en begin ze uit te pakken... Volgende week hebben we al zomersale dus we moeten genoeg plek maar ook de spullen hebben om ook daadwerkelijk te kunnen verkopen. Ik heb al spullen gekregen om de winkel op te peppen en nieuwe prijs tangen om de producten mee af te prijzen zijn er al. Tussen deze vracht vind ik de lijst met dingen die afgeprijsd moeten worden voor komende maandag. Nou dan mogen we zaterdag wel vroeg van start gaan denk ik bij mezelf. Ik heb de eerste kar leeg en die man loopt nog steeds in de winkel... Hij kijkt steeds op naar mij en Angelique en hij staat verdacht dicht bij de kantine. En naast de deur van de kantine hangt lingerie. Ik geloof niet dat hij daar naar op zoek is. Ik begin me nu toch wel zorgen te maken of dit echt wel gewoon iemand is die aan het winkelen is. Ik loop naar

164

hem toe en vraag...

'Kan ik u misschien ergens mee helpen? Bent u naar iets specifieks op zoek?'

'Ja...' antwoordt hij. 'Naar jou.'

Ik krijg een naar gevoel in mijn buik en dat geprikkel in mijn nek was nog steeds niet over. Ik wist wel dat hier iets niet in de haak was.

'Naar mij?'

Mijn stem is bibberig... ook al probeerde ik nog zo stellig te klinken. Hij gaat met zijn hand naar zijn binnenzak en laat het mandje vallen... voor ik het weet sta ik omgedraaid met mijn rug tegen zijn buik aan met een pistool tegen mijn hoofd! Mijn adem stokt in mijn keel en ik kan niet soppen met trillen. Ik wil dingen roepen en zeggen maar mijn stem laat het afweten.

'Jij gaat met mij mee.' fluisterd hij en ik word in de richting van de kantine getrokken... ik kan god zij dank nog net de aandacht van Angelique trekken door mijn voet achter een bak te haken zodat hij gaat schuiven en herrie gaat maken. Ik zie hoe ze haar hand voor haar mond doet en begint te gillen. Hij stopt en draait zich om.

'Jij had dit niet mogen zien!' Buldert hij en hij haalt de trekker over. Ik zie hoe Angelique geraakt wordt in haar maagstreek en ik begin te gillen en te woelen.

'Stil jij!' en ik krijg een flinke tik op mijn hoofd met het pistool. Au! Dat deed zeer! Ik probeer nog naar Angelique te roepen maar het heeft geen zin. Ik word draaierig en ik heb het gevoel dat ik zo ga flauwvallen. Toch probeer ik ertegen te vechten en mijn blik word weer helder. Ik zet het weer op een gillen en ik krijg een tweede tik op mijn hoofd. Deze keer kan ik het niet wakker houden en zak ik weg in een diep zwart gat waar niemand me kan horen.

165

17

Als ik door krijg dat ik nog leef probeer ik mijn ogen te openen. Volgens mij krijg ik ze open... maar het is nog net zo zwart als toen ik wegzakte. Nee ik ben wakker... ik voel namelijk de vreselijke pijn in mijn hoofd door de klappen die ik gehad heb en ik proef ook bloed. Ik hoor stemmen in de verte en ik hoor die man die me meegenomen heeft. Ik probeer mijn benen te bewegen maar kan geen kant op. Ik hoor iets schuren en besef dat mijn handen en voeten vastgebonden zitten. In mijn mond zit een prop met breed plakband erover heen. Ik kan het dus ook niet op een gillen zetten. De stemmen komen dichterbij en ik probeer te luisteren waar ze het over hebben.
'Wat moeten we met het meisje?'
'Nou dat is simpel Bart, je brengt haar naar de loods en je houdt haar vast totdat je weet waar die verdomde dagboeken zijn!'
Eén van die mannen heet Bart! Dat moet ik onthouden... een loods? Moet ik naar een loods? Ik hoor het gebrul van een motor en ik begin te schudden en vlieg alle kanten op. Oh nee! Ik lig in de kofferbak! Ik raak in paniek en probeer uit alle macht te schoppen, te slaan en zelfs te gillen... maar het heeft geen zin. Ik zie geen enkel licht straaltje naar binnen komen dus ik moet mezelf kalmeren om ervoor te zorgen dat ik geen zuurstof tekort kom. Als ik mijn ademhaling niet onder controle krijg ga ik hyperventileren en dat is in deze situatie niet erg bevorderlijk als je geen armen en benen tot je beschikking hebt. De auto komt tot stilstand en ik houd

mijn ogen dicht omdat er zo een licht flits in mijn ogen komt. De kofferbak gaat open en ik houd mijn ogen nog steeds dicht. Ik word ruw opgepakt door twee mensen waarvan ik denk dat het allebei mannen zijn. Ik probeer mijn ogen te openen om te kijken waar ik ben maar het licht is te fel en ik kan niet snel genoeg wennen. Tegen de tijd dat ik het weer probeer zijn we al binnen en kan ik het beter verdragen. Ik word op de grond gegooid en de tape word van mijn mond getrokken. Au!! Maar ik kan nog steeds niets zeggen omdat ik die prop in mijn mond heb. Ze halen de prop uit mijn mond en ik kan eens goed ademhalen... ik kijk omhoog en zie twee mannen staan. Ik ken ze geen van beiden maar ze zien eruit als mannen waar je geen ruzie mee moet zoeken. Ik zou ze ook zeker niet in het donker tegen willen komen. Toch waag ik de sprong.

'Waarom ben ik hier? En is alles goed met mijn collega?'
'Hadden we jou iets gevraagd? Stop met praten! Wij zijn degene die de vragen stellen!'
'Maar ik wil alleen maar weten...' en bam! Ik krijg een klap met zijn pistool recht in mijn gezicht! Ik hoor iets scheuren en meteen daarna een pijnscheut in mijn hoofd. De paniek slaat toe en ik begin te huilen... echt ongecontroleerd te huilen en de pijn in mijn hoofd wordt alleen maar erger.
'Kun je nog niet eens tegen een stootje? Waar zijn de dagboeken Bibi!'
Ik kijk weer omhoog maar dat doet zo'n pijn dat ik mijn hoofd weer neerleg.
'Ik weet niet waar je het over hebt! Ik weet niks van dagboeken!'
'Ik geef je nog één kans Bibi... waar zijn de dagboeken van Rita en Lydia?'

'Ik weet het echt niet! Waarom zijn ze zo belangrijk?'
'Wij zouden de vragen stellen! En ik heb je ze zelf zien
lezen Bibi dus stop ermee me voor de gek te houden of het
zal je bezuren!'
'Nou dat kan helemaal niet want ik heb ze niet gelezen. Heb
je niet iemand anders voor mij aangezien?'
De gezichten staan op onweer en ik denk dat ik het
verkeerde antwoord heb gegeven. Maar ik ben toch echt niet
van plan om die dagboeken te geven. Dat kan trouwens niet
want mijn tas ligt nog op de zaak. Ik word abrupt uit mijn
gedachten gerukt als ik een harde schop in mijn ribbenkast
voel en de adem stokt in mijn keel. Ik probeer wanhopig
adem te halen maar ik heb het idee dat dat niet lukt.
'Nu ga je antwoorden Bibi, anders vallen er rake klappen!
Het voorproefje heb je net gehad!'
'Ik weet het echt...' en voor ik uitgepraat ben voel ik alweer
een voet in mijn buik.
'NEE!!'
'Dan had je maar moeten praten!'
Ik krijg weer het pistool in mijn gezicht... ik proef bloed en
besef dat het nu foute boel is en dat deze mannen het menen.
Ik word oprecht bang voor wat ze me nog meer aan gaan
doen.
'Nee...' zeg ik zo zacht dat alleen ik het waarschijnlijk hoor.
'Kom Terry zo is het wel genoeg! Ik denk dat ze het echt niet
weet. Laten we gaan.'
'Nee Bart. Ze weet het wel. Ik heb haar verdomme zelf die
dagboeken zien lezen! Kom op Bibi zeg op!'
Waarna hij me een trap op mijn hoofd geeft... opnieuw hoor
ik iets scheuren en kraken en de pijn in mijn hoofd is echt
ondraaglijk. Als ik dit überhaupt overleef... geloof ik nooit

168

dat mijn schedel nog heel is. De mannen worden langzaam waziger en hoor nog net wat ze kibbelen.

'Zie je nou wel Terry! Nu heb je haar fucking buiten westen geslagen! Nu zal ze zeker niet meer praten!'

'Ze heeft het verdiend! Ze had gewoon moeten zeggen waar die stomme dagboeken waren! Kom... laten we gaan. Ze ligt mij hier best.'

Ik zie niet meer of er iemand beweegt of iets doet... ik kan moeilijk aan mijn adem komen en dan is daar mijn verlossing... alles wordt zwart en ik denk nergens meer aan.

*

Ik denk dat ik stemmen hoor... maar weet het niet zeker. Ik leef in elk geval nog want ik heb overal pijn... pijn in mijn armen en benen, vreselijke pijn in mijn hoofd en het doet verschrikkelijk veel pijn als ik moet ademhalen. Jeetje wat is er gebeurd met me? Het lijkt wel of ik overreden ben door een trein! De stemmen vervagen en ik lijk weer in een dieper zwart gat gezogen te worden. Nee! Ik wil horen wat die mensen te zeggen hebben! Maar mijn brein laat het afweten en zak weer weg in een diepe slaap.

'Bibi schatje... wordt nou alsjeblieft wakker...'

Ik hoor weer die stem die ik net ook hoorde... zou het? Nee toch? Het kan Alex toch niet zijn?

'We moeten haar hier zo snel mogelijk weg krijgen!'

Ja het is wel Alex en zou ik nog in de loods liggen? Ik probeer heel hard om mijn ogen open te doen maar het lukt niet. Ook kan ik mijn armen en benen niet bewegen. Jemig wat is er toch! Ik probeer te praten maar er komt geen geluid uit mijn mond. Toch word ik week als ik bedenk dat Alex mijn is komen zoeken. Ik doe nog meer verwoede pogingen om mijn ogen open te doen als het ineens lukt en er een klein lichtstreepje naar binnen komt. Ik kreun en krimp ineen van de pijn.

'Bibi! Niet bewegen!' roept ineens iemand en ik besef dat dat Alex is.

'Blijf maar gewoon liggen... we moeten je nog losmaken en daarna brengen we je naar het ziekenhuis. Waar heb je pijn?' Hij streelt met zijn vingers heel licht over mijn gezicht.

'Waar ben ik?' vraag ik heel zachtjes en met schorre stem en heb er nu al spijt van dat ik gesproken heb.

'Je bent in één of andere loods in Verweggistan en we hebben je gevonden omdat Angelique de mannen hoorden zeggen waar ze je naartoe zouden brengen.'

Ik kom met een ruk overeind... althans dat probeerde ik maar val gelijk weer neer en die verrotte pijn word weer erger.

'Angelique! Hoe is het met Angelique!' en ik raak weer in paniek. De beelden staan heel helder op mijn netvlies toen ik zag dat ze neergeschoten werd.

'Rustig Bibi... je mag je niet opwinden. Met Angelique komt het wel goed. Ze heeft een schotwond in haar buik maar de kogel heeft geen belangrijke organen geraakt. Waar heb je nou pijn?'

'Wat een geluk. Ik heb overal pijn... en eigenlijk doet het nog het meeste pijn als ik praat.'

'Ja zeg dat wel. Jij komt er minder goed vanaf. Dan praat je maar even niet. Oké ben je klaar? We knippen de touwen door en dan leggen we je gelijk op een brancard.'

'Nee... blijf jij bij me?'

'Ja schatje, ik blijf bij je. Ik ga nergens heen.'

'Dan lukt het wel denk ik.'

170

Ik hou mijn mond en in de ambulance zie ik hoe Alex naar me kijkt. Het lijkt wel alsof hij verliefd kijkt. En hij noemde me ook al schatje. Ik heb geen zin om erover na te denken... zelfs het denken doet pijn. Het ritje naar het ziekenhuis lijkt uren te duren en is zeer pijnlijk. Ineens gaan de deuren open en word ik uit de ambulance gereden. Jeetje, kan dat niet wat minder!

'Doe voorzichtig!' Hoor ik Alex roepen naar de broeders en ik krijg een warm gevoel van binnen. Ik word naar binnen gereden en daar staat al een team klaar om me te behandelen. Ik word overgelegd op een knoertharde tafel en mijn rug kraakt aan alle kanten. Het enigste wat ik kan doen is kermen van de pijn. De tranen bulderen over mijn wangen en ik kan er niets tegen doen. Een verpleegster probeert me gerust te stellen dat het allemaal wel goed komt en wat de doktoren nu gaan doen. Ze pakken een grote schaar en beginnen mijn kleding open te knippen. Oh nee! Nu ziet Alex wat voor ondergoed ik aan heb! En dat past niet bij elkaar! Ik heb vanmorgen mijn makkelijkste setje aangetrokken en dat was een witte bh en een zwarte string. Wat doe ik nu eigenlijk moeilijk? Ik ben zwaar mishandeld en ik barst van de pijn en het enigste waar ik me druk om kan maken is hoe Alex mij nu eventueel ziet? De verpleegster zegt dat we een MRI-Scan gaan maken en daarna een hersenscan om te kijken hoe het met mijn hoofd gesteld is. Ik word een kamer binnen gereden en Alex is nog steeds aan mijn zijde...

'Meneer, u moet nu echt even buiten wachten. Ze zal zo weer terug komen.'

Meld de zuster die me hierheen gereden heeft.

'Nee, beurt wat er beurt maar ik blijf bij haar.' zegt Alex en heeft zijn gezicht op onweer gezet.

'U heeft wel een vasthoudende vriend mevrouw! Goed, u mag in dat kamertje gaan staan en meekijken.'

Ik wilde zeggen dat hij mijn vriend niet is maar krijg daar de kans niet voor. Ik word door gereden en ze tillen me voorzichtig op een andere harde plank. Weer kan ik niet anders dan schreeuwen van de pijn.

'Stil maar mevrouw, dit is zo over.' word me verteld en krijg een kop telefoon op. Ze drukken op een knop en ik word de buis in geschoven. Jeetje mina, je moet geen claustrofobie hebben anders zou je dood gaan in deze buis. Door de kop telefoon hoor ik een stem die me vraagt of ik muziek op wil en ik probeer te knikken. De radio klinkt door de speakers en op de achtergrond hoor ik het gedreun van het apparaat. Wat een herrie maakt dat ding zeg! Ik doe mijn ogen dicht en probeer me te concentreren op de muziek maar ook dat lukt niet. De beelden vandaag flitsen voorbij en ik huiver.

'Mevrouw, u moet proberen om stil te blijven liggen.'

Hoor ik ineens door de kop telefoon. Ik houd mijn ogen dicht en wacht maar gewoon af. Ineens is het gebonk en gedreun voorbij en trekken ze me er weer uit. Ik word weer over getild en de kamer uit gereden. Na zoveel gangen en een lift word ik weer een andere kamer in gereden en krijg daar de hersenscan. Ook hier wil Alex erbij blijven en krijg toch het gevoel dat hij meer voelt dan alleen een vriendschappelijke band, Ik word weer naar de eerste hulp gereden en de artsen bekijken daar de schade. Dit vind ik nou altijd zo frappant... als je in elkaar geslagen wordt of een ongeluk krijgt hebben ze de uitslag zo, en als je ergens voor komt via een huisarts dan moet je een week wachten voordat je de uitslag hebt. Echt raar. Ik hoor de doktoren praten maar

172

kan net niet horen wat ze precies zeggen... Alex zit naast me
en streelt door mijn haar en blijft me maar zijn excuses
aanbieden. Waarom eigenlijk? Hij kan hier toch niets aan
doen? Hij kon niet voorkomen dat dit met me gebeurde.
Misschien voelt het voor hem wel anders. En voor mij ook
zeker... voor mij voelt het alsof hij mijn leven heeft gered.
'Niet huilen schatje, het komt allemaal goed. Ik ben bij je en
ik zorg dat je de beste zorg krijgt die er is.'
Ik zou hem nu ter plekke willen zoenen maar dat gaat niet en
weet ook niet of hij dat op prijs zou stellen. Er verschijnt een
arts naast mijn bed en kijkt me bezorgd aan.
'Wat is er allemaal aan de hand?' vraagt Alex bezorgd.
'Je hebt veel geluk gehad Bibi... weet je nog hoeveel
klappen je op je hoofd hebt gehad?'
Ik probeer voorzichtig en langzaam te praten zodat het niet
zo'n pijn doet.
'Ja, ik heb twee klappen met een pistool gehad en één trap
tegen mijn hoofd gehad.'
Ik zie Alex in mijn ooghoeken verstijven maar hij blijft
rustig zitten.
'Je had nog maar één zo'n klap nodig Bibi of je had er niet
meer geweest. Je hebt je jukbeen gebroken en die is verkeerd
gebroken. Er zit een scherpe rand aan en als je daar nog één
keer geraakt had geworden dan had hij hem zo je hersenen in
geboord. Verder heb je ook nog drie scheuren in je schedel
waardoor je zo'n hoofdpijn hebt.'
'Nou... het is nogal niet wat zeg!'
'Ja en het is nog niet alles... je hebt twee ribben gebroken en
je mild is gescheurd. Maar daar hoef je niet aan geopereerd
te worden. Of je geopereerd moet worden aan je jukbeen valt
nog te bezien... hij staat op zich goed om zich goed te helen

173

maar het hangt van je oog en kaakfunctie af of we het bot goed moeten zetten. We houden je voor een paar nachtjes om te kijken hoe je hersenen reageren op de fracturen en als de zwelling wat afneemt kunnen we je kaak en oogfunctie bekijken.'

'Ik doe die klootzakken wat!'

Gromt Alex en hij ijsbeert door de kamer heen.

'Ik moet morgen alweer terug naar New York maar ik zal kijken of ik wat kan regelen. Ben zo terug.'

Voordat ik hem tegen kan houden is hij al weg gelopen met zijn telefoon. Zou hij al zijn afspraken voor mij verzetten? De dokter is weg gelopen om een opname te regelen en Alex is ook weg gelopen... nou ja tijd om even achterover te gaan liggen en even te ontspannen. Wat een dag zeg en ik ben vlij dat ik geen spiegel heb om in te kijken. Ik zal er verschrikkelijk uit zien en toch is hij hier om op me te passen. Dit is een andere manier van bescherming... het is niet opdringerig of bezitterig. Ik vind dit wel een heel fijn idee.

18

Ik doe mijn ogen open en knipper een paar keer. Ik word
meteen weer herinnert aan de gebroken ribben als ik
ademhaal. Aan mijn rechterkant zit Alex... of nou ja, hangt
Alex. Hij heeft mijn hand vast en zijn hoofd ligt naast mijn
zij. Hij zit in zijn stoel te slapen. Zijn gezicht ziet er moe uit
en hij heeft zich duidelijk niet geschoren wat hem nog
knapper maakt. Maar dan bedenk ik me dat ik op de eerste
hulp lag met twee gebroken ribben, een gebroken jukbeen,
een gescheurde mild en een schedelbasis fractuur. Ik kan niet
zeggen dat ik hoofdpijn heb... maar heb wel een zeurderig
gevoel in mijn hoofd. Hoe lang heb ik wel niet geslapen? Ik
beweeg mijn hand en Alex schiet met een ruk overeind. Ik
schrik er zo van dat ik niet goed adem kan halen door de
ribben en flinke pijnscheuten vliegen door mijn borstkas
heen.
'Bibi...'
Hij zegt mijn naam alsof het zacht fluweel is.
'Je bent wakker... je bent eindelijk wakker! Heb je ergens
pijn? Zal ik een dokter gaan halen?'
'Wauw! Even rustig Alex... ik heb inderdaad pijn aan mijn
ribben. Maar ik heb niet echt knallende hoofdpijn meer. Het
is meer een zeurderig gevoel. Kunnen we even praten?'
'Oh, nou gelukkig! Bibi ik was bang dat je niet meer wakker
zou worden. Je lag er zo levenloos bij... ik heb meerdere
malen gevoeld of je nog ademde. Zo stil deed je dat.'
Ik sper mijn ogen wijd open en schrik ervan dat hij zo'n
angst heeft moeten doorstaan terwijl we niet eens een stel

175

zijn.

'Hoe lang heb ik wel niet geslapen?'

'Twee fucking lange dagen! Ik dacht dat ik gek werd!'

'Twee dagen!! Hoe kan dat nou weer? Hoe kan ik nou twee dagen slapen zonder te eten en te drinken? Maar volgens mij ben je dat ook.'

Ik weet een glimlach op mijn gezicht te krijgen, al doet dat wel verdomde veel pijn!

'Waarom denk je dat ik gek ben?'

Hij kijkt me aan met gefronste wenkbrauwen maar ook hij kan een glimlach produceren.

'Alex... we zijn iet eens een stel en dan nog blijf je hier twee dagen aan mijn bed zitten om op me te passen alsof je mijn geliefde bent.'

Ik durf hem niet zo goed aan te kijken en weet niet zo goed wat ik moet doen. Ik heb een best gevoelig onderwerp aangesneden en ik weet nog goed wat ik de laatste keer tegen hem gezegd heb. Ik zou best willen dat hij mijn geliefde is... een man die voor me vecht als het nodig is en een man die mijn begeerd om wie ik ben. Het is voor mijn gevoel al een paar minuten stil en ik kijk hem aan om zijn ogen te lezen. Daar zie ik liefde, begeerte maar ook angst en onzekerheid.

'Maar dat zou ik wel graag willen.' zegt hij dan en zijn stem klinkt niet vast. Ik laat dat zinnetje tot me doordringen en krijg een warm gevoel van binnen. Ik begin te blozen en hij heeft het in de gaten. Hij komt naast me zitten op de stoel en strijkt met zijn hand langs mijn wang.

'Je bent zo mooi als je lacht. Elke keer als ik je zie krijg ik vlinders in mijn buik en soms heb ik het idee dat er een magneet aan je vast zit omdat ik continue naar je toe

176

getrokken word. Ik zou graag die man in je leven willen zijn Bibi.'

Er wordt op de deur geklopt en er komt een arts binnen gelopen.

'Ach mevrouw, wat goed om te zien dat u wakker bent! Waarom heeft u dat niet gemeld meneer?'

'Ik wilde eerst even met hem praten dokter. Dat is alles.'

'Oké, hoe voel je je? Waar heb je pijn?'

'Ik heb nog steeds zere ribben maar heb bijna geen hoofdpijn meer. Het zeurt nog een beetje. Wel doet het erg pijn als ik wil lachen. Maar verder voel ik me prima.'

Eigenlijk wil ik alleen maar het gesprek met Alex afmaken, en hij is er al evenmin blij mee dat die dokter binnen kwam lopen.

'Zoals je misschien al gehoord hebt, heb je twee dagen geslapen. Ben je misselijk? Zie je wazig?'

'Ja dat had ik al vernomen ja... nee ik voel me heel erg goed, niet misselijk en ik zie heel scherp. Ik zag alleen even wazig toen ik net mijn ogen open deed. Maar ik heb wel honger!'

Ik probeer te lachen maar het doet zo'n pijn dat ik het maar probeer te onderdrukken.

'Ik zal meteen wat te eten regelen Bibi... wat wil je hebben?'

'Ik... eeeh... ik weet het niet.' en ik kijk de arts vragend aan.

'Het is het beste als je nu alleen nog maar vloeibaar eten neemt. Het zal flink pijn doen om te kauwen en het zal de breuk niet goed laten helen.'

'Oké dan ga ik de beste soep voor je halen die er bestaat. Misschien wat vla? Of yoghurt? Alles wat je maar wilt.'

'Dan graag wat soep en wat vla ja. Het maakt niet uit wat voor smaak het is. Ik vind alles lekker nu.'

Hij pakt zijn telefoon uit zijn zak en toetst een nummer in en

177

geeft al snel zijn bestelling door. Het verbaasd met dat hij hetzelfde eet als ik en ik frons mijn wenkbrauwen.

'Bibi, als je je eigen eten binnen kan houden... je een keer naar de wc bent geweest en je kunt de trap op en af lopen in de gang dan mag je naar huis. Het ziet ernaar uit dat je jukbeen goed aan elkaar groeit en dat je geen last zult hebben van je kaak of je ogen.'

'Dat zou fijn zijn als ik naar huis zou mogen.'

En dan bedenk ik me opeens iets. Ik kijk naar Alex en die kijkt me vragend aan.

'Wat is er schatje? Waarom kijk je zo geschrokken?'

'Nou... nu ik aan thuis denk, denk ik meteen aan mijn oom en tante. Waar zijn ze?'

'Maak je maar geen zorgen die zijn even naar huis om wat spullen voor je te gaan halen. Ik heb ze meteen gebeld en ze zijn ook meteen gekomen maar toen was je al buiten bewust zijn.'

'Oh heb je toen mijn oom en tante gebeld?'

'Ja toen heb ik gebeld ja... maar weet je zeker dat je daar kunt herstellen? Is je oom of tante thuis om je te verzorgen?'

'Het zal vast wel goed komen hoor Alex... tante Lies werkt vaak 's avonds en dan moet ik toch uitrusten dus dan ga ik wel op bed liggen.'

Hij kijkt bedenkelijk en wil antwoorden maar dan wordt er op de deur geklopt en komt onze bestelling binnen. Het is een grote doos en ik ruik nu de heerlijk kippenbouillon al.

'Ah! Kippensoep! Lekker! Ik rammel!'

Hij lacht naar me en reikt me een schaal aan. Hij zet het ziekenhuistafeltje zo neer dat ik zo makkelijk mogelijk kan eten en ik vind het een fijn gevoel als er iemand is die voor me zorgt. Als ik hem open komt het kippen aroma me

178

tegemoet en er liggen nog twee stokbroodjes bij die ik vast in de soep leg om ze te laten weken. Ik pak mijn lepel en begin aan de soep. Ik breng de lepel voorzichtig naar mijn mond en had niet gedacht dat het zo moeilijk zou zijn om te eten. Het lukt me niet te knoeien en ik geniet van de heerlijke kippensmaak. Ik voel hoe het mijn slokdarm inloopt zo mijn maag in.

'Jee wat voelt het goed om te eten! Ik wilde bijna zeggen dat het net is alsof ik dagen niet gegeten heb... maar dat is natuurlijk ook zo. Waarom heb jij hetzelfde genomen?'

'Omdat ik je niet lekker wil maken met een broodje gezond of een italiaanse bol met filet. Dat zou niet eerlijk zijn dus ik ga net als jij aan de soep met vla. Het is wel een aparte combi.'

Hij lacht en ik vind het heerlijk om te horen hoe hij ook tevreden kan zijn met een simpel soepje en een bakje chocolade vla.

'Je staart te lang Bibi... eet je soep maar op voordat het koud wordt.'

Ik bloos maar zeg niets en ga verder met mijn soep. Als ik alles opgegeten heb zit ik toch wel vol en laat ik met tegen het bed aan zakken.

'God, wat was dat heerlijk zeg! Bedankt Alex...'

'Oké ik weet dat ik een god ben... maar je moet nu uitrusten dus ik ga je bed langzaam laten zakken zodat je even kan slapen.'

'Nu niet naast je schoenen gaan lopen he? Dat past niet bij je. Slapen? Ik heb net twee dagen geslapen!'

'Dan blijf je liggen... maar je moet even uitrusten. Bedenk dat je die spieren ook zolang niet gebruikt hebt en je hebt nu alweer van alles gedaan. We moeten het niet forceren.'

179

'Hij heeft gelijk liefje! Je moet uitrusten! Meis wat ben ik geschrokken zeg! Je had wel dood kunnen zijn!'
Tante Lies komt door de deur met een grote tas en een bak fruit.
'Tante Lies! Ik ben zo blij je te zien! Ja het had inderdaad slechter af kunnen lopen.'
Ik kijk gelijk Alex aan want we moeten het nog hebben over de dagboeken en Angelique. En ik wil weten of ze al wat hebben gevonden in New York met betrekking op Rita en Lydia. Hij snapt me maar schudt langzaam zijn hoofd.
'Ja ja in moet uitrusten... maar straks hebben we het erover goed?'
'Goed schatje. Ga nu maar slapen. Ik ben hier als je wakker wordt.'
Ik zie tante Lies kijken en glimlachen.
'Zei je nou net schatje tegen mijn nichtje? Heb ik iets gemist in de tussentijd? Ik vond het al wel vreemd dat je zolang aan haar bed bleef zitten.'
'Het is nog niet officieel. We werden onderbroken toen we het erover hadden maar ik denk dat het wel goed komt.'
'Hallooo, ik lig hier hoor.' Kom ik tussen beide. 'Als jullie over me willen roddelen dan doen jullie dat maar op de gang.'
Ik glimlach en laat mijn bed langzaam zakken... maar krimp ineen als mijn ribben zich uit elkaar trekken.
'Schatje doe voorzichtig! Kom maar... ik help je wel. Lies, als u nou het bed naar beneden doet, hou ik Bibi even vast zodat ze langzamer kan zakken.'
'Ja goed plan. Dat doe ik wel even.'
Tante Lies loopt om het bed heen en Alex houdt me zo vast dat hij niets raakt wat pijn doet maar me toch intiem vast

heeft. Hij vangt mijn blik en ik word vastgezogen in die mooie groene ogen van hem. En die ogen stralen een autoritaire macht uit. Het is bijna eng hoe gel die ogen zijn. Ik kan niet zeggen wat ik in zijn ogen zie maar hij blijft me aankijken en ergens hoop ik dat hij me kust... maar dat doet hij niet. Dat komt natuurlijk omdat tante Lies erbij is. Hij laat me centimeter voor centimeter zakken en ik ben blij als ik helemaal lig. Jeetje wat doet dat pijn zeg als je een poosje gezeten hebt met gebroken ribben.

'Ga nu maar lekker slapen. Ik zal er zijn voor je als je weer wakker wordt.'

Hij kijkt me bezorgd aan en ik weet niet goed hoe ik dat moet zien... maakt hij zich zorgen om mij? Of maakt hij zich zorgen om de dagboeken en het welzijn van Rita en Lydia.

'Ja ik ga wel even slapen. Ben toch best wel moe. Bedankt voor alles Alex.'

Hij lacht en komt naast mijn bed zitten. Hij wacht gewoon net zolang totdat ik in slaap val! Gelukkig hoeft hij niet lang te wachten... ik sluit mijn ogen en word vrijwel direct meegevoerd door de waas die me naar mijn slaap brengt.

19

Als ik wakker word zit inderdaad Alex nog in de kamer. Hij leest de krant van vandaag en zijn mobiel ligt op het tafeltje ernaast. Waarschijnlijk wordt hij helemaal lam gebeld voor zijn werk. Waarom is hij nog niet terug naar New York? Hij heeft zich geschoren en ziet er goed uit. Meer dan goed zelfs. Ik krijg er een warm gevoel van als ik naar hem kijk en ik vind het leuk dat ik hem nu eens uitgebreid kan bekijken.

'Goedemorgen schatje.'

'Goedemorgen? Heb ik dan weer zolang geslapen?'

'Ja, het blijkt maar weer dat je je rust heel erg hard nodig had. Hoe voel je je?'

'Ja ik voel me heel goed. Het enigste zijn nog mijn ribben waar ik last van heb maar dat zal voorlopig nog niet over zijn denk ik.'

'Ik heb mijn huis hier nog... daar kun je helemaal herstellen van je verwondingen.'

'Maar dat kan thuis toch ook? En moet jij niet terug naar New York?'

'Ja zou kunnen... maar je mag en kan niet veel en als je tante moet werken zul je toch dingen zelf moeten doen die je niet of moeilijk zelf kunt. En ja ik had allang weer terug moeten zijn... maar ik heb een vervanger geregeld en ga pas weer terug als jij ver genoeg bent om met me mee te gaan.'

Ik sper mijn ogen wijd open en weer zit ik met mijn mond vol tanden. Hij wil dat ik mee ga naar New York? Maar dat kan helemaal niet. Ik heb geen Green Card die me toegang verschaft en ben ik illegaal... wat me weer doet denken aan Rita en Lydia.

'Je wilt dat ik mee ga naar New York? Maar dan ben ik daar illegaal! Ik heb geen Green Card dus dan zit ik daar... alleen... want jij bent vaak weg om te werken. Wat moet ik daar gaan doen?'

'Wat je van plan was om te gaan doen natuurlijk. Je eigen kledinglijn ontwerpen en produceren. Je moet alleen een werkgever hebben die tekent voor je werkvergunning.'

'Maar het is super moeilijk om een baan te vinden! Als ze amerikanen goed genoeg vinden voor de baan dan nemen ze me nooit aan!'

'Besef je wel dat we geld zat hebben? Ik kan je een aanbeveling geven... óf je meldt je eerst aan als vrijwilliger en bewijst zo wat je kunt. Als je het dan echt helemaal zelf wilt doen.'

Ik kijk hem aan en besef dat hij me de mogelijkheid biedt om mijn droom waar te maken. Maar daar komt bij dat we helemaal geen stel zijn... ik weet helemaal niets van deze man. En dan zou ik daar stel en op sprong daar met hem samen moet wonen. Stel dat het helemaal niks is... en dan?

'Bibi, schatje. Je moet niet zoveel nadenken. Grijp die kans... ik weet dat je het niet om het geld doet want dat heb je zelf genoeg. En als het niks wordt kun je zo weer terug naar Nederland.'

Hij komt naast me op het bed zitten en kijkt me diep in mijn ogen.

'Vanaf nu zijn we een stel.'

Hij lacht en buigt zich voorover. Zijn lippen beroeren de mijne en dringt dan bij me naar binnen. Een trage sensuele dans speelt zich af in onze monden en ik raak er

183

opgewonden van. Ik haal te diep adem en ik krimp ineen van de pijn in mijn ribben. Hij trekt zich van me af en ik voel me meteen koud van binnen.

'Nee... er is niets aan de hand.'

Ik wil me weer naar me toetrekken maar hij houdt me af.

'Nee Bibi, ribben moet je goed de kans geven om te herstellen met zo min mogelijk pijn. We doen het rustig aan. Nou, neem je mijn aanbod aan?'

Ik mocht niet teveel nadenken van hem... ik moet natuurlijk ook weleens een gok wagen in het leven. Maar toch zegt mijn binnenste dat ik op mijn hoede moet zijn bij hem. Ik wil eerst alles weten over die dagboeken.

'Hoe zit het met die dagboeken? En heb je al nieuws van de detective over Lydia en Rita? Iets zegt me dat er iets naars met ze is gebeurd.'

Hij kijkt me bedenkelijk aan en fronst zijn wenkbrauwen. Alsof ik eerst antwoord op zijn vraag had moeten geven.

'De dagboeken heb ik gevonden in je tas op je werk en heb ik afgegeven bij de detective. Hij had nog geen verdere informatie en zou de dagboeken doorspitten en laten onderzoeken op vingerafdrukken.'

'Oh dus je weet nog niks eigenlijk. Die mannen wilden duidelijk die dagboeken hebben... ik heb ze alle vier gelezen en er staat nou niet echt in wat ze gingen doen. Bij Lydia stond wel een verhaal van vlak voor ze weg ging.'

En dan flitsen er beelden voorbij van de gijzeling en de mannen die me meenamen. Ik kan alleen niet meer op die namen komen.

'Bibi, waar denk je aan? Weet je iets over de mannen die je mee hebben genomen?'

'Ja, ze hebben elkaar bij de naam genoemd... ik kan er alleen niet opkomen.'

'Denk goed na Bibi, want dit is erg belangrijk. Zo komen we misschien wel in de buurt van degene die hun daar wilde hebben.'

'Ik weet het echt even niet Alex... ik kom er nog wel op. Het zal wel aan die klappen op mijn hoofd liggen. Maar ik denk dat ik de sprong ga wagen.'

Hij kijkt verrukt en wil wat zeggen maar dan komt de arts ineens binnen gelopen.

'Goedemorgen Bibi, hoe voel je je?'

'Heel goed dokter. Heb geen last van mijn hoofd meer... alleen nog pijn aan mijn ribben, maar dat zal nog even duren voordat dat over is denk ik.'

'Ja precies, dat duurt nog even. Nou dan ga ik de papieren in orde maken... wat mij betreft mag je naar huis om daar verder te herstellen. Je hersenen zwellen niet op dus daar ben ik dan ook niet meer bang voor... alleen met je ribben moet je echt voorzichtig zijn. Geen zware dingen tillen, geen rare bewegingen maken anders kunnen ze alsnog verschuiven. Is er iemand die voor je kan zorgen thuis?'

'Ja dokter, daar zal ik voor zorgen. Ja er zal iemand zijn die voor me kan zorgen. En hoe zit dat met het eten?'

'Ik zou de eerste dagen nog even vloeibaar of gemalen voedsel eten. U kunt zelf bepalen hoeveel druk u op uw kiezen zet. Als het teveel pijn doet moet u het vermalen tot grof papje. Sowieso de eerste tien dagen zacht voedsel eten.'

'Dat komt in orde dokter. Ik zal goed voor haar zorgen.'

'Dat is heel fijn. Dan ga ik nu de papieren in orde maken die u nog moet tekenen en dan kunt u naar huis.'

Alex begint alvast met inpakken en ik bel naar tante Lies dat ik met Alex mee ga zodat ik vierentwintig uur per dag verzorgd kan worden. Alex pak zijn telefoon en drukt een sneltoets in.

'Dylana, met Alex. Wil je zorgen dat het bed straks verschoond is en boodschappen doen? Graag zoveel mogelijk vloeibaar gezond eten in huis halen.'

Hij knikt nog een keer en hangt dan op. Ik kijk geschokt en kan niet geloven wat er net gebeurde.

'Heb jij een huishoudster?'

'ja Bibi... een man als ik is vaak van huis en ik heb dan ook geen tijd om het huishouden te doen of boodschappen te doen.'

'Heb je überhaupt weleens een supermarkt van binnen gezien?'

'Om eerlijk te zijn... nee. Ik zou niet weten hoe het eruit ziet. Ben je zo klaar voor vertrek?'

Ik kan niet geloven dat hij zoiets normaalst nog nooit gezien heeft.

'Dan gaan wij een keer naar de supermarkt! En nee, ik ben erg zenuwachtig. Ik ga mee met een man die ik niet ken naar zijn huis om te herstellen.'

Ik kan niet geloven dat ik dit zojuist heb gezegd. Normaal hou ik dit soort dingen voor mezelf en ben ik een beetje bang om ze uit te spreken maar ik voel me bij Alex erg op mijn gemak.

'Ook ik ben een beetje zenuwachtig Bibi, ik heb geen vrouw meer mee naar huis genomen sinds...'

'Sinds Patricia.'

Maak ik de zin maar even voor hem af. En aangezien ik op haar lijk neemt hij mij wel mee naar huis en dat zint me niet. Een golf van woede spoelt over me heen en begin te brabbelen.

'Weet je, ik ga toch maar gewoon naar huis. Jij hebt het druk en je bent vaak weg. Ik geloof da tik je alleen maar in de weg zal lopen. Ik waardeer het dat je me zo wilt helpen maar ik kan het vanaf hier wel alleen af.'

'Doe niet zo raar Bibi, je bent bang dat ik in het verleden ben blijven hangen en je aan zal zien als Patricia.'

'Is dat zo? Ik bedoel hoe kun je mij zomaar meenemen zonder dat je me kent. Hoe kun je zo zeker zijn van je zaak?'

'Nee natuurlijk niet! Ik zie jou als Bibi schatje. Geloof me... Patricia was veel meegaander dan jij. Ik krijg met jou nog heel wat te stellen denk ik. En ik ben zo zeker van mijn zaak omdat ik voor het eerst sinds Patricia weer eens vlinders in mijn buik voelde... ik kreeg zelfs meteen een stijven van je zo erg is het. En dus ja... ik weet zeker dat ik ervoor wil gaan met jou.'

Hij meende het dus serieus dat hij vlinders in zijn buik kreeg. Ik dacht dat dat een lokkertje was om me aan de haak te slaan. Ik bloos en kijk naar beneden... maar ik moet hem wel laten weten dat ik niet zo meegaand ben en niets doe wat ik niet wil.

'Ook ik voelde het Alex... maar ik durfde er niets mee omdat Rita zei dat ik op de lijst van vele veroveringen zou komen te staan en daarna gewoon aan de kant gegooid zou worden. En ik snap dat je gewend bent om je zin te krijgen maar ik ga geen dingen doen die ik niet wil.'

'Bibi,' Hij spreekt mijn naam uit alsof hij van zijde is. 'Je moet geen dingen van anderen geloven... en zeker niet van Rita, ze is nu dan wel vermist... maar ze is zelf ook zeker geen heilige.'

Ik krijg een beetje een knoop in mijn maag en keer me van hem af om zogenaamd verder te gaan met mijn telefoon. De woede die nu in zijn ogen te lezen is kan ik niet aanzien. Ik heb dit veroorzaakt en ik voel me meteen schuldig. En alsof hij mijn gedachten kan lezen zegt hij...

'Je hoeft je niet schuldig te voelen schatje, ik snap dat je een beetje op je hoede bent na je vorige relatie. Nou... ben je nu wel klaar voor vertrek?'

Ik kijk geschrokken op, zeer verbaasd dat hij mijn gedachten lijkt te kunnen lezen. Niet teveel rare dingen denken dan maar. Ik glimlach en probeer zelf op te gaan staan van het bed.

'Nee! Niet doen schatje. Ik ga een rolstoel voor je halen en dan rijd ik je naar beneden. Jij gaat nu het ziekenhuis niet uitlopen. Dat gaat toch nog niet. Je hebt dagen niet gelopen!'

Nou... hij lijkt me nu wel een beetje overbezorgd dat ik een klein beetje pijn zou hebben. Maar hij heeft eigenlijk wel gelijk. Ik kan niet dat hele stuk lopen naar beneden en ook nog eens naar de auto.

'Niet zo bezorgd manneke! Ik kan goed op mezelf passen... maar je hebt gelijk.'

Ik laat me weer zakken en wacht totdat Alex een rolstoel voor me haalt en me daarin helpt.

'Is het heel erg als we eerst langs mijn huis gaan? Dan kan ik mijn ontwerp spullen pakken. Dan heb ik toch nog wat te doen als jij aan het werk bent en ik daar alleen zit te niksen.'

Hij glimlacht en ik smelt meteen voor hem.

'Natuurlijk kan dat! Maar we vragen wel of je tante de spullen voor je pakt want dat zal wel te zwaar zijn om zelf te doen. Ik ben eigenlijk wel benieuwd wat voor ontwerpen je hebt gemaakt. Zit er ook mannenkleding bij?'

Is hij nou echt oprecht geïnteresseerd in mijn ontwerpen? Ik bloos en krijg weer die vlinders in mijn buik. Ik vind het fijn dat er iemand is die de dingen leuk vind die ik ook leuk vind.

'Ik... eeeh... heb nog geen herenmode ontworpen. Alleen damesmode. Maar het is wel een super goed idee! Kan ik daarmee aan de slag als ik toch niks mag doen.' Hij lacht en rijdt met de ziekenhuiskamer uit. Ik bedankt het personeel, teken de papieren en Alex rijdt me naar beneden. Hij drukt weer op die sneltoets en waarschijnlijk zal deze ervoor zijn dat de auto wordt voorgereden. Hij denkt ook werkelijk aan alles. Maar ja hij heeft dan ook het geld om alles te kunnen doen. We komen beneden aan en er staat een hele comfortabele Mercedes te wachten. Het type moet je mij niet vragen want daar heb ik geen verstand van. Alleen die sportauto had ik al zo vaak gezien dat ik wist hoe die heette. Hij helpt me in de auto en brengt de rolstoel weer terug. Dan schuift hij naast me op de achterbank en houdt hij me goed vast zodat ik zo min mogelijk zal bewegen tijdens de rit. Ik mag het eigenlijk niet zeggen maar ik hou nu al van die man! Ik voel de spanning en we zeggen geen van beide iets tijdens de rit naar mijn huis. Ik had tante Lies al gebeld met de vraag of ze mijn ontwerp spullen in wilde pakken zodat Alex het zo mee kon nemen. Ze komt naar buiten gelopen en zwaait met de tas.

'Ah, daar zijn mijn ontwerp spullen!'

Ik wil de auto uitstappen maar Alex houdt me tegen.

'Niet zo brutaal dame, je mag niet uitstappen omdat je dan pijn zult hebben en we moeten nog naar mijn huis rijden.'

Het raampje schuift open en tante Lies geeft de spullen aan Alex.

'Ik heb voor de zekerheid ook nog wat kleding voor je ingepakt liefje! Spannend zeg! Nu ga je echt ontwerpen! Ja,

189

Alex heeft het me verteld... lief he?'
'Ja... ik... eeh... bedankt tante Lies! Ja ik heb daar toch weinig te doen dus ik kan net zo goed gaan ontwerpen nu Alex me de kans gaat geven toch in New York te gaan werken.'
'Een goed begin is het halve werk liefje. Nou veel plezier en kom snel even langs om te bespreken wanneer je spullen worden overgebracht naar New York.'
'Ja zo is dat. Heel erg bedankt tante Lies... voor alles!'
Ik krijg een brok in mijn keel. Tante Lies heeft me zonder te mokken zo weer in huis genomen en elke dag voor me gekookt, de was gedaan etc. etc. Ik voel me nog best wel schuldig dat ik niet meer voor haar heb gedaan. Als we bij Alex thuis aankomen zal ik een mega bos bloemen bij haar laten bezorgen.
'Waar maak je je je druk om schatje.'
'Dat ik niet meer voor mijn tante heb gedaan. Ik zal haar als we bij jou aankomen een mega bos bloemen toesturen.'
'Ze zal het vast met liefde gedaan hebben Bibi. Wat zit er allemaal in die tas?'
'Alles wat ik nodig heb om te ontwerpen, mijn schetsen en de schetsen van mijn moeder.'
'Ik wil er gelijk naar kijken als we thuis komen.'
Als we thuis komen... het voelt zo raar. Hij doet net alspf we al jaren bij elkaar zijn maar dat is niet zo. Hij ziet me als Patricia en hij heeft het zelf niet eens door. De rest van de rit verloopt voor mij in stilte... voor Alex in drukte. De ene na de andere belt hem op zijn mobiel over zaken en ik word er eigenlijk nu al horen dol van. Ach ik zal er vast wel aan wennen denk ik. Ik moet wel want als ik ga ontwerpen en produceren zal ik ook gek gebeld worden door bedrijven en

190

mensen die willen dat mijn kleding in hun winkels hangt. Ik word nu al enthousiast! Ik wil eigenlijk nu meteen gaan beginnen maar denk niet dat Alex dat leuk zal vinden. Ik heb het idee dat ik al uren in de auto zit... en doordat ik zo in gedachten verzonken was heb ik niet opgelet waar we naartoe gingen. We zullen er vast snel zijn.

20

'Duurt het nog lang voor we er zijn? Heb het gevoel dat we al uren onderweg zijn.'
'Nou, uren niet... maar wel al een uur. Ongeveer nog een kwartiertje schatje en dan zijn we bij ons paleisje.'
Paleisje? Ik krijg het nu al doodsbenauwd als hij dat zegt... ik hou niet van die mega grote kasten van huizen. Maar ik heb zo'n voorgevoel dat we daar wel heen gaan.
'Oké, hoe heet de plaats dan waar we naartoe gaan?'
'Burgh-Haamstede schatje... je zult er plek genoeg hebben om te ontwerpen en lekker uit te rusten.'
'Ja, daar was ik al bang voor... ik hou niet van mega huizen. Ik heb altijd het gevoel dat je er kunt verdwalen.'
Hij lacht een heerlijke mannenlach waar ik kippenvel van krijg en huiver even.
'In dit huis kun je niet verdwalen liefje, je kunt er wel zwemmen en naar de spa met sauna en relaxruimte.'
Ik sper mijn ogen wijd open en heb het gevoel dat we naar een hotel gaan of zo. Zit hij nou met me te dollen? Nou ja, ik laat alles maar op me afkomen. We komen aan bij een groot hek en Alex drukt op een knopje. Het hek gaat open en de chauffeur rijdt erdoor heen. Jeetje mina ik ben nu al helemaal overdonderd en er staat me nog heel wat te wachten als ik binnen ga kijken. Hij rijdt verder de oprit op en dan zie ik het... een mega villa wat wel miljoenen moet kosten! Voor het huis staat een rond perkje met bomen en de chauffeur rijdt eromheen... hij parkeert voor het huis en ik zie een aparte parkeergarage naast het huis staan. Alles is

192

met riet bedekt en het ziet er heel intimiderend uit.

'Wacht maar even schatje, ik zal eerst de rolstoel voor je pakken dan kunnen we op het gemakje even rond kijken.'

Ik zeg niks en blijf de ogen uit mijn hoofd kijken. Wauw! Wat is dit een prachtig huis zeg! Hij zal wel een hoop personeel hebben om dit allemaal te onderhouden. Hij doet de deur voor me open en ik probeer uit de auto te komen. Het lukt me alleen met de ondersteuning van Alex en ik ben best blij dat hij er is om me te helpen. Ik ga zitten in de rolstoel en kijk nog een keer om me heen.

'Je moet dit eigenlijk 's avonds zien schatje... dan is het nog mooier om naar te kijken. Zullen we binnen gaan kijken?'

Ik knik. Niet in staat om te antwoorden en hij voert me mee naar binnen. Daar staat de volgende shock te wachten en als het even kon puilden mijn ogen nu echt uit.

De hal, nou ja balzaal is werkelijk schitterend! Er ligt een tegelvloer in beige kleur met een ruitjesmotief in de naden... een klassieke trap met diepblauwe vloerbedekking bedekt en een sierlijke gouden kroonluchter aan het plafond. Het zal me niks verbazen als die echt goud is. We lopen door en komen dan in de woonkamer die niet minder schokkend is. Een beetje een klassieke maar toch modern ingerichte woonkamer waar ik meteen tegen een mega witten hoekbank aan kijk waar wel tien personen op kunnen die staat op een mooi rood kleed met streepjes design met een mooie glazen tafel erop. Er staat een mooie grote open haard met spiegel erboven... ik zou daar juist de tv boven hangen... als je nu recht op de bank gaat zitten, moet je naar links kijken om naar de tv te kunnen kijken. Ach die zal hier wel niet vaak gebruikt worden. Als we verder lopen komen we in een zitgedeelte waar de muren ineens rond zijn... het is dan net

193

of je op een binnen terras zit. Echt wel interessant zeg!
'Wat vind je ervan?' vraagt Alex voorzichtig en ik weet even niet wat ik moet zeggen.
'Ik... eeeh... wauw!' weet ik nog net uit te brengen en Alex begint te lachen.
'Ik geloof dat je het mooi vind! Wacht maar tot je de rest van het huis ziet. Maar we gaan nu eerst even wat eten. Dan vertel ik je meer over dit huis.'
Hij rijdt me naar de keuken en dat is een keuken waar menig kok stinkend jaloers op zou zijn. Alle apparatuur is aanwezig en alles is blinkend schoon. Ook hier is een ringvormig eet/zit gedeelte met uitzicht op de tuin.
'Ik vind dat echt geweldig!'
Ik wijs naar het zitje. Hij rijdt me er naartoe en ik kijk zo de tuin in. Echt geweldig!
'Dan gaan we hier zitten schatje. Kun jij van de tuin genieten.'
Er komt een vrouw de keuken in gelopen en gaat aan de slag met potten en pannen.
'Ik zal jullie even voorstellen. Bibi, dit is Dylana, Dylana, dit is mijn vriendin Bibi.'
We sperren allebei onze ogen open en ik zie op haar gezicht de verbazing en ik ben zo verbaasd als hij zegt dat ik zijn vriendin ben.
'Bibi? Patricia zul je bedoelen. Leuk om je weer te zien!'
Ze wil weer aan het werk gaan als Alex het uit wil leggen.
'Nee Dylana, dit is Bibi en ja ze lijkt heel veel op Patricia dat weet ik.'
'Oke... goed Bibi leuk om kennis met je te maken!'
'Insgelijks Dylana.'
Ik sla mijn ogen neer als ze zich weer omdraait. Ik voel me

rot en ik zal door heel veel mensen aangezien worden als zijn ex-vrouw en ik weet niet goed hoe ik daarmee om moet gaan.

'Wat gaan we eten?' vraagt Alex en ik kom weer uit mijn gedachten terug naar de keuken.

'Ik ga roerei maken met verse gepureerde groenten. Ik begrijp dat jij niet goed eten kunt?'

Zou ze altijd zo bot zijn? Of mocht ze Patricia niet en denkt ze dat ik me voordoe als iemand anders?

'Nee mevrouw, ik heb mijn jukbeen gebroken en man nog geen harde dingen eten.'

'Wat naar zeg. Nou ik ga aan de slag dan kunnen jullie zo eten.'

'Dankjewel Dylana.' zegt Alex en hij rijdt me naar het zitje bij de tuin.

'Wil je in een gewone stoel zitten of blijf je liever in de rolstoel zitten?'

'Ik blijf liever in de rolstoel zitten als je het niet erg vindt, anders moet je me twee keer over hevelen.'

Ik staar de tuin in en bedenk me hoe mijn leven er straks misschien wel uit komt te zien als toch die naam Patricia mijn gedachten weer binnen komt rollen.

'Het spijt me Bibi, ik denk dat je door veel mensen als haar aangezien zult worden.'

Hij noemt Patricia "haar" en dat verbaasd me enigszins. Het was de vrouw van zijn leven maar ik ben blij dat hij voor mij probeert om me gewoon te zien zoals ik ben.

'Ja dat denk ik ook maar ik schrok meer omdat je me je vriendin noemde.'

'Ja, maar ik heb je toch gezegd dat we nu een stel zijn? En dus ben je mijn vriendin. Ik vind het ook moeilijk Bibi.'

195

Hij staart de tuin in en ik heb niet eens nagedacht hoe het voor hem moet zijn.

'Het spijt me. Ik heb niet eens nagedacht hoe het voor jou moet zijn dat ze mij voor "haar" aanzien.'

Het eten wordt gebracht en we tasten toe...

'Jee wat heerlijk zeg! Ik heb nog nooit van mijn leven zul heerlijk eten geproefd!'

Alex lacht en schudt zijn hoofd. Ik vraag me af waar hij nu aan denkt. Maar hij zegt niets en eet door. Het eten doet best wel pijn en ik doe er dan ook vele malen langer over dan Alex om mijn bord leeg te eten. Hij wacht netjes totdat ik klaar ben en brengt de borden naar de keuken.

'Wat wil je zo gaan doen?'

'Ik zou wel in bad willen en daarna even op bed liggen voordat ik verder ga met het huis bekijken.'

'Dat is prima. Wil je nog een toetje?'

Ik bekijk hem van top tot teen en besef dat ik hem eigenlijk wel als toetje wil. Hij heeft het door en begint geniepig te lachen.

'Oh nee dametje... aan dát toetje zijn we nog niet toe. Ik ga jou zo in bad stoppen als we koffie gedronken hebben in de tuin en ik hoopte dat je dan je ontwerpen zou willen laten zien.'

Ik lach en ik lach iets te hard waardoor ik ineen krimp van de pijn in mijn wang.

'Pas nou op schatje. Nou waar liggen ze?'

'Het voelde goed om te lachen... dat heb ik in lange tijd niet gedaan... het is alleen jammer dat het nu pijn doet om te lachen. Ze liggen als het goed is nog in de auto als niemand ze gepakt heeft.'

Hij pakt zijn mobiel weer en belt de chauffeur.

196

'Heb jij nog een tas in de auto zien liggen? Hij lag op de achterbank. Oké super! Ik kom hem even halen.'
Hij hangt op en kijkt me met pretoogjes aan...
'Ik ga even de tas halen bij Terry.'
Hij wil me een zoen op mijn voorhoofd geven maar ik verstar als een stenen beeld en sper mijn ogen wijd open waar ik de laatste uren wel goed in ben.
'Wat is er schatje? Heb je pijn? Wil je even liggen?'
'Nee dat is het niet. Het is die naam van je chauffeur... één van mijn belagers heette Terry! En de ander Bart! Nu schiet het me weer te binnen nu ik jou die naam hoor zeggen.'
Hij kijkt verschrikt en loopt meteen weg.
'Hey! Waar ga je nou heen!'
'Even blijven zitten Bibi! Ben zo terug!'
Hij was al in de hal en ik hoor de voordeur dicht klikken.
Wat zou er nou aan de hand zijn? Zou hij de mannen kennen? Ik kijk naar buiten en ik wil aan de leuke dingen denken. Dus ik denk aan mijn ontwerpen en aan Alex... al hebben we zo geen goede start gemaakt natuurlijk.
Misschien dat we in New York opnieuw kunnen beginnen. Ik hoor de voordeur weer en kijk achterom voor zover ik kan draaien. Maar het is niet Alex die binnen komt... ik hoor voetstappen... maar Alex had zijn pak aan met schoenen eronder waar een klein hakje onder zat. En die hoor ik niet klikken. Ik probeer nog een keer achterom te kijken maar het doet zo'n pijn dat het niet ver genoeg lukt. Ik zie nog net een mouw van een jas en voel hoe iemand iets kouds om mijn nek trekt en me naar achteren trekt. Ik begin te gillen en raak helemaal in paniek.
'Alex!!! Alex!! Help!!'
'Hij kan je niet horen liefje.' zegt een schorre mannenstem.

197

En ik herken die stem.

'Bemoei je niet met Rita en Lydia Bibi, of het zal je bezuren. Beloof het me nu Bibi anders wurg ik je hier ter plekke.'

Het is verdorie één van die mannen die me ontvoerd hebben!

'Maar het zijn mijn coll...' en de band wordt strakker om mijn nek getrokken.

'Dat is het verkeerde antwoord Bibi...'

En toen was de man ineens weg, en valt de band op mijn schoot. Ik hoor petsen en gekreun maar al snel hoor ik geschreeuw.

'Jij bent per direct ontslagen! Als jij verdomme nog één keer bij mijn meisje in de buurt komt slacht ik je helemaal af!'

Dat is dus wel Alex... ik probeer weer achterom te kijken maar het lukt niet. Door dat hij me achterover hield trok hij mijn ribben uit elkaar en dat deed verschrikkelijk veel pijn. Ik kan de emoties en de pijn niet meer aan en ik barst in tranen uit. De tranen rollen werkelijk als een waterval over mijn wangen en het doet zo'n pijn! Huilen is nu het slechtste wat me kan overkomen... maar ik kan me niet meer inhouden. Dan voel ik weer een paar armen om me heen en ik schrik me rot maar voel dat ze warm en troostend zijn.

'Stil maar schatje, ik ben bij je. Er kan je nu niets meer gebeuren. Het alarm staat op het huis en ik heb die gasten ontslagen.'

Ik kijk hem aan en door een waas van tranen zie ik bezorgdheid en liefde in zijn ogen.

'Werkten ze allebei voor jou? Maar waarom heb ik dat vanmiddag in de auto niet gezien dan?'

'Ja blijkbaar... ik wist niet dat hun van die duistere gasten waren. Elk personeelslid wordt doorgelicht voordat ze hier mogen werken. Toen jij de namen noemde wist ik dat hun het waren. Hun waren namelijk hier weg op het moment dat jij ontvoerd werd terwijl ze hier de tuin moesten doen en ik een chauffeur nodig had om naar jou toe te komen. Dus toen jij zo schrok van de naam net wilde ik zeker weten dat ze niets met de ontwerpen hadden gedaan maar toen was Terry al naar binnen geglipt en zorgde Bart dat hij mij afleidde met de ontwerpen. Het spijt me schatje.'

'Oh vandaar dat je ineens weg liep. Ik snapte er niets van en ik kreeg een kriebelend gevoel achter in mijn nek. Dat krijg ik op de één of andere manier altijd als er gevaar dreigt. Mag ik nu alsjeblieft in bad? Ik voel me zo vies en ben hondsmoe.'

'Maar natuurlijk schatje! Ik rijdt je naar de badkamer, laat het bad vollopen, haal wat lekkers te drinken en daarna ga je even lekker slapen. Het is heel ingrijpend wat je allemaal hebt moeten doorstaan.'

'En jij dan? Ben jij dan niet moe?'

'Bibi, schatje. Ik zou niet weten hoe ik nog zou moeten slapen zonder me zorgen te maken over je veiligheid. Ik heb je bijna zien sterven net... je ademhaling... het was net alsof hij de band al te strak aangetrokken had.'

Ik slaak een diepe zucht en probeer zo mijn tranen binnenboord te houden. Het valt inderdaad allemaal niet mee en die man kon zo het huis binnen wandelen.

'Hij had hem ook te strak aangetrokken. Ik kreeg ook geen lucht meer en dat deed hij omdat ik zogezegd het verkeerde antwoord gaf. Ik mocht me niet meer bemoeien met Rita en Lydia en hij wilde denk ik nog steeds de dagboeken.'

'En dat ga je ook niet meer doen. Die dagboeken zijn bij de detective en die onderzoeken de zaak. Jij houd je niet meer bezig met de dagboeken en het hele gebeuren. Ik wil hetgeen

199

wat ik zojuist gezien heb, echt nooit meer zien. Het komt allemaal wel goed.'

Hij rijdt me naar de trap en laat de rolstoel staan. Hij wil me uit de stoel pakken maar ik protesteer.

'Nee!! Ik kan zelf wel naar boven lopen! Ik ben geen invalide of zo.'

Ik doe een beetje bot en dat bedoelde ik niet zo. Het is alleen dat wat er de afgelopen dagen is gebeurd een beetje teveel word. En dan is er die lieven man die me tot in de puntjes wil verzorgen.

'Sorry, ik bedoelde het niet zo maar ik moet toch zelf weer kunnen lopen.'

'Ja ik snap het wel... maar ik wil je gewoon verzorgen.'

Hij kijkt medelevend en daar kan ik niet zo goed tegen. Ik zet mijn armen op de leuningen en duw mezelf omhoog. Oef, dat valt nog niet mee om zelf om op te staan zeg. Maar ik zet door en daar sta ik, met mijn kin omhoog, vol zelfvertrouwen dat het me lukt om die trap op te komen. Maar toch wankel ik een beetje en heb even de tijd nodig om tot mezelf te komen.

'Gaat het? Moet ik je niet toch dragen?' zegt hij met een geniepig glimlachje.

'Nee hoor Alex, dat hoeft niet. Ik moet alleen even mijn benen de tijd geven om te wennen dat ze mij weer moeten dragen.'

Ik zet weer een stap en waag het dan de mooi met blauw beklede vloerbedekking op te lopen. Stapje voor stapje, maar het lukt me! Eenmaal boven kijk ik weer mijn ogen uit. Jeetje mina dit is echt geen huis voor mij... op de overloop zijn er vier deuren te tellen en dat zullen ongetwijfeld grote slaapkamers zijn. We lopen naar de achterste en daar staat

200

mijn tas met wat kleding die tante Lies heeft ingepakt. Het is echt een mega kamer waar mijn slaapkamer twee keer in past. Alex pakt mijn kleding en kijkt me even aan.

'Wacht hier maar even. Ik zorg zo dat je steun hebt om naar de badkamer te lopen.'

Hij beent weg en ik kom erachter dat er achterin de slaapkamer nog een deur zit. Ik wankel maar probeer toch een paar stapjes te zetten. Ik voel dat ik bibberig word en besluit toch maar te blijven staan. Ik kan niet zelf naar die badkamer komen zonder mezelf vast te houden. Ik hoor water lopen en verbaas me dan over het feit dat de badkamer hier in de slaapkamer zit. Alex komt terug lopen en geeft me dan een arm. De mannelijke kruidige geur met een vleugje vanille komt me tegemoet en dringt mijn neusgaten in.

'Krijg ik de eer om naar jou te ruiken straks?'

Ik lach en probeer mijn hoofd te draaien en hij kijkt me serieus maar geamuseerd aan.

'Ik vind het leuk als je naar mij ruikt.'

We lopen verder en ik heb het gered tot aan de deur van de badkamer. Op de drempel blijf ik even geschokt staan en laat de schoonheid van de badkamer tot me doordringen. Er ligt een prachtige bruin, rood, zwart achtige marmeren vloer, een mega stort douche waar je zeker met drie mensen in kan. Erachter staat een geweldig bubbel bad... betegeld met dezelfde marmeren tegels en een opstaprand.

'Is het té overweldigend? Ben je al bereid om de badkamer ook echt in te lopen?' vraagt Alex geamuseerd en ik kijk hem geschokt aan.

'Het is voor jou allemaal vanzelfsprekend maar voor mij is het een paleis waarvan ik de eer krijg om het vanbinnen te mogen bekijken.'

Ik zet een stap en hij volgt me. Hij leidt me naar het bad en gebaart me op de rand te gaan zitten.

'Nee Alex, als ik nu op de rand zit kan ik straks het bad niet meer in. Ik heb zoveel kracht niet meer.'

'Dat geeft toch niet. Ik was sowieso al van plan om je uit te kleden. Die eer heb ik.'

Hij kijkt me wellustig aan en ik voel me een beetje in het nauw gedreven. Het is de eerste keer dat ik naakt voor hem ga en dat maakt me een beetje nerveus.

'Je hoeft niet bang te zijn. Ik zal niks bij je proberen, maar je kunt jezelf niet uitkleden.'

'Ik ben gewoon een beetje nerveus. Ik had het me niet zo voorgesteld.'

Ik draai me om en dat had ik niet moeten doen...

'O mijn god! Oh nee!'

En meer kan ik niet uitbrengen. Tranen pikken achter mijn ogen en ik kan ze ook niet binnen houden. Ik zet het op een janken en Alex komt naar me toe en slaat zijn armen troostend om me heen.

'Het geeft niks schatje, laat je maar gaan. Het komt allemaal wel weer goed.'

'Het komt helemaal niet goed! Heb je mijn gezicht gezien! Ik lijk wel een zombie! Zo kan ik toch niet over straat!'

Mijn jukbeen is bont en blauw en mijn oog is dik en gezwollen en heeft alle kleuren van de regenboog. Daar is nu een forse paarse striem in mijn nek bijgekomen en het lijkt bijna alsof mijn hoofd is overreden door een tractor! Hij kijkt verdrietig naar me maar die blik gaat al snel over naar liefdevol.

'Ja... ik heb het gezien. Het is even geen leuk gezicht, maar ik weet wat eronder de oppervlakte zit en ik doe er alles aan

202

om haar weer naar buiten te krijgen.'

Ik krijg kippenvel van zijn woorden en kruip dieper in zijn omhelzing.

'Ik moet de kraan uit gaan draaien anders loopt hij over.'

Hij laat me los en ik heb het meteen koud. We hebben een verkeerde start gemaakt maar ik denk dat ik snel niet meer zonder hem zou kunnen als dit echt een relatie wordt. Hij komt naar me toe en steekt zijn duimen onder de band van mijn joggingbroek. Langzaam duwt hij mijn broek en string naar beneden. Een warmte nestelt zich in mijn binnenste. Hij gooit het aan de kant en pakt dan mijn wijde T-shirt, duwt hem omhoog en voorzichtig trek ik mijn armen terug in de mouwen en trekt hij het shirt over mijn hoofd. Ik krimp ineen als ik het shirt over mijn wangen voel glijden.

'Sorry... ik had het shirt ook gewoon van je lijf moeten knippen.'

Hij reikt achter me en maakt mijn bh los. Hij valt op de grond en Alex doet een paar stappen naar achteren. Hij bekijkt me van top tot teen en instinctief houd ik mijn armen voor mijn borsten.

'Je hoeft je niet te verbergen voor mij Bibi. Je bent prachtig.'

Hij pakt mijn arm en leidt me naar het bad. Ik stap voorzichtig op de verhoging en hij stapt er ook op. Voorzichtig probeer ik mijn been over de rand te krijgen en stap het bad in. Alex heeft me stevig onder mijn oksels vast en begeleid me het bad in. Ik zak heerlijk weg onder de sopzee en doe mijn ogen dicht. Ik ontspan en vergeet heel even wat er allemaal gebeurd is en hoe het kan dat ik hier in dit huis ben verzeild...

21

'Ik ga even wat te drinken halen. Wat wil je hebben?'
'Nou, doe me maar een wijntje... ik moet even een boost
hebben om de dingen te kunnen verwerken.'
Even zie ik een waas over zijn ogen komen maar hij zegt
niks. Hij draait zich om en loopt dan weg. Wat was dat nu
weer? Zou hij iets tegen alcohol hebben? Ik sluit mijn ogen
weer en ontspan heerlijk in het warme bad wat naar Alex
ruikt. Ik ben vast besloten dat ik ga voor hem en dat ik ga
voor New York. Maar ik wil er ook voor gaan om Rita en
Lydia te vinden. Misschien kan ik de politie van New York
bellen om te vragen of er iets van ze is vernomen nu ze daar
illegaal zijn. En Terry en Bart zitten op het politiebureau dus
die kunnen me niet zo veel maken. Alex komt de kamer
weer in met een dienblad met daarop een glas wijn, een
flesje water en wat kaasjes om te knabbelen.
'Neem jij geen wijn?' vraag ik hem in de hoop dat hij
meteen het antwoord zal geven waar ik op hoop.
'Nee, ik heb zo nog een telefonische vergadering dus ik hou
het bij water.'
Dat was niet waar ik op hoopte maar ik ga hem niet onder
druk zetten.
'Je zou me nog meer over dit huis vertellen.'
Hij kijkt op en hij lijkt verbaasd dat ik ernaar vraag. Hij zet
het dienblad neer en geeft me het glas aan. Hij gaat zitten en
kijkt me bedenkelijk aan maar begint dan toch te praten.
'Dit huis was van mijn ouders.' zegt hij zachtjes en ik vraag
me af of het 'was' als in dood is of was omdat ze verhuisd

204

zijn. En alsof hij mijn gedachte weer kan lezen geeft hij meteen antwoord.

'Ze zijn dood Bibi, niet verhuisd. Ze hebben dit huis in negentienvierennegentig laten bouwen... toen ze er in vijfennegentig in konden kregen ze ene auto ongeluk.'

Ik krijg kippenvel en het water lijkt ineens koud te zijn.

'Wat erg zeg... het spijt me.'

'Ik heb de boel geregeld en ben toen zelf ik het huis gaan wonen. Maar aan deze ruimte heb ik helemaal niks natuurlijk. Toch is het af en toe lekker om een duik te nemen of om even naar de sauna te gaan.'

'Hebben jullie echt een zwembad en een sauna?'

Ik kijk naar beneden omdat ik zojuist de stomste opmerking van het jaar heb gemaakt. Natuurlijk zit er bij zo'n huis een zwembad en een sauna. En hij heeft het al een keer gezegd... jeetje, waar zit ik toch met mijn hoofd!

'Het geeft niet. Ik snap dat je verbaasd bent. Deze villa heeft zeven kamers waarvan vijf slaapkamers... drie badkamers en één apart toilet, twee ligbaden, drie douches en drie toiletten. Zoals gezegd een spa met sauna en relaxruimte, deze villa staat op loopafstand van het strand en buiten staat nog een parkeergarage en een bijgebouw waar de bar met buitenkeuken zit. Ik geloof dat dat het wel zo'n beetje is.'

Hij glimlacht en ik zit met een open mond naar hem te staren.

'Er is een bar? Die moet ik zien! Ik heb het idee dat ik in een sprookje zit of zo.'

Ik glimlach en vang dan Alex zijn blik... hij kijkt somber maar als hij in de gaten krijgt dat ik naar hem kijk, kijkt hij op en lacht hij. Hij kijkt op zijn horloge en gaat staan.

'Rust jij maar even lekker uit, ik heb de vergadering over

205

tien minuten dus dan heb ik nog maar weinig tijd om me voor te bereiden.'

Hij geeft me een kus op mijn voorhoofd en loopt dan weg. Ik krijg niet de kans om wat terug te zeggen en een angstig gevoel bekruipt me. Er is iets met alcohol en bars en ik moet erachter zien te komen wat het is.

*

Ik heb geen idee hoelang ik nog in het bad zit maar ineens komt Alex de badkamer binnen met een glimlach om zijn lippen.

'Zo schoonheid, vind je het niet eens tijd worden dat je eruit komt?'

'Ja geloof het ook. Hoelang heb ik nog in bad gezeten?'

'Nog anderhalf uur. De vergadering liep uit, maar had wel verwacht dat je zelf aan het stuntelen was om eruit te komen.'

'Nou, je hebt wel een erg lage pet van me op. Ach ben ik in elk geval goed schoon geweekt.'

Hij lacht en komt op me af lopen met een grote handdoek die volgens mij nog groter is dan ikzelf. Hij droogt me teder af en pakt dan een handdoek om mijn haren in te wikkelen. Dan loopt hij weer weg en komt terug met een mooie bordeaux rode zijden badjas.

'Prachtig... jij zou altijd zijde moeten dragen. Kom we gaan even wat eten en dan gaan we de rest van de avond in bed liggen en film kijken.'

Dat klinkt me goed in de oren en ik glimlach. Ooh ja, ik raak heel snel hotel de botel van deze man. Dan kan ik je op een briefje geven.

We liggen heerlijk in bed na een heerlijk tomaten soepje van Dyalana. Was goed gevuld maar toch iets doorgekookt zodat het zacht genoeg voor mij zou zijn. Wat voel het heerlijk als er mensen zijn die om je geven en rekening met je houden. Ik merk nu eigenlijk pas echt hoe erg ik de liefde heb gemist en hoe erg ik naar de liefde op zoek was. Alex straalt één en al liefde en tederheid uit en ik vind het heerlijk. En wát ben ik blij dat hij van Rocky houdt! Het is weer Rocky marathon en door dat hele gebeuren heb ik al twee films gemist. Alex ligt op zijn rug te kijken en ik lig op mijn linker zij met mijn hoofd op zijn borst en hij streelt zachtjes mijn schouder en arm.

'Ik heb dit gemist...'

Ik frons mijn wenkbrauwen en probeer hem aan te kijken. Ik besluit meegaand te antwoorden omdat ik weleens wil weten tegen wie hij het heeft.

'Ik ook...'

Maar hij zegt niets meer. We kijken verder en ongewenst komt Patricia mijn gedachten weer binnen dringen. Zou hij het tegen haar hebben gehad? Hij kan het met mij niet gemist hebben omdat we nog maar een paar dagen iets hebben. Ik vrees dat hij me altijd een beetje als "haar" zal zien. Zij was zijn vrouw... de liefde van zijn leven en ik schijn nogal niet een beetje op haar te lijken. Ik zou eigenlijk wel heel graag een foto van haar willen zien. Dan kan ik zelf kijken of ik op haar lijk ja of nee. De beelden worden waziger en merk dat mijn ogen niet lang meer open blijven staan. Ik kijk naar boven maar zie dat Alex al in dromenland is. Nou dan blijf ik ook maar zo liggen. Ik kan het nog een paar minuten volhouden, maar dan worden de luiken echt te zwaar... ik ben gevat door de slaap.

De volgende morgen word ik wakker in een koud bed. Of tenminste, zo voelt het voor mij want Alex is nergens meer te bekennen. Ik heb het helemaal niet gevoeld dat hij me van zich af haalde en uit bed is gestapt... dan moet ik wel heel erg moe zijn geworden. Ik probeer heel langzaam wat rechter op te gaan zitten om straks zo mijn bed uit te kunnen stappen. Hoor mij nou... "mijn bed" er is helemaal niks van mij bij en lach om het geit dat ik het zo makkelijk eigen maak.

'Waar moet je om lachen?'

Goeie god! Daar staat Alex, in de deuropening met alleen zijn joggingbroek aan en verder niets! Hij is één en al perfectie! Zijn haar zit lekker in de war en hij is geweldig gespierd. Alles loopt perfect in elkaar over en ik kan dan ook niet stoppen met staren.

'Kan het ermee door? Of moet ik nog harder trainen.'

'Je bent perfect.'

Ik smelt helemaal en dat alleen van zijn borstkas. Hij heeft een dienblad bij zich met geroosterd brood, een glas jus d'orange, een glas melk, kaas en een gekookt eitje. Ja... nu is het officieel.

Ik ben stapelverliefd! We eten het ontbijtje op en gaan ons daarna opfrissen. Hij laat me het hele huis zien en dat was een ware uitputtingsslag. Ik wilde het heel graag zien net zoals het strand wat hier niet ver vandaan ligt. Maar ik kan gewoon nog niet zover lopen. Ik moet eerst goed herstellen voor ik weer wat kan ondernemen. Ik zou één deze dagen wel vast ontslag kunnen nemen bij mijn werkgever... daar ga ik toch niet meer naartoe terug en dan kunnen hun naar een

vervanger gaan zoeken. Alex onderbreekt mijn gedachten als hij tevoorschijn komt met de tas waar de ontwerpen in zitten.
'Zullen we deze nu gaan bekijken?'
'Ja hoor prima! Ik was ze helemaal vergeten na gisteren.'
We lopen... nou ja waggelen naar de eetkamer waar een mega eiken eettafel voor acht personen staat en hij legt de tas op tafel.
'Als je zou willen zou je hier misschien mooi kunnen werken. De tafel is perfect voor het uitspreiden van ontwerpen.'
Dat is nog niet eens zo'n gek idee. De tafel is inderdaad groot genoeg en ik zou hier heel rustig mijn werk kunnen doen als Alex ook aan het werk is.
'Dat is helemaal geen slecht idee van jou!'
'Geloof me Bibi, ik weet echt wel wat een vrouw met dromen nodig heeft.'
'Ohja? En wat is dat dan?' vraag ik geamuseerd.
'Haar de kans en de ruimte geven om die dromen waar te maken.'
Mijn adem stokt en ik krijg een heerlijk warm gevoel van binnen. Ik weet zeker dat mijn gezicht nu ook één en al liefde uitstraalt.
'Kom, zullen we gaan kijken?'
Ik sleep de tas over tafel en ga rustig zitten. Het is me al helemaal zelf gelukt! Ik haal als eerste het album van mijn moeder eruit en als hem open. Een diepe zucht ontglipt me.
'Dit is van je moeder zeker.'
'Ja klopt, dat kun je wel zien zeker.'
'Ja het is nogal gedateerd. Toch vind ik het vreemd dat je moeder jou ontmoedigde om je droom na te jagen.'
'Ja ik wil de ontwerpen van mijn moeder moderniseren

zonder het oorspronkelijke ontwerp op de achtergrond te doen verdwijnen en ze dan in productie laten gaan. Zo is de droom van mijn moeder toch nog uitgekomen. Ik wist hier niks van totdat mijn oma mij dit album gaf. Ik denk dat mijn moeder mij ontmoedigd heeft omdat het haar zelf nooit gelukt is om te doen.'

We bladeren het album door en het valt me op dat hij heel geïnteresseerd is in de ontwerpen.

'Hoe komt het dat jij zo geïnteresseerd ben in de ontwerpen?'

'Nou schatje, je weet van de winkel waar ik directeur van ben?'

'Ja.'

'Daarnaast heb ik ook nog een warenhuis keten in New York overgenomen van mijn ouders vlak voordat ze dit huis lieten bouwen en het ongeluk kregen. Ze wilden graag met pensioen en van het leven genieten, dus heb ik het overgenomen en ben ik ermee doorgegaan.'

'En van het leven genieten is er nooit van gekomen.'

Een spoor van kippenvel trekt over mijn rug en ik weet niet zo goed wat ik verder moet zeggen dus ga ik verder op het onderwerp mode.

'Hoe heet het warenhuis wat je bezit? En wat hebben de ontwerpen van mijn moeder ermee te maken?'

'Het is Macy's Bibi, mijn moeder heette Macy McCray. En ik denk dat veel van jou ontwerpen en die van je moeder het meer dan waard zijn om in Macy's verkocht te worden.'

Mijn adem stokt in mijn keel en even weet ik geen woord uit te brengen. Hij is directeur van Macy's! Ik blijf Alex aanstaren maar zie hem niet meer. Het word zwart voor mijn ogen en voel mezelf wegzakken. Ik hoor Alex nog één keer mijn naam roepen en weg ben ik.

210

~22~

Als ik wakker word, lig ik in bed. Alex hangt over me heen
en heeft een koud washandje over mijn voorhoofd gelegd. Ik
kijk hem aan en weet even niet zo goed wat er gebeurd is.
'Wat is er gebeurd? En wat doe ik hier in bed?'
En dan schiet het me allemaal te binnen en herinner ik me
weer hoe ik flauwviel omdat Alex me vertelde dat hij Macy's
overgenomen heeft van zijn ouders en hij mijn ontwerpen
wel ziet zitten.
'Ja schatje, ik zie dat je je het weer herinnert. Het is echt
waar en daarom wilde ik je ook helpen. Ik kan ervoor zorgen
dat jou ontwerpen verkocht worden in Macy's. Je hebt me
wel weer laten schrikken door flauw te vallen.'
'Ja het komt allemaal weer binnen. Ik was en ben geschokt
te horen dat jij daar de directeur van bent. En dat de naam,
de naam van je moeder is. Ik weet niet zo goed wat ik moet
zeggen.'
'Dat je ermee akkoord gaat dat we samen Macy's gaan
runnen Bibi. In New York.'
Wat? Samen runnen? Die man is niet goed bij zijn hoofd!
Hoe moet ik weten hoe ik een bedrijf moet runnen. Ik zou
het dan al druk krijgen met het ontwerpen en uitwerken, laat
staan dat ik er dan ook nog een bedrijf naast moet runnen.
'Niet teveel nadenken schatje, je zult het perfect doen.'
'Nou... je doet net alsof de zaak al beklonken is. Ik krijg het
dan al druk met ontwerpen, laat staan dat ik ook nog een
bedrijf moet runnen waarvan ik niet eens weet hoe dat
moet.'

211

'Ik weet dat je het kan omdat ik gezien heb hoe je het hebt opgelost toen Rita niet op kwam dagen. Je bent een ware leidster Bibi en dat weet je zelf ook. Geef het een kans en je zult zien dat je rijkelijk beloond wordt.'

'Dat was gewoon handelen naar situatie Alex, op zo'n moment kun je weinig anders doen omdat de zaken gewoon door gaan.'

'Precies, en daarom denk ik dat je perfect ben voor de baan.' Ik knik en slaak een diepe zucht. Het word me allemaal een beetje teveel. Zo heb ik niks en zo lijk ik alles te hebben en mijn droom waar te kunnen maken.

'Goed... denk er nog maar even over na, maar niet te lang.' zegt hij met een glimlach en een tikje op mijn neus.

'We gaan ons opfrissen en dan neem ik je ergens mee naartoe.'

Ik sta in de badkamer en probeer mezelf op te peppen, maar het heeft geen enkele zin. Mijn gezicht is geen spatje mooier te krijgen en ik haat dat! Hoe lang gaat dit nog duren voordat het weer een beetje zijn oude vormen aanneemt? Maar toch heb ik ook vlinders in mijn buik. Hij gaat me ergens mee naartoe nemen! Ik vind het spannend en opwindend tegelijk maar als ik nog langer naar mijn gezicht staar kom ik helemaal nergens. Ik wil de badkamer uitlopen als Alex daar naar me staat te kijken.

'Je denkt teveel schatje, hoe vaak moet ik je dat nog zeggen? Je bent prachtig... al zou je een vuilniszak over je hoofd trekken, je bent en blijft prachtig.'

'Overdrijf je nu niet een beetje?' Hij lacht en steekt zijn hand naar me uit.

'Kom we gaan. Denk je dat je zelf naar de auto kunt lopen?'

212

'Ik ga het in elk geval proberen. Niet geschoten is altijd mis. En anders ben jij daar om me op te vangen als ik val.'

Ik leg mijn hand in de zijne en voel meteen een soort schok door mijn arm golven. Ik kijk hem aan en zie dat hij hetzelfde voelt... we zeggen niks en lopen door naar de trap. Wonder boven wonder kom ik helemaal zelf in de auto en ik ben er best trots op! Ik heb het idee dat we net in de auto zitten als de deur weer open gaat.

'Zijn we er nu al?'

Ik kijk Alex aan en die knikt. Nou dat was het kortste ritje ooit. Dat hadden we net zo goed kunnen lopen.

'Moesten we hiervoor met de auto dan? Dit is maar een kippenstukje.'

'Met de auto wel ja. Kom dan kun je zien waarom ik je niet heb laten lopen.'

Ik stap uit en zie de prachtige duinenpartij voor me. Ik kijk om me heen en we staan op het prachtige strand waar Alex het over had.

'Wauw! Wat is dit prachtig zeg!'Meer weet ik niet uit te brengen en kijk nog een keer om me heen en snuif de heerlijke zeelucht op. Ik heb zelfs het idee dat het zuiverend werkt. Als je je rot zou voelen, voel je je hier meteen weer goed.

'Daarom liet ik je dus niet lopen. Je moet nu wel goed naar uitkijken waar je loopt dus pak mijn arm maar, we gaan naar die strandtent daar. Het is dat de auto niet verder komt anders had ik je voor de deur afgezet.'

'En ik ben blij toe dat je me niet hebt laten lopen.'

We lopen langzaam naar de strandtent en ik geniet hier echt van. Ik vind het heerlijk om op het strand te vertoeven en heb meteen spijt dat ik dat niet veel meer heb gedaan met de

213

meiden. Oh! De meiden! Die heb ik in geen weken gesproken! Ik kan mezelf wel voor mijn kop slaan en sta stokstijf stil. Hoe kan ik dit mijn beste vriendinnen aan doen? Ik moet meteen een meidenavond regelen voor het te laat is en ik in New York ben... voorgoed.

'Wat is er? Heb je pijn? Ben je moe?'

Ik kijk hem aan en zie de bezorgdheid in zijn ogen...

'Nee ik ben niet moe en heb geen pijn... maar we liepen heerlijk rustig en toen bedacht ik me dat ik hier zo van geniet en dat ik dat veel meer had moeten doen met mijn vriendinnen Linda, Amanda en Sophie. Ze wonen in Rotterdam en...'

'Rustig schatje, concentreer je eerst op het lopen naar de tent, dan zullen we het er daar over hebben.'

Hij neemt me mee naar de tent en het lijkt daar wel uitgestorven. Er is helemaal niemand en dat verbaasd me. Het strand loopt vol met mensen en hier zit niemand binnen. Er komt een aardig ober op ons aflopen en begroet ons hartelijk.

'Goedenavond meneer McCray, goedenavond mevrouw Smit. Mag ik uw jassen aannemen?'

Ik begroet hem hartelijk terug en geef hem mijn jas. We worden naar een tafel geleid die een prachtig uitzicht op zee geeft en romantisch is opgedekt. De stoel wordt voor me naar achteren geschoven en weer netjes aangeschoven als ik voorzichtig ga zitten. Ik kijk om me heen en ik heb nu pas door dat dit het enigste tafeltje is die gedekt is.

'Wat wil je drinken?'

Ik wilde zeggen een wijntje... maar hij doet dan elke keer zo raar. Ik wil de sfeer wel gezellig houden

'Een cola graag.'

214

Hij fronst zijn wenkbrauwen en weer vraag ik me af wat er nou is. Als ik een wijntje bestel dan fronst hij en als ik een cola bestel doet hij hetzelfde. Ik kijk naar buiten en geniet van het uitzicht. Wat is het hier mooi zeg. Nooit bij stil gestaan dat we zulke mooie plekken hebben in Nederland.
'Je had het net over je vriendinnen... wat is ermee gebeurt?'
'Ik ben ze echt uit het oog verloren sinds ik verhuisd ben. We deelden echt alles samen en ik had beloofd om één keer per week naar Rotterdam te gaan en dan zouden hun één keer per maand naar Dordrecht komen. Dan zouden we stappen en lol trappen zoals we dat daar ook deden. Of gewoon een meidenavond met een goede film of zo. Net waar we zin in hebben. Maar ik heb ze helemaal niet meer gebeld en ik voel me schuldig. Ik wil ze nog wel zien voor we naar New York gaan.'
'Er is in de afgelopen tijd natuurlijk niet niks gebeurt he. Ik denk dat als je ze belt en het uitlegt, dat ze het dan wel snappen. Maar je krijgt nog tijd hoor om naar ze toe te gaan. Ik wil in principe over een maand weer terug.'
Over een maand voorgoed naar New York...
'Vind je het eng? Geeft niks hoor schat, het is ook een hele stap om te emigreren. Ik laat niemand achter dus ik heb er minder moeite mee dan jij zult hebben.'
'Niemand? Heb je verder helemaal geen familie meer dan?'
'Ik heb nog wel familie, maar niemand vind het nodig om contact met me te hebben. Elk contact wat ik maak wordt afgewezen en wordt er gezegd dat ik geld zat heb om andere vrienden te zoeken.'
Het voorgerecht wordt geserveerd en ik ben niet verbaasd als ik zie dat het oesters zijn. Ik glimlach en kijk hem aan.
'Speciaal voor jou schatje, en deze hoef je niet te kauwen.'

215

'Nee, maar neem het me niet kwalijk als ik ze nu even anders eet dan anders. Oh wat ziet dat er goed uit zeg.'

Ik neem een hap en proef de oester... maar het smaakt niet op de manier zoals je hem zou moeten eten. Je zou hem in één keer door moeten slikken maar ik krijg mijn hoofd niet ver genoeg omhoog zonder dat het pijn doet dus snijd ik hem in stukjes.

'Hij smaakt niet zoals het moet he. Als we straks thuis komen moet je gewoon even je vriendinnen bellen.'

'Nee inderdaad maar ik vind het heel lief dat je dit geregeld hebt. Heb je de hele tent afgehuurd? En ja ik zal ze wel bellen als we weer terug gaan. Dan spreek ik gelij kiets af met ze.'

'Nou, zodra je weer goed kunt eten gaan we ze nog een keer eten of we vragen of Dylana ze maakt. Zij kan ze ook heel goed maken. Vanavond moet ik nog even werken dus dan kan jij even...'

'Ook werken!'

Ik maak zijn zin even af en ik glimlach. Ik heb zo'n zin om aan de ontwerpen te beginnen. En ik kan maar vast wat gedaan hebben voor we naar New York gaan.

'Als jij werkt, werk ik ook dus ik ga mijn vriendinnen bellen en daarna ga ik aan de ontwerpen beginnen.'

'Weet je dat nu wel zeker? Moet je zo niet eerst even uitrusten? Je kan ook morgen aan je ontwerpen beginnen.'

'Geloof me als ik zeg dat ik wel uitrust als ik hun bel... dat zijn meestal geen korte gesprekken. Maar ik zal erover nadenken.'

Het hoofdgerecht komt eraan en het is weer de zeeduivel die we ook in Dordrecht gegeten hebben alleen voor mij nu gepureerd. Wel lief dat hij hem nog een keer heeft laten maken, omdat ik hem de vorige keer niet opgegeten heb. En hij smaakt goddelijk! We eten rustig verder en rekenen dan af. We gaan weer naar het huis en ik moet de meiden gaan bellen. Jeetje wat ben ik zenuwachtig zeg!

23

Alex is naar zijn werk kamer gelopen en ik ben even op bed gaan liggen. Kan ik meteen uitrusten als ik de lange gesprekken moet gaan voeren. Wie moet ik nou als eerste bellen. Ach ik begin gewoon op alfabetische volgorde en begin met Amanda. Ik druk op haar naam en hij begint meteen met bellen.

'Met Amanda!' klinkt de vrolijke stem door de telefoon.

'Hey Amanda met Bibi!'

Het is even stil en ik voel de spanning stijgen...

'Zo Bibi, leef jij ook nog?'

'Ja, het scheelde niet veel maar, ja ik leef ook nog.'

'Bibi, geen geintjes maken. Waar was je al die tijd? De andere meiden zijn echt boos op je! En ik ook trouwens. Je hebt ons gewoon laten stikken!'

Hier was ik al bang voor en slaak een diepe zucht. Ze weet natuurlijk niet dat ik geen geintje maak...

'Ik maak geen geintje Amanda, maar ik zou graag af willen spreken. Snel...'

'Waarom snel Bibi, je verhuisd weer zeker?'

Ik schrik van haar antwoord en weet dat ik maar één ding kan zeggen en dat is de waarheid.

'Ja, eigenlijk wel. Ik krijg de kans om mijn droom waar te maken. En dat ga ik doen ook.'

Ik zie in mijn ooghoek dat Alex in de deur opening is komen staan en luistert naar wat we zeggen. Ik maak een moedeloos gebaar en laat mijn schouders hangen.

'Je droom? Welke droom... nou oké Bibi, we spreken wel af

218

maar dan moet je ook de andere meiden even bellen.'

'Ja natuurlijk! Ik wist niet wie ik het eerst moest bellen dus ik ben begonnen op alfabetische volgorde. Ik zal je terugbellen voor een afspraak. Wees alsjeblieft niet boos.'

'Oké is goed. En nee Bibi ik ben niet boos. Je leidt gewoon je leven en daar is niks mis mee. Alleen hoorden wij daar altijd bij. Nou spreek je snel!'

Ik hang op en kijk Alex aan. Het valt niet mee om hun nu onder ogen te moeten komen. Ze hebben pijn en dat is mijn schuld.

'Als je ze nou eens hier uitnodigt. Dan stuur ik de chauffeur met de limo om ze alle drie op te halen, kunnen ze onderweg champagne drinken of wijn of datgene ze willen. Er zit een tv in dus ze kunnen dvd kijken of iets dergelijks. Dan bouw je hier een feestje en kun je ze op de gemak vertellen dat je naar New York verhuisd. Wat vind je ervan?'

'Ik denk dat de meiden die limo fantastisch vinden! Maar of ze dit huis ook fantastisch vinden weet ik niet. En dat hoeft ook niet. Maar ze zullen misschien overdonderd zijn als ze zien waar ze in terecht komen.'

'Maar dat geeft toch niet. Jij bent in elk geval in je vertrouwde omgeving als je het gaat vertellen. Als je wilt kun je ook je oom en tante nog uitnodigen om te komen logeren voor een weekend. Dan kun je van hun ook op je gemak afscheid nemen.'

'Je zit vol verrassingen Alex! Dankje... ik vind het een super idee!'

Hij lacht en loopt weer weg. Ik bel Amanda nog een keer om te horen wat zij van het idee vindt. En wat de andere meiden er van zouden vinden.

'Bibi, ik denk dat ze het geweldig zullen vinden! Je weet

219

toch hoe ze van blingbling houden!'

Ik hang op en bel de andere twee. En ja hoor ze vinden het inderdaad helemaal geweldig! Nou dan kan ik me voor gaan bereiden op een feestje! Misschien dat we nog een week moeten wachten met het feestje, dan zijn mijn ribben misschien wat beter bestand tegen de meiden en kan ik gewoon lachen. Misschien kan ik dan aan Dylana vragen of ze wat lekkere hapjes maakt voor ons. Ze kan zo goed koken! Terwijl ik onderuit gezakt op het bed mijn telefoon zit te bekijken merk ik dat mijn luiken weer langzaam aan gaan zakken. Ik geef me over en laat me meevoeren door de slaap.

*

Het is zaterdagochtend en vandaag komen Amanda, Linda en Sophie! Ik heb er zóveel zin in, maar ben ook best wel zenuwachtig. Van mijn ribben heb ik niet zo heel veel last meer en ik kan alweer redelijk harde stukken kauwen. Het ziet nog wel beurs allemaal maar dat trekt ook wel weer bij. Ik lig nog heerlijk op bed en Alex slaapt ook nog. Die heeft vannacht nog tot laat gewerkt volgens mij. Tenminste... ik heb niet gehoord dat hij naar bed kwam. Van de week hebben we wat gespeeld met elkaar. Hij is zo voorzichtig! Ik zou weleens een goed potje willen neuken! Zoals de mannen dat dan altijd noemen... maar hij is zo voorzichtig. En aan de ene kant is dat heel goed maar aan de andere kant ben ik niet van porselein. Ik bedenk me dat ik nog heel veel moet doen vandaag dus kijk ik op het klokje van mijn telefoon. Jee! Het is al tien uur! Ik mag weleens op gaan staan en wat gaan doen anders komt het nooit goed vandaag! Ik wil uit bed

220

stappen als ik een arm om mijn middel voel die me wil
weerhouden om uit bed te stappen.

'Blijf nog even liggen schatje, het bed is nog zo lekker
warm.'

'Alex... dat gaat niet. Ik moet nog zoveel doen vandaag!'

'Laat dat toch lekker aan iemand ander over. Ik heb
personeel genoeg die dat kunnen doen.'

Hij ook altijd met zijn personeel!

'Nee Alex, ik wil het zelf doen. Het zijn mijn vriendinnen en
ik heb lang genoeg niets gedaan.'

Ik stap het bed uit en loop naar de badkamer. Jeetje wat een
kop zeg. Het is dat Alex van zombies houdt... anders zou ik
heel erg uit de toon vallen. Ik lach om mijn gedachte en
draai de douche aan. Ik spring eronder en was me zo snel ik
kan. Mijn joggingpak had ik al klaar gelegd. Veel meer heb
ik niet nodig tot vanavond... dan kleed ik me pas om. Ik loop
naar beneden en wil in de keuken koffie gaan zetten als ik de
heerlijke geur van koffie al ruik. In de keuken is Dylana druk
bezig met een ontbijt.

'Goedemorgen Dylana, dat had u echt niet hoven doen hoor.'

'Goedemorgen Bibi, ja maar natuurlijk wel. Meneer heeft
me gevraagd een uitgebreid ontbijt om tien uur te maken,
maar jullie zijn te laat.'

Ik krijg een afkeurende blik en ik voel me geroepen om Alex
uit te bed te sleuren.

'Excuses Dylana, ik wist echt niet dat u zo'n prachtig ontbijt
zou maken! Ik ga Alex roepen!'

Ze babbelt nog wat na maar dat kan ik niet meer verstaan. Ik
loop weer naar boven zo naar de slaapkamer en ga in de deur
opening staan.

'Zo schone slaper, je bent te laat voor je afspraak!'

Ik probeer streng te kijken maar het lukt me niet. Ik glimlach en hij kijkt op.

'Schone slaper? Het is voor het eerst dit jaar dat ik mezelf toesta uit te slapen dus ik ben niet te laat. Waarvoor eigenlijk?'

'Nou, volgens Dylana heb jij om tien uur een uitgebreid ontbijt besteld bij haar en we zijn te laat.'

Hij fronst zijn wenkbrauwen en ik zie dat hij zich niet bewust is van de tijd.

'Hoe laat is het dan? Het is toch helemaal nog geen tien uur!'

'Echt wel... komt in de buurt van half elf zelfs dus hop, uit je bed! We gaan ontbijten!'

Ik draai me om en loop weg. Ik hoor nog hoe hij bromt dat hij een strenge vriendin heeft en moet lachen. Ik loop naar de keuken en schenk mezelf een bakkie koffie in. Het water loopt me in de mond als ik zie wat voor lekkers er al op tafel staat. Gossie mijne, dat is voor een heel weeshuis! Wie moet dat allemaal op gaan eten?

'Nou, wij liefje! Jeetje wat een huis! Dat heb je goed voor elkaar!'

Ik ben stomverbaasd als tante Lies en ome Kees de keuken binnen stappen samen met Alex.

'Tante Lies! Ome Kees! Wat een verrassing! Wat ontzettend leuk om jullie te zien!'

Ik kijk Alex schuin aan maar omhels hem dan...

'Bedankt dat je ze hier naartoe hebt laten komen.'

'Graag gedaan schatje. Vanavond komen dan wel je vriendinnen maar ik vond dat hun er dit weekend ook bij moesten zijn.'

Deze man denkt echt overal aan en ik vind het schitterend!

222

Voor het eerst in mijn leven ben ik echt gelukkig en ik weet
niet zo goed hoe ik ermee om moet gaan.
'Ooh liefje, je moet niet zoveel nadenken. Dat deed je
moeder ook altijd. Je mag je gelukkig prijzen met een man
als deze.'
'Dat is nou het stomste tante, waarom lijk jij altijd te weten
wat ik denk?'
'Dat heb ik je al eens eerder verteld meisje, je gezicht is een
open boek voor me. Er valt altijd vanaf te lezen wat je denkt.
Nou kom we gaan aan tafel. Ik rammel!'
We lachen allemaal en we nemen plaats aan de tafel in de
half ronde serre. Ik kijk de tafel rond en zie allerlei lekkers
liggen. Mijn oog rolt over italiaanse bollen, croissants,
cadetten en vierkante broodjes. Heb geen idee hoe die
dingen heten.
'Hoe heten die vierkante broodjes daar?'
'Dat zijn spelt broodjes schatje, die zijn heel gezond voor
je.'
'Nou, dan gaan we die maar eens proberen.'
Ik glimlach en kijk de tafel weer rond. Dit keer niet naar wat
erop ligt maar wie er aan tafel zitten. Alle mensen van wie ik
het meeste hou zitten hier aan tafel. Nou ja... mijn
vriendinnen zijn hier niet maar dat is toch anders. Nu weet ik
pas hoe liefde voelt en de tranen prikken in mijn ogen. En
niet van verdriet maar van geluk. Ik had ooit gehoopt dat ik
het zou kennen en nu begin ik het te leren kennen en weet ik
niet wat ik ermee moet. Het leven is één grote puzzel en ik
weet nog niet hoe ik hem in elkaar moet leggen.
'Het is fijn om te zien dat je het geluk leert kennen liefje. Je
weet het nu misschien nog niet maar straks weet je precies
wat je ermee moet doen. Ontvang het met open armen en je

zult bereiken wat je wilt.'

'Dat is heel mooi gesproken Lies, maar ook ik vind het nu een beetje eng dat je steeds weet wat Bibi denkt. Maar ze heeft gelijk schatje. Het komen allemaal goed.'

Ik kijk hem aan en kan maar net de tranen binnen houden. Ik kan stoppen met het zoeken naar de liefde... ik heb het gevonden. Het komt allemaal goed.

24

Vanmiddag zijn we nog even met zijn vieren in de strandtent iets gaan drinken en daarna zijn tante Lies en ome Kees hun eigen weg gegaan. Ze zouden ons vanavond niet lastig vallen en stiekem het huis weer binnen wandelen zonder dat iemand ze ziet. Ik moest er wel om lachen. Hun eerste inbraak partijtje... alleen dan met een sleutel. Alex had hem aan hun gegeven zodat ze altijd het huis in en uit konden en dat vond ik heel lief van hem. Hij neemt mijn familie als zijn familie en dat heeft niemand nog voor me gedaan. Nu gaan we gezellig samen wat eten en dan kan ik me voor gaan bereiden op vanavond. We doen gewoon simpele Hollandse aardappels, groente en vlees maaltijd en ik vind het heerlijk! Bloemkool met een heerlijke hamlap die een uurtje of drie geprutteld heeft. Wat zal ik dit straks gaan missen. Het eten daar is natuurlijk heel anders dan hier. Ik loop naar de slaapkamer en kleed me om. De dames hebben er geen behoefte aan als ik me helemaal op dog in een jurkje met een berg make-up en mijn haar opgestoken. Ze zullen het al luxe genoeg vinden hier en ik hoop maar dat er niet verkeerd op gereageerd wordt. Ik hijs me in mijn favoriete spijkerbroek en doe er een simpel topje bovenop. Zo... we houden het erg gewoontjes vanavond, gewoon zoals we altijd doen. Ik heb ze vanmiddag alle drie gebeld dat ze opgehaald werden bij Amanda thuis. Ze waren helemaal enthousiast dat ze met een limo opgehaald zouden worden! Ik ga verder met mijn haar maar het lukt niet en dus laat ik het lekker los hangen. Geen paardenstaart of wat dan ook. Gewoon Bibi vanavond. Ik kijk op het klokje en zie dat het zeven uur is. Gies, ze zijn nu opgehaald als het goed is. Dan zijn ze over iets meer dan een uurtje hier. Ik loop naar beneden en Alex staat met koffie klaar.

'Ga even lekker zitten Bibi en ontspan. Je staat strak van de stress.'

'Ja ik ben super zenuwachtig! Ik ben zo benieuwd hoe ze zullen reageren.'

'Het zal allemaal wel goed komen schatje. Jullie gaan gewoon lekker babbelen en er liggen in de televisie kamer dvd's klaar dus jullie kunnen ook nog film kijken.'

'Je hebt weer overal aan gedacht. Dankje...'

'Ik zal ergens een keer ook om een hoekje komen kijken, dan kun je me voorstellen aan ze. Maar verder ben ik aan het werk op mijn werkkamer.'

We drinken rustig onze koffie op en daarna ga ik even alle dingen op mijn lijstje na. Staan alle lekkere hapjes in de koelkast? Alle drankjes, en vooral de witte wijn koud? Liggen er genoeg borrelnootjes in de kast? En dan ga ik maar zitten... wachten totdat ze komen. Het is half acht nog maar dus ze zullen nog zo'n drie kwartier onderweg zijn. Ik loop naar de eet zaal en pak mijn ontwerpen en het album van mijn moeder. Uit de kast pak ik het ontwerp blok en sla het album van mijn moeder open. Ik ga vast beginnen met het moderniseren van de ontwerpen. Dat doodt de tijd wel totdat de meiden komen. Ik ben met het tweede ontwerp bezig als Alex de kamer in loopt en me komt vertellen dat ze er zijn. Ik laat de spullen zo liggen en loop met hem mee naar de voordeur en daar staan ze... Amanda, Linda en Sophie. Helemaal opgedoft in jurkjes, haar opgestoken, gezichten in make-up en hier sta ik... in mijn spijkerbroek

226

met simpel topje en ik voel me er ineens niet meer bij horen.
'Hoi...' weet ik nog net uit te brengen en we staren alleen
maar naar elkaar. Ze kijken me geschokt aan en dat zal vast
komen door mijn gezicht die nog alle kleuren van de
regenboog heeft. Ik voel me een buitenstaander en kan nu
niet zeggen dat mijn beste vriendinnen voor de deur van
Alex staan.
'Eeh, kom verder!'
Ik schuifel naar achter en ze lopen naar binnen. Ze hebben
nog niets gezegd en ik voel me niet op mijn gemak.
'Wauw!' roept Amanda opgewekt en ik ben blij dat er geluid
uit komt. Haar stem galmt door de hal en de andere meiden
staren naar het plafond en de trap net zoals ik deed toen ik
hier voor het eerst binnen kwam.
'Willen jullie heel het huis zien?'
Ik weet niet wat ik anders moet zeggen dus bied ze maar een
rondleiding aan.
'Nee hoor Bibi, ik ben hier niet zo gecharmeerd van.' zegt
Linda en kijkt me boos aan.
'Wat is er met jou gebeurd?' vraagt Sophie en ik weet nog
niet zo goed wat ik moet zeggen.
'Laten we naar de zithoek gaan... dan schenk ik wat te
drinken in en dan zal ik alles vertellen.'
Ze lopen achter me aan als een stel hondjes en ik hoor
Sophie nog net zeggen dat ze het een geweldig huis vindt.
Ze nemen plaats op de bank en kijken rond.
'Wat willen jullie drinken?'
'Laten we eerst maar koffie doen voordat we over gaan op
wat sterkers.' zegt Amanda en de andere dames knikken.
Oké drie koffie dus. Ik zou gelijk al wel over willen gaan op
wat sterkers. Dan heb ik tenminste de moed om te vertellen

227

wat er is gebeurd zonder dat ik scheef aangekeken wordt. Eenmaal in de keuken pak ik een dienblad en zet de kopjes klaar. Alex heeft een luxe koffiezet apparaat waar verschillende soorten uit geschonken kunnen worden, maar gelukkig heeft hij ook nog een ouderwetse waarvan ik tenminste weet hoe hij werkt. Ik schenk de koffie in en pak een schaal voor de koffiekoekjes. Ik loop terug en geef ieder hun kopje en zet de suiker en melk erbij. Ik ga met de schaal rond en zet die dan op tafel neer. Oké... nu het moment van de waarheid. Ik wilde dat die zenuwen eens een eindje gingen vliegen want het maakt het er niet makkelijker op.
'Ik zal maar beginnen bij het begin en zal het een beetje samenvatten, anders zit ik hier om twaalf uur nog te praten.' Ik peil hun gezichten, maar ze zijn nog steeds boos.
'Ik begon met werken in een winkel in Dordrecht. Had het super naar mijn zin en de collega's waren fijn. Totdat twee van hun ineens spoorloos verdwenen waren zonder het werk in te lichten. Het bleek dat ze de avond van de vermissing op het vliegtuig zijn gestapt naar New York. Ik ben bij hun thuis geweest om hun kamer te doorzoeken om erachter te komen waarom en met wie ze daar naartoe zijn gegaan zonder iets te laten weten. Ook hun ouders wisten niet dat ze weg gingen. Ik vond van ieder twee dagboeken, waar nagenoeg hetzelfde in stond. Intieme dingen stonden daarin maar ik kon er niet veel mee. Mijn huidige vriend Alex heeft een detective ingeschakeld en die wilde de dagboeken hebben. Maar iemand was hem voor. Ik werd op het werk ontvoerd door twee mannen die personeel van Alex bleken te zijn... en werd zoals jullie zien in elkaar geslagen. Ik heb die haarscheuren in mijn schedel en mijn jukbeen is gebroken. Ook hebben ze een paar ribben gebroken en dat alles is in de

228

afgelopen maand gebeurt.'

Ik slaak een diepe zucht, maar durf niet op te ijken. Ik heb alles verteld met mijn gezicht naar beneden.

'Maar Bibi, dan scheelde het niet veel of je had het niet overleefd!' roept Amanda en ik kijk op. Ik zie drie verdrietige gezichten en het huilen staat ze nader dan het lachen.

'Uhm... ja. Als hij nog één keer tegen mijn jukbeen had geslagen, wat hij met een pistool deed, had het stuk bot mijn hersenen in geschoten.'

Ik krijg kippenvel en huiver even bij de gedachten hoe hij dat deed. Ik voel de klappen nog steeds.

'Het spijt ons dat we je zo op voorhanden hebben veroordeeld.' zegt Linda.

'Het was niet mijn bedoeling om zo te redeneren, maar we hoorden maar niets meer van je dus we dachten dat je al afgeschreven had voor iemand anders.'

'Nee! Echt niet! Het schoot me te binnen toen ik op het strand liep met Alex en ik dat met jullie ook die strandwandelingen had willen maken.'

'Nou, je zegt het alsof dat niet meer kan. Dat kan alsnog hoor.'

'Ja, je zei iets over verhuizen toen ik je beschuldigde dat je weer zou vertrekken? Ik meende dat niet hoor Bibi, ik was op dat moment gewoon boos. Je had het over een droom?' vraag Amanda.

'Loop maar even mee als jullie willen... dan laat ik het zien.'

Ik neem ze mee naar de eet kamer waar al mijn ontwerpen nog liggen uitgestald en ze staan alle drie stokstijf stil.

'Je gaat naar het buitenland verhuizen he?' vraagt Linda.

Ik kijk haar aan en knik...

'Dit zijn mijn ontwerpen. En dat album daar is van mijn moeder. Het album ga ik moderniseren en produceren, zodat de droom van mijn moeder is uitgekomen en daarna ga ik verder met mijn eigen ontwerpen.'

'Wauw Bibi, deze is echt heel mooi geworden!'

En Amanda wijst naar het eerste ontwerp wat mijn moeder heeft gemaakt.

'Je hebt het zo gemaakt dat het ontwerp van je moeder gespaard blijft maar dat het toch van deze tijd is! Dat vind ik echt knap! Maar vertel eens? Waar ga je dat allemaal doen? En hoe kom je aan het geld?'

'Ja dat was precies mijn bedoeling om het wel origineel te houden. Het geld heb ik al... jullie moeten niet denken dat ik nu een man aan de haak heb geslagen voor zijn geld... mijn oma is pas overleden en daar heb ik twee miljoen van geërfd. Zij wilde dat ik dit ging doen van dat geld dus dat doe ik dan ook. En ik heb al een warenhuis die mijn kleding wil verkopen... in New York.'

De monden vallen open en ogen sperren wijd open van schrik, of misschien wel jaloezie.

'Naar New York! Maar dan zien we je nooit meer!' roept Amanda verbaasd uit en ze draait haar hoofd om.

'Ik krijg deze kans maar één keer in mijn leven en die wil ik met beiden handen aangrijpen. Anders lukt het me nooit.'

'Ja ik snap je wel...' zegt Linda. 'Ik zou het zelf ook zo doen als mij de kans werd gegeven om mijn droom waar te maken. En welk warenhuis wil jou kleding verkopen?'

'Ik ga jullie echt ontzettend missen maar ik ga het echt doen. Macy's wil mijn kleding verkopen.'

'Macy's!' roepen ze alle drie in koor.

'Maar dat is een super de luxe warenhuis! En nog het

bekendste ook! Heb je al contact met gehad?' vraagt Sophie.
'Ja ik weet het... ik viel ervan flauw. En ja ik heb gister
persoonlijk contact gehad met de directeur. Dat is namelijk
Alex.'
Nog meer verbazing maakt meester van de meiden en zelf
kan ik het ook nog niet helemaal bevatten dat het echt zo is.
'Alex zijn moeder heette Macy en het bedrijf was van zijn
ouders die omgekomen zijn bij een auto ongeluk.'
'Jeetje Bibi, dat is niet misselijk! Maar ik ben wel super blij
voor je!' zegt Amanda en ze beginnen alle drie te lachen.
'Maar dat betekend natuurlijk wel dat we gratis kleding van
je krijgen he Bibi, als vergoeding omdat je ons gaat
verlaten.' zegt Linda.
'Ik denk wel dat ik wat kan versieren voor jullie! Nou kom,
dan maken we er nu een feestje van! Ik heb allemaal lekkere
hapjes en drankjes en die moeten natuurlijk wel op!'
We lopen weer naar de woonkamer en daar staan alle hapjes
al klaar, evenals vier glazen witte wijn. Wie kan dat nou
gedaan hebben? Natuurlijk... Alex. Hij komt uit de keuken
met schaaltjes nootjes en een stapel dvd's. Hij lacht zijn
mooiste lach en ik smelt meteen.
'Amanda, Linda en Sophie, dit is Alex. Alex, dit zijn mijn
vriendinnen.'
Ik glimlach en hij ziet meteen dat het goed zit.
'Aangenaam kennis te maken dames.' zegt Alex en ook de
dames smelten als een bonk ijs in dertig graden.
'Eeh... h.. hoi.' Stamelen ze en ik moet enorm lachen.
'Ja dames, zo reageerde ik ook de eerste keer.' We lachen nu
allemaal en Alex legt de dvd's op tafel.
'Zo, jullie kunnen aanvallen en een film uitzoeken. Ik ging
er vanuit dat jullie wel wijn wilden dus ik heb er vier

ingeschonken. Is er iemand die iets ander wil?'

Ze schudden allemaal hun hoofd en ze zijn ineens allemaal hun tong verloren.

'Nou dames! Welke gaan we kijken? Ik heb hier... Rocky één, twee en drie, Meet the Parents, Meet the Fockers en Problem Child!'

'Rockyyyyy!' roepen ze in koor end at dacht ik al. Ik kijk naar Alex en we lachen allebei. Hij doet hem in de dvd speler en zet hem aan.

'Zo dames, ik ga nog even geld verdienen. Fijne avond!'

Hij geeft me een kus op mijn voorhoofd en loopt dan weer weg.

'Alsof hij nog geld hoeft te verdienen.' zegt Sophie.

'Nee, waarschijnlijk niet... maar hij vind het wel leuk om er meer van te maken.' lach ik en we blijven dan voorlopig stil om naar de film te kijken die we allemaal al zo vaak gezien hebben. De rest van de avond verloopt gezellig. We kijken Rocky één en twee en willen drie ook nog kijken maar dnek niet dat we dat wakker gaan houden. Toch zetten we hem op en de wijn vloeit rijkelijk. De hapjes zijn heerlijk en voor het eerst kijk ik weer even helemaal nergens naar. Een hapje, een drankje en een mooie man. Die nu dan wel aan het werk is. Maar nu heb ik echt de mensen om me heen waar ik het meest van hou en ik kan me niet gelukkiger prijzen dan ik al ben. Om half twee komt Alex de woonkamer in en Sophie is al in slaap gevallen.

'Tja... ze wilden perse nummer drie ook kijken.' giechel ik en Alex blijft staan met een stalen gezicht. Ik weet dat ik gedronken heb maar zo erg is het toch niet? Ik ben niet bezopen of zo.

'Ik moet je even spreken. Kan dat?'

232

Ik loop met hem mee en hij blijft in de keuken staan.

'De detective heeft gebeld Bibi.'

'Ohja? En? Wat zei hij? Heeft hij goed nieuws?'

'Ik vrees van niet schatje, het zegt natuurlijk nog helemaal niets maar de spullen van Rita en Lydia zijn gevonden in een hotelkamer in Manhattan. Rita en Lydia zijn zelf nergens te bekennen.'

Angst slaat me om het hart en tranen pikken in mijn ogen, maar ze willen godzijdank niet voor de dag komen. Alex pakt me vast en houdt me stevig vast.

'Ze zijn vast dood Alex, dat kan niet anders! Ze hebben helemaal niets meer nu.'

'Nee schatje, zo moet je niet denken. Ze kunnen gewoon ergens anders verblijven en nieuwe spullen gekocht hebben. Het vreemde was wel dat hun paspoorten er gewoon bij zaten. Maar geen portemonnees of iets dergelijks.'

'Ah fijn... dan zijn ze én illegaal, én zonder identiteit in New York.'

'Ja, maar de detective is ze tot zover al gevolgd dus hij vind ze wel.'

Hij houdt me nog stevig vast en kust me dan heel teder. Het is een troostende kus.

'Ik wil eigenlijk wel naar bed en de meiden zullen ook al wel in slaap gevallen zijn. Ik zal eens even gaan kijken. Kunnen ze blijven?'

'Ja natuurlijk schatje, hebben we morgen een heerlijk drukke ontbijt tafel.'

Ik glimlach en voel me gezegend met zo'n man. Ik loop naar de woonkamer maar ze liggen alle drie voor pampus op de bank. Ik geloof dat ik ze daar maar laat liggen, ik ga ze nu niet meer wakker maken om ze naar bed te sturen. Ik zet de

233

film uit, ruim de bende op en loop naar de slaapkamer. Daar ligt me iets heel anders te wachten...

25

Ik blijf stokstijf staan als ik de slaapkamer in wil lopen en
kijk nog eens twee keer voor dat ik ook echt zie wat ik zie...
een naakte Alex! Wauw! Ik kan dan een beetje aangeschoten
zijn... maar mijn ogen werken nog prima! Geen grijntje vet
teistert zijn lichaam en ik weet niet waarom maar ik word
een beetje zenuwachtig. Hij glimlacht naar me en ik word
meteen warm van binnen.
'Schatje, ik bijt niet hoor. Kom eens hier.'
ik loop naar hem toe en blijf bij het bed staan. Ik ben ineens
verlegen en ik weet niet zo goed wat ik moet doen. Dit is iets
heel anders dan met Stephan. Hoe komt hij nou ineens mijn
gedachten weer binnen? Alex komt omhoog en hij staat ook
letterlijk omhoog. God allemachtig! Dat gaat nooit passen!
'Je hoeft niet zo geschokt te kijken schatje, dat gaat heus wel
passen.'
Hij lacht en ik krijg over heel mijn kippenvel. Hij staat op en
legt zijn handen op mijn schouders. Langzaam glijden ze
naar beneden totdat ze bij de rand van mijn topje zijn en
duwt hem omhoog. Zijn lippen beroeren mijn hals en mijn
tepels tintelen en gaan rechtop staan. Wauw! Zo heb ik het
nog nooit ervaren! Zijn handen glijden achter mijn rug en
maken mijn bh los. Hij gooit hem op de grond en hij kijkt
me aan alsof hij zojuist besloten heeft om me op te eten. Hij
reikt naar mijn broek en ik doe een stap naar voren. Hij duwt
hem langzaam naar beneden. De tederheid van zijn
aanraking is onverwacht erotisch. Hij tilt me op en ik land
zacht op het satijnen beddengoed.

235

Mijn string heb ik nog aan maar dat zal niet lang duren voor
die uit is schat ik. Hij gaat op zijn knieën zitten en hij zet één
knie naast elk been en ik heb nu echt vol uitzicht op zijn
geweldig mooie schacht. Het is dat ik mijn mond dicht heb
anders zou ik zweren dat ik aan het kwijlen was.
'Je bent zo mooi Bibi, ik kan uren naar je kijken.'
'Doe dat maar als ik mijn kleren aan heb.'
Hij lacht en buigt voorover. Zijn lippen beroeren de mijne en
ik zou ze graag naar binnen willen zuigen. Hij gaat verder
naar mijn hals, tussen mijn borsten door zo over mijn buik
naar mijn navel en stopt daar even om zijn tong erin te
steken. Ik kan mijn lach niet inhouden en begin te giechelen.
Hij kijkt op en glimlacht.
'Ik vind het geweldig als je dat geluid maakt.'
Hij doet zijn hoofd weer naar beneden en vervolgd zijn weg
naar mijn klit. Oooh! Zijn tong is een dansspel met mijn
clitoris en zijn vingers zitten diep verscholen, op zoek naar
dat donkere plekje binnenin. Mijn hoofd valt achterover en
heb het idee dat ik uit mezelf treed en ineens is het daar...
mijn benen worden warm en tintelend gevoel in heel mijn
lichaam en volgens mij ben ik zojuist in duizend stukjes
uiteen gespat. Alex gaat nog even door zodat ik het helemaal
kan beleven en ik weet honderd procent zeker dat ik dit nog
nooit zo gevoeld heb. Alex kust mijn hele lichaam en baant
zich een weg naar boven en kust me... ik proef mijn eigen
ziltige smaak en geef me helemaal over. Dan trekt hij zich
terug en stapt van het bed af. He? Zijn we nu al klaar? Hij
loopt naar het dressoir en haalt er een condoom uit. Als hij
weer terug op het bed is doet hij hem langzaam om en komt
weer boven me hangen.
'Doe het in één keer Alex...' mijn stem klinkt hees en op

236

zoek naar meer.

'Maar schatje als ik dat doe, doe ik je pijn dus we doen het rustig aan.'

Hij brengt het topje vlak voor mijn ingang en lijkt dan te aarzelen. Langzaam laat hij hem in mij verdwijnen en ik word helemaal opgevuld. Zo ver opgevuld dat ik het idee heb dat ik uit ga scheuren.

'Ik ben nu op de helft schatje, doet het pijn?'

'Op de helft!!! Ik heb het idee dat ik uit ga scheuren!'

Hij lacht en ramt dan in één keer naar binnen. Whoaaa! God Allemachtig! Hij blijft even stil hangen zodat ik aan hem kan wennen en begint dan langzaam te bewegen. Hij heeft er geen moeite mee om mijn speciale plekje te vinden en een tweede orgasme is dan ook al onderweg. Ik voel Alex harder en stijver worden binnen in me en het lijkt erop dat zijn orgasme niet lang meer op zich laat wachten.

'Sneller...'

Hij fronst zijn wenkbrauwen maar doet wat ik zeg en gaat sneller. Hij pompt en pompt totdat er een rauwe mannelijke oerkreet ontsnapt en ik de hete dikke stralen voel gaan. Mijn benen worden weer warm en ik kan een kreet niet onderdrukken. Ik lig nog na te sidderen als Alex naast me komt liggen en me tegen zich aantrekt.

'Dat was geweldig schatje.'

'Ik werd er zelf ook best wel wild van.'

We lachen allebei en blijven lepeltje lepeltje liggen. Hij babbelt nog wat maar kan niet verstaan wat hij zegt. Ik word ontvoerd door hetgeen wat slaap heet...

De volgende morgen zijn we als eerste wakker en we maken dan ook nog even tijd voor ochtendseks. Hij lijkt er geen

237

genoeg van te kunnen krijgen en ik vind het geweldig! We liggen nog lekker tegen elkaar aan als ik stemmen op de gang hoor.

'Zou hier de badkamer zijn?'

'Ik weet het niet, het is net zo'n doolhof hier!'

Ik sta op uit bed en doe Alex zijn badjas aan. Ik loop de gang op en wijs de dames de weg.

'Al een beetje bijgekomen? Of hebben jullie een houten kop.' zeg ik lachend en ze kijken all drie boos mijn kant op.

'Hoe alsjeblieft op Bibi!' zegt Amanda 'Het doet zelfs zeer als je tegen me praat.'

'Oooh is het zo erg? Nou, ik ga me even opfrissen en dan kom ik naar beneden om het ontbijt klaar te maken.'

Ik loop naar de badkamer als ik ineens een ontploft matras onder de dekens vandaan zie komen.

'Haha jou haar kan ook wel een opfris beurt gebruiken!'

Ik wil harder weglopen maar hij springt uit bed en rent me achterna. Voor ik het weet lig ik weer in zijn armen en kijkt hij me diep in mijn ogen.

'Dit heb jij gedaan hoor dus je mag het ook zelf opknappen.'

'Nee laat maar. Dan maak ik meteen een punker van je.'

'Nou, wat ben jij in een vrolijk bui vanmorgen?'

'Dat is misschien wel omdat ik nog nooit zo lekker klaargekomen ben als in de afgelopen acht uur.'

Ik wurm me uit zijn greep en loop naar de badkamer. De douche zet ik heerlijk warm en spring eronder. Met vijf minuten ben ik klaar en trek ik mijn zondagse kleren aan. Namelijk een joggingpak. Mijn haar simpel in een staart en ik maak aanstalten om naar beneden te lopen als ik onderweg een geschokte Alex op het bed zie zitten.

'Als je nog even wilt slapen mag dat hoor. Dan kom je toch

gewoon wat later aan tafel?'

Hij kijkt me aan en ik kan niks van zijn gezicht af lezen.

'Wat is er? Je lijkt zo aangedaan.'

'Dat ben ik ook Bibi, ik vind het heel erg dat er nog geen enkele man in jou leven erin geslaagd is om jou een verbluffend orgasme te geven. Dat zijn sukkels.'

'Maar daar hoef jij jezelf niet mee te kwellen. Ik weet namelijk zeker dat dat nu over is.'

'Dat weet ik wel zeker.'

Hij lacht en staat dan op van het bed.

'Ik ga even snel douchen en dan kom ik eraan.'

Ik loop naar beneden en ben stom verbaasd als iedereen al druk in de weer is om het ontbijt klaar te zetten. De één zet koffie, de ander zet de borden op tafel, de ander haalt het beleg uit de kast en noem zo maar op.

'Goedemorgen! Volgens mij is dat mijn taak hoor!'

'Ben jij gek liefje, dat doen we toch gewoon even? En als we het met zijn allen doen is het zo gebeurt.'

De meiden knikken en gaan vrolijk verder waar ze mee bezig zijn. De koffie komt op tafel en Alex komt op dat moment de keuken binnen gelopen.

'Goedemorgen dames en heer. Ik ben toch blij dat ik op dit moment niet de enigste man ben hier.'

'Nee inderdaad Alex, ik moet er ook niet aan denken dat ik hier alleen tussen zou moeten gaan zitten.'

'Nou nou heren zo kan hij wel weer he?' zeg ik lachend en knipoog naar mijn oom.

'Zeg wanneer gaan jullie naar New York?' vraagt tante Lies en kijkt ons beide om de beurt aan.

'Nou, de zaak heeft gebeld en gevraagd of we een week eerder willen komen. Het gaat niet naar behoren daar. Dus

239

Bibi moet van de week haar spullen inpakken.'
Ik kijk hem verbaasd aan en besef dan nu dat het echt gaat gebeuren. En om precies te zijn over een week!
'Dat is snel... dan vertrekken we komende zondag?'
'Oooh wat spannend liefje! Nu ga je het echt waarmaken!'
'Ja tante en ik heb zelfs al een verkoper voor mijn ontwerpen.'
'Nee joh! Hoe heb je dat zo snel voor elkaar gekregen?'
'Ehm nou, de directeur van Macy's zit naast me.'
Alex legt zijn hand op de mijne en knijpt me bemoedigend toe. Hij heeft in de gaten dat ik het spannend maar ook eng vind om alles en iedereen hier achter te laten en mijn hart te volgen.
'Oh maar liefje dat is geweldig! Dan gaat het helemaal goed komen!'
'Ja dat komt het zeker! En om er zeker van te zijn dat het met het huis hier allemaal goed gaat... geef ik jullie allemaal een sleutel. En als jullie een weekendje of week of wat dan ook op vakantie willen dan kunnen jullie er zo is en weet ik dat het huis veilig blijft. Tenzij Bibi en ik natuurlijk terug komen voor vakantie.'
De ogen sperren allemaal open en de meiden vallen zowat flauw.
'Betekend dat dat ik ook met mijn ouders hier naartoe mag?' vraagt Sophie.
'Ja natuurlijk! Zolang je de boel heel houdt is er niks aan de hand.'
'Wauw! Super bedankt! Dat is echt gaaf!'
We zijn klaar met ontbijten en we ruimen met zijn allen de tafel even leeg. We doen nog koffie met zijn allen en dan gaat iedereen ervan tussen zodat wij kunnen beginnen met

240

inpakken. Ik neem afscheid van de meiden en er vloeien dikke tranen.

'Niet huilen.' zegt Amanda. 'Je gaat je droom waarmaken! En dat nog wel met de mooiste man die ik ooit gezien heb!'

Ik begin te lachen en dat was precies haar bedoeling. Ze stappen in de limo en ik zwaai nog eens na.

'Liefje, zet hem op daar in New York! Je gaat het helemaal maken. Volg je hart en doe wat je denkt dat juist is... dan komt het wel goed met jou! Stuur je ons wel een kaartje en foto's?'

'Ja natuurlijk tante. Dat doe ik. Heel erg bedankt voor alles. Ik was heel blij dat ik bij je terecht kon.'

'Meis, daar heb je familie voor. En als er wat is... altijd bellen he?'

Ik omhels haar en ome Kees stevig en zeg hen dat ik van ze hou. Ze stappen de limo in en de meiden zitten alweer met een glas champagne omhoog. Ik zwaai en daar gaan ze. Ik zal ze voorlopig niet meer zien. Ik loop naar binnen rechtstreeks naar de eet tafel. Pak mijn ontwerpen en ga aan het werk. Allcen op deze manier kan ik mijn gedachten weg spoelen en de tranen binnen houden.

'Het geeft niet als je zou moeten huilen schatje, ik weet hoe moeilijk het is om afscheid te nemen van je dierbaren.'

Ik kijk op en ja hoor daar komen ze. Watervallen stromen over mijn wangen en hij veegt ze weg en troost me.

'Het komt allemaal wel goed schatje, daar moet je in geloven.'

We zitten zo nog een poosje als hij me langzaam loslaat.

'Niet doen anders krijg ik het koud.'

Ik kijk op en zie een lach om zijn lippen...

'Dat denk ik nou ook elke keer als jij mij loslaat.'

241

Hij houdt me nog even vast en laat me dan echt los.
'Ik moet nog even werken en vast wat voorbereiden voor
volgende week. Ga jij je hoofd maar even leegmaken met je
ontwerpen.'
'Ook jij lijkt altijd mijn gedachten te kunnen lezen.'
Hij lacht en loopt dan weg.

26

Ik staar naar de ontwerpen die voor me liggen en heb er nu
vijf af. Ik ben zeer tevreden over wat ik op papier heb gezet
en ben heel ontspannen. Ik vraag me af hoe laat het is en kijk
op het klokje. Tien over drie en ik heb helemaal nog geen
honger. Zou Alex ook nog aan het werk zijn? Ik besluit op
onderzoek uit te gaan en loop bij mijn ontwerpen weg. Op
zoek in het doolhof naar een werkkamer. Ik loop naar boven
en kan me niet voorstellen dat hier een werkkamer zit. Ik
loop de volgende trap op en zie nog een deur. Het is er maar
één en die staat op een kier. Ik zie het als een uitnodiging en
loop voorzichtig naar binnen. Daar zie ik Alex... en hij heeft
niet in de gaten da tik hier sta. Wat een kamer! Aan de ene
kant van de kamer staat een mega bureau met kasten
erachter waarin allemaal mappen staan. Zijn bureau ligt vol
met papier werk, telefoons en ook tv schermpjes waarmee
hij heel het huis in de gaten kan houden. Aan de andere kant
van de kamer is een soort sportschool gevestigd. Een
crosstrainer, loopband en roeiapparaat staan netjes op een rij
naast elkaar. Er staan nog meer dingen maar daar weet ik de
naam niet van. Alex is zich in het zweet aan het werken op
de loopband en rent erop los. Met een koptelefoon op luister
hij naar de muziek die hij op heeft gezet. Ik zou uren naar
dat lichaam kunnen kijken... een klein sportbroekje en een
ontbloot bovenlijf en krijg meteen een warm gevoel van
binnen. Ik loop naar de loopband en ga voor hem staan. Hij
is blij om me te zien en doet zijn kop telefoon af.
'Ben je klaar met ontwerpen?'

'Nou, het is al kwart over drie of zo en ik dacht dat we misschien wel even wat konden gaan eten en drinken samen.'

'Is het al zo laat? Dat betekend dat ik al ander half uur aan het rennen ben. Ik lust inderdaad ook wel wat.'

'Wat gek dat je dan nog geen verzuurde benen hebt. Het is mooi weer, dus ik dacht dat we misschien wel in de tuin kunnen gaan zitten. Dan kan ik die ook nog van dichtbij zien.'

Hij knikt en komt van de band af. Hij loopt naar een deur achter in de kamer en doet het licht aan. Ik loop achter hem aan en zie tot mijn verbazing dat daar een badkamer zit! En nog een luxe ook! Weer heel de rambam erin, een douche groot bad met tv scherm noem het maar op en het zit erin.

'Je hebt hier gewoon je eigen badkamer?'

'Jij blijft ook verrast he met wat je hier allemaal ziet. Ja dat hebben we expres gedaan. Als ik aan het werk ben en ik moet naar de wc dan kan ik daar zo naartoe lopen in plaats van dat ik naar beneden moet en nu na het sporten kan ik mezelf zo even opfrissen. Handig toch?'

'Ja zeker handig bedacht, maar allemaal veel te luxe voor mij als ik het eerlijk zeggen mag.'

'Je went er wel aan.'

'Daar krijg ik de kans niet voor want volgende week vertrekken we. Ik ga vast naar beneden om te kijken wat er zoal nog is en dan maak ik wat klaar met wat te drinken. Dan kunnen we samen in de tuin zitten.'

Hij knikt en ik loop weg. Weer dat hele huis door naar de keuken en ik trek de koelkast open. Oh kaasjes! Dat is lekker! En achter in de koelkast staan nog mini sandwiches, die lijken me ook wel lekker. Ik zet alles op een dienblad en

schenk voor mezelf een glas wijn in. Alex komt naar
beneden en hij is precies op tijd want ik weet niet wat hij wil
drinken.

'Wat wil je bij de kaasjes en sandwiches drinken?'

'Doe maar een cola, heb wat suikers nodig.'

Hij pakt het dienblad op en ik schenk een cola in. Ik loop
achter hem aan de tuin in en we gaan op een tete a tete
bankje zitten. Hij zet het blad tussen ons in met de drankjes
erbij. We eten heerlijk in stilte van de sandwiches en de
kaasjes en dat is heerlijk met een wijntje erbij. Ik ben
volledig ontspannen en zo zou ik me de hele week wel
willen voelen maar ik weet dat dat niet gaat gebeuren.

'Heb je nog iets van de detective gehoord?'

'Nee Bibi, ze zoeken wel door maar hun hebben vandaag
ook een rustdag dus morgen gaan ze weer verder.'

Ik staar voor me uit en overdenk wat Alex allemaal zegt als
ik me ineens bedenk dat ik helemaal geen paspoort heb!

'Alex! Ik heb helemaal geen paspoort! Hoe moet dat nou!'

Alex spuugt bijna zijn cola uit omdat ik ineens paniekerig
doe over een paspoort.

'Jeetje mens! Ik schrik me dood! Maar dan moeten we
morgen meteen een paspoort met spoedaanvraag gaan doen.
Goed dat het je te binnen schiet.'

'Sorry, ik schrok omdat het normaal een week duurt voordat
je je paspoort op kan halen en dan zijn we te laat. Hoe gaat
dat met onze bagage?'

'We pakken gewoon een koffer in met kleding en een andere
koffer met je ontwerpen en de toiletspullen en dergelijke en
dan komt de rest met een aparte vlucht. Je tante zou alles
klaar zetten wat je daar nodig hebt en dan komt dat er
achteraan. We kunnen nu maar een maximaal aantal kilo's

meenemen.'
'Oke, nou dan heb ik weinig in te pakken voor mezelf. Dan kan ik jou wel helpen met inpakken.'
Ik kijk naar hem en hij is in gedachten verzonken. Ik zie rond zijn ogen fijne lijntjes en bedenk me dat ik helemaal niet weet hoe oud hij is.
'Alex...?'
'Hmm...'
'Hoe oud ben je eigenlijk?'
'Doet dat er iets toe?'
'Het is toch normaal dat stellen van elkaar weten hoe oud ze zijn? Bedoel hoe jong ze zijn?'
Ik probeer er een grapje van te maken en lach naar hem. Alex blijft super serieus kijken en waarschijnlijk heb ik een gevoelige snaar geraakt. Mijn lach vervaagt en ik pak nog een sandwich. Ik kan maar beter niets meer zeggen want het laatste half uur is zijn humeur volledig omgekeerd. Wat heb ik nou fout gedaan? Ik pak mijn wijn, sta op en loop naar binnen. Ik ga weer aan mijn ontwerpen verder. Die zorgen er tenminste voor dat ik geen stress heb. Eten doen we ook niet meer en dat is de schuld van die heerlijke sandwiches en kaasjes die we op hebben. Als het echter negen uur is krijg ik toch weer trek. Ik loop naar de koelkast en pak een schaaltje komkommer met een beetje slasaus. Dat is heerlijk verfrissend maar ook gezond en voedend. Ik ga nog even televisie kijken en dan ga ik naar bed. Waar Alex is gebleven weet ik niet , maar die laat ik maar even in zijn sop gaar koken.

*

Ik word wakker op de bank en het is nog donker. Als ik op het klokje kijk is het half vijf geweest en de televisie staat nog aan. Is hij dan helemaal niet meer naar me komen zoeken? Ik ga zitten om een beetje wakker te worden en zie dat het licht in de keuken ook nog brandt. Ik sta op en laat mijn benen even aan het gewicht wennen en rek me dan uit. Ik loop door de keuken naar de trap en kijk naar boven. Ook daar brandt het licht nog. Zou hij zelf ook in slaap gevallen zijn? Ik loop naar boven en kijk het eerst op de slaapkamer... daar is hij niet. Ook niet op de badkamer, voor het geval dat hij in bad in slaap is gevallen. Op de andere kamers is hij ook niet en dus kan hij nog maar op één plek zijn en dat is op zijn werkkamer. Ik loop naar boven en doe de deur open en kijk om het hoekje. Hij zit achter zijn bureau, of beter gezegd, ligt op zijn bureau te slapen. Ik loop naar het bureau en er liggen net zoals vanmiddag een hoop papieren op verspreidt. Hij ligt bijna te kwijlen op zijn papieren dus wil ik hem wakker maken als mijn oog valt op een stuk papier waar het embleem van een blote dame op staat. Het lijkt wel iets van een nachtclub of zo. Ik wil het pakken maar hij ligt er met zijn arm overheen. Ik probeer mijn ogen zo te stellen dat ik het kan lezen maar het lampje is niet fel genoeg en zijn arm geeft teveel schaduw. Het lijken bijna wel omzet cijfers! Ik kan de naam van de club net lezen "Club Deseo". Wat zou dat betekenen? Ik loop weg en laat het licht gewoon branden. Ik start de laptop op die ik in de tijd dat ik hier ben nog niet één keer gebruikt heb. Ik pak een wijntje en ga op de bank hangen. Ik zoek op google wat het woord deseo betekent. Talloze woorden... maar de meeste gaan toch over seks... de woorden begeerte, lust, verlangen en geilheid komen het meeste voor. Het is gewoon een seksclub! Ik zet de laptop opzij en nip van mijn wijn... ik dacht dat ik wist waar hij zo rijk van is geworden... maar het blijft dat er nóg

247

een inkomstenbron bij is gekomen. Als je van zoiets lid wordt is dat niet goedkoop.

'Zit je nou wijn te drinken?'

Ik schrik op als ik de stem van Alex in de deur opening hoor en mors wijn op het kleed.

'Kijk nou wat je doet! Nu mors ik wijn op het dure kleed!'

'Dat kleed kan me gestolen worden Bibi... waarom zit je om vijf uur 's morgens wijn te drinken?'

Door de autoritaire manier waarop hij tegen me spreekt word ik woedend! Ik sta op, sla de wijn achterover en zet het glas met een klap op tafel.

'Misschien is het je niet opgevallen Alex, maar je lag te kwijlen op de omzet cijfers van Club Deseo! Ik ben goed maar niet gek Alex, je kijkt me wantrouwend aan als ik wijn drink, je wilt me je leeftijd niet geven én je bent ook nog eigenaar van een seksclub? Ik ga weg!'

Ik been de kamer uit en zet koers op de slaapkamer. Eenmaal daar loop ik het eerst naar de kast waar mijn weekendtas staat en loop de badkamer in. Ik gooi alle spullen in de tas... als ze open gaan onderweg is dat pech, loop naar de kledingkast en trek mijn kleding uit de rekken. Ik rits hem dicht en storm dan naar de eetkamer waar mijn ontwerpen nog liggen. Gelukkig had ik ze al netjes op een stapel neergelegd dus dat is niet zoveel werk om ze in een tas te krijgen. Ik loop naar de hal en trek mijn schoenen aan, pak mijn jas en tas en loop de voordeur uit. Tot mijn verbazing probeert hij niets om me tegen te houden. Hij laat me gewoon gaan! Nou ja, dan zal het niet diep gezeten hebben denk ik dan maar. Het is alleen heel jammer dat ik eigenlijk niet meer zonder hem kan. Ik loop naar de openbare weg en bel daar een taxi, die er gelukkig binnen tien minuten is.

248

'Waar naartoe mevrouw?'

'Naar de Suze Groeneweg – Erf in Dordrecht alstublieft.'

Hij rijdt weg en daar zit ik dan... met een gebroken hart weer terug naar mijn oude leven. Hoe kan een vrouw nou zo snel gehecht raken aan een man? Ik blijk in slaap gevallen te zijn als de taxi chauffeur me ineens wakker maakt en verteld dat we er zijn. Ik betaal hem en stap uit. Ik had gelukkig mijn sleutel nog dus ik doe de deur open en ga op de bank liggen... het is half zeven maar ik ben nog zo moe...

Tante Lies maakt me wakker en kijkt geschokt naar mijn gezwollen ogen.

'Liefje? Wat is er gebeurt? Hebben jullie ruzie gehad?'

'Nee tante, hij zei helemaal niets. Hij doet raar als ik een wijntje drink, wil me zijn leeftijd niet vertellen en is ook nog eens eigenaar van een seksclub! En dan zeg ik dat ik weg ga en dan doet hij ook nog eens niets om me tegen te houden en het uit te leggen!'

'Och liefje toch! Nou ga nog maar even slapen. Als je straks wakker wordt is er koffie met een broodje.'

Ik doe mijn ogen dicht maar kan nu niet meer slapen. Ik denk aan zijn gezicht, hoe hij naar me keek toen ik zei dat ik weg ging. Hij kwam me niet eens achterna...

*

Het is zaterdag en ik moet al zes dagen zonder Alex doorbrengen. Morgen zou ik naar New York vertrekken maar die droom is in duigen gevallen. Ik lig heel de week al in bed en het huilen staat me vaker nader dan het lachen. Ook de afgelopen dagen heb ik niet van hem vernomen. Nog niet

249

eens een smsje... Ik stop mijn hoofd onder de dekens en begin weer te huilen... hij heeft me altijd gezien als Patricia, dus mist hij me nu niet. Ik ben niet Patricia en dus niet genoeg voor hem. Ik word abrupt uit mijn gedachte gehaald als de deur op zwaait.

'Kon je niet kloppen? Ik hoef niks... geen eten, geen drinken, niks.'

De dekens worden van me afgetrokken en daar staat hij... en het doet me deugd om te zien dat hij er net zo belabberd uit ziet als ik. Hij heeft wallen onder zijn ogen en zich blijkbaar heel de week nog niet geschoren want er staat bijna een baard.

'Kom uit bed Bibi.' zegt hij met een schorre stem.

'Ik laat me door jou niet commanderen Alex. Ga weg!'

En ergens hoop ik dat hij niet weg gaat. Hij komt op het bed zitten en kijkt me diep in mijn ogen aan.

'Je wilt niet dat ik wegga. En ik wil niet zonder jou naar New York.'

'Waarom duurt het dan bijna een week voordat ik iets van je hoor? Waarom deed je geen enkele moeite om me tegen te houden? Waarom deed je geen moeite voor mij!'

Hij zucht diep en haalt en hand door zijn haar. Hij kijkt naar het raam en lijkt ergens mee te worstelen.

'Je was zo boos Bibi, ik dacht dat je de ruimte nodig had om na te denken. Ik heb nu geen tijd Bibi o hier uitgebreid over te praten... kom morgen met me mee naar New York en dan zal ik je alles vertellen.'

Hij pakt een envelop uit zijn binnenzak van zijn colbert en legt hem voor me neer.

'Hier zit je ticket en paspoort in. Ik hoop je daar te zien.'

Hij geeft me een zacht kusje en is dan weg. Hij laat me hier nu gewoon achter met een ticket en paspoort en gaat er maar gewoon vanuit dat ik zonder mokken naar hem toe ren? De deur gaat weer open en daar staat tante Lies. Ze komt net zoals Alex op mijn bed zitten en kijkt me aan.

'Bibi, het is tijd om te beslissen wat je wilt. Hou je van hem?'

'Uuuhm ja, maar...'

'Je wilt graag je droom waar maken en je krijgt die kans met de man waar je van houdt. Waarom doe je zo moeilijk? Volg je har Bibi, die brengt je altijd naar de goede plekken en kun je vertrouwen.'

Ze loopt weg en daar lig ik, helemaal verward naar het plafond te staren. Ze heeft misschien wel gelijk en moet ik altijd mijn hart volgen...